愛も切なさもすべて

JN166200

ハーレクイン・プレゼンツ・スペシャル
東京・ロンドン・トロント・パリ・ニューヨーク・アムステルダム
ハンブルク・ストックホルム・ミラノ・シドニー・マドリッド・ワルシャワ
ブダペスト・リオデジャネイロ・ルクセンブルク・フリブール・ムンバイ

THE RANGER'S SECRET

by Rebecca Winters

A PRINCE FOR CHRISTMAS

by Rebecca Winters

Published by Harlequin Japan,
a Division of K.K. HarperCollins Japan, 2024

レベッカ・ウインターズ

17 歳のときフランス語を学ぶためスイスの寄宿学校に入り、さまざまな国籍の少女たちと出会った。帰国後、大学で多数の外国語や歴史を学び、フランス語と歴史の教師に。ユタ州ソルトレイクシティに住み、4 人の子供を育てながら作家活動を開始。これまでに数々の賞を受けてきたが、2023 年 2 月に逝去。亡くなる直前まで執筆を続けていた。

目次

秘密と秘密の再会　P.7
レベッカ・ウインターズ／平江まゆみ　訳

幸せを呼ぶ王子　P.193
レベッカ・ウインターズ／藤村華奈美　訳

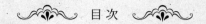

秘密と秘密の再会

レベッカ・ウインターズ

主要登場人物

マーガレット・アン・バウアー……考古学者。愛称アニー。

チェイス・ジャービス……アニーの元婚約者。本名ロバート・マイヤーズ。ヨセミテ国立公園のパークレンジャーの副隊長。

ロバータ……アニーとチェイスの娘。

バンス・ロシター……チェイスの親友。パークレンジャーの隊長。

レイチェル・ダロー・ロシター……バンスの妻。

ニコラス・ダロー・ロシター……レイチェルの甥。バンスとレイチェルの養子。愛称ニッキー。

ベス……バンスの秘書。

ビル・テルフォード……ヨセミテ国立公園の所長。

フランク・ベアード……パークレンジャー。

マーク・シムズ……パークレンジャー。警備主任。

ジェフ・トンプソン……パークレンジャー。

シンディ……ヨセミテ国立公園ビジターセンターの受付係。

ロン・サドラー……ヨセミテ国立公園の考古学者。

シド・マニング……チェイスを担当するＣＩＡのエージェント。

トム・フラー……ヘリコプターのパイロット。

1

結婚式と披露パーティは九月下旬にフロリダ州マイアミにある花嫁の実家でおこなわれた。ヨセミテからは副隊長のチェイス・ジャービスを含めて半ダースほどのレンジャーが来ていた。ようやくカメラの前に立った少年を見て、チェイスは相好を崩した。ニッキーは新しいパパに夢中で、今夜は嬉しさのあまりスキップで家中を駆け回っていたのだ。しかし、この結婚を誰よりも喜んでいるのは、バンスの親友として花婿の付添人を務めたチェイスだった。

最後の撮影が終わる頃には出席者の数もかなり減っていた。パーティはそろそろお開きだ。バンスはこれから三週間のハネムーン休暇に入る。その留守を託されたチェイスも、ほかの隊員たちとともに空港へ向かわなければならない。もっとも、その前に客用の寝室でタキシードを脱ぐ必要があるが。

「チェイスおじさん？」ニッキーが駆け足で追ってきた。

花嫁が花婿にウエディングケーキを食べさせた。最後の撮影のために、カメラマンがパーティの出席者たちを呼び集めた。

「君もだよ、ニッキー。パパとママの横に立つんだ。皆さん、笑って。何枚か撮るので、笑顔のままでいてくださいね。はい、チーズ」

ニコラス・ダロー――愛称ニッキー――にその指示は必要なかった。タキシードを着た六歳の少年の顔は喜びに輝いていたからだ。叔母のレイチェル・ダローとヨセミテ国立公園のパークレンジャーの隊長バンス・ロシターが結婚したことで、彼は正式に二人の養子となったのだった。

「やあ、ニッキー」チェイスは少年とハイタッチをした。ニッキーが彼をチェイスおじさんと呼ぶのは、バンスがそう教えたからだ。結婚とはなんと不思議なものだろう。血のつながりがないチェイスまでロシター家の一員にしてしまうのだから。

「もう帰っちゃうの？」

「ああ」

「もう少しここにいたらいいのに」

これも驚くべき変化だ。初めてヨセミテを訪れた頃のニッキーは、バンス以外の人間が叔母のレイチェルに近づくことをいやがっていた。チェイスも例外ではなかった。しかし、今は違う。法的な手続きが終わり、バンスと正式な親子になった今、ニッキーはようやくチェイスを受け入れたのだ。

「僕だってここにいたいよ。でも、君のパパが戻ってくるまで、誰かが公園を守らなきゃならない」

「ママと僕もパパと一緒に行くよ」

チェイスは笑った。「わかっているとも！　僕たちはご近所さんになるんだよな。楽しみだ」

「僕も」ニッキーが笑顔でチェイスの脚に抱きついた。こんなことは初めてだ。チェイスは感激して喉を詰まらせた。少年を抱き上げ、長々とハグをする。

「ロンドンにいる間に、女王様に会えるかもしれないぞ」チェイスは言った。ニッキーは『ハリー・ポッター』シリーズの大ファンで、ホグワーツ魔法魔術学校へ向かう子供たちが利用する駅を見たがっていた。

「そうだね。あと、お城も見たいな。のっぽの赤いバスと白いフクロウも」

「もし白いフクロウに会えたら、絵はがきで僕に教えてくれ」

「うん。でも、シロフクロウはそんなに大きくないんだって。ヨセミテにはもっと大きいミミズクがいるってパパが言ってた。イギリスから帰ってきたら、

「冬眠中の熊が見たいな」

ズボンとスポーツシャツに着替えながら、チェイスは笑った。「冬眠中の熊を見つけるのはかなり難しいと思うよ」

「パパなら見つけられるよ！　双眼鏡を使って、そうっと近づくんだ！」

ああ。ニッキーから見れば、バンスにできないことなどないのだろう。レイチェルもそう思っているに違いない。これほど愛されて、バンスは運のいい男だ。一瞬、チェイスは切ない気持ちになった。かつては自分もこういう幸せを味わっていたのだ。アニー・バウアーに愛されて。

あれから十年が過ぎたが、いまだにアニーのことを考えてしまう。当時の僕たちはともに過ごす未来を思い描いていた。でも、邪悪な勢力がその未来を壊し、僕から夢を奪い去った。僕の美しいアニー。彼女は今頃ほかの男の妻となり、何人かの子供の母親となっているだろう。

「ニッキー？」聞き慣れた声がした。振り返ると、戸口にバンスが立っていた。

「チェイスおじさんはもうヨセミテに戻っちゃうんだって」ニッキーが訴えた。

バンスの顔に笑みが広がった。「ああ。チェイスおじさんはパパの代役だからな。頭痛の種も全部おじさんに丸投げだ」

ニッキーは顔をしかめた。「頭痛の種？」

チェイスは少年の短く刈った頭を撫でた。「公園で起きる問題のことだよ」

「熊がお客さんの車に乗ってきて、降りてくれないこととか？」

「ああ。あと、ニッキーという六歳の男の子が、フロリダに帰りたくなくて隠れたこととか」

ニッキーはくすくす笑った。「パパには見つかっちゃったけどね！」

ひとしきり笑ってから、バンスは副隊長へ視線を向けた。「最初の試練は、新しい所長との顔合わせだな。ビル・テルフォードは最近妻を亡くしたばかりで、大学生の息子と娘がいる。有能なアイデアマンで、うちの公園にも新風を吹き込もうと意気込んでいるらしい。彼の相手を君に押しつけられてよかったよ」

「今度の所長が前任者のように気難しい男じゃないといいが」

「まったくだ」

「みんな、ここにいたのね！」レイチェルが寝室に入ってきた。白いウエディングドレスに身を包み、ブロンドの髪にレースのベールを被ったその姿は、絵画のように美しかった。

レイチェルにはどこかアニーを思い出させるところがあった。初めて会ったとき、チェイスが彼女に惹かれたのはそれが理由だったのだろう。しかし、レイチェルはバンスしか眼中になかった。今も彼女は夫となったバンスを見つめている。緑色の瞳にまばゆいほどの愛の光をたたえて。

チェイスの胸に痛みが走った。アニーもこんなふうに僕を見ていた。煙るような青い瞳で。でも今は、世界のどこかで夫とベッドに入る準備をしているのだろう。かつて僕を愛したようにその夫を愛するために。

僕はいつになったらアニーを忘れられるんだ？　いつになったらほかの誰かと恋ができるんだ？　努力はしてみた。でも、だめだった。この状態が死ぬまで続くのか？

帰りの飛行機でフランク・ベアードと話してみようか。フランクは前々から僕に妻のいとこを紹介したがっていた。その話に乗ってみようか。バンスたちの幸せそうな様子を見ていたら、僕もこういう気分を味わいたくなった。ここは思い切って……。

レイチェルがチェイスに歩み寄ってハグをした。「今日はありがとう。気をつけて帰ってね。私たちもすぐにヨセミテへ戻るから」

チェイルは花嫁の両手を握った。「君のパパはいつ手術を受けるんだ？」

「私たちが帰国した次の日に。ロンドンへは明日発つけど、向こうに滞在するのは一週間だけよ。残りの二週間はマイアミで両親と過ごすつもり。パパの心臓の手術が無事に終わったら、両親もカリフォルニアへ連れていくわね」

「みんな、手術の成功を祈っているよ」

「わかっているわ。本当にありがとう」レイチェルは改めてチェイスを抱擁した。

バンスが声をあげた。「チェイス、迎えのタクシーが着いたぞ。外まで送ろう」

チェイスはスーツケースをつかみ、バンスのあとに続いた。外の私道には二台のタクシーが停まっていた。片方の運転手が彼のスーツケースを先頭のタクシーのトランクにしまった。チェイスはバンスに向き直った。「楽しいハネムーンを。休暇を延長したいときはいつでも言ってくれ」

「ありがとう。状況によってはそうさせてもらう。君に会えないのは寂しいが」

チェイスはにやりと笑った。「よく言うよ」彼は別の隊員とともに後部座席へ乗り込み、運転手に空港へ向かうよう告げた。

十月も二週目に入ったというのに、カリフォルニア州サンタローザでは暑い日が続いていた。アニー・バウアーはヒルクレスト小学校の外で小型車を停め、エアコンのスイッチを入れた。今は三時半。そろそろ授業が終わる頃だ。彼女は複雑な心境だった。十歳の娘ロバータにこのニュースをどう伝えればいいのだろう。

メールで届いた思いがけない仕事の申し出について、アニーが思案しているうちに、校舎から生徒たちがぞろぞろと出てきた。五分後には彼女の痩せた娘が、ポニーテールにまとめた黒っぽい髪を揺らしながら小型車へ近づいてきた。そのあとを追うように娘の親友のデビーが駆けてきた。

デビーの母親のジュリーもアニーと同じシングルマザーだ。朝はジュリーが娘たちを学校まで送り、放課後はアニーが二人を自宅へ連れ帰り、ジュリーが迎えに来るまでデビーを預かる。それが二年前から続いている彼女たちの対処方法だった。

ロバータは内気な子だし、友達も多いほうではない。そんな子に新しい環境で新しい友達を作れというの？ でも、これは長年待ち望んでいたチャンスだ。考古学者としてカリフォルニア州森林局に勤めて五年。ようやく巡ってきたチャンスなのだ。

給料はそんなに高くはない。でも、この申し出を断ったら、私の専門分野――シエラネバダ山脈の先住民族――に関して実地調査ができるまたとない機会を失うことになる。

サンフランシスコで多忙な社交生活を送っているアニーの両親は、十年前に中東から戻ってきた娘を温かく迎え入れた。ロバートとその両親を失い、悲しみに暮れていた娘をなんとか慰めようとした。娘がロバートの子供を身ごもっていると知っても、寛大な心で受け止めた。しかし、彼らは娘が実家で暮らすことを望んだ。身重の娘が危険を伴う仕事をすることを認めようとしなかった。

そんな両親の反対を押し切って、アニーは小さなアパートメントを借りた。自ら借金をして学業を続け、生まれた娘は保育所に預けた。そうやって人類学の学士号を取得し、森林局で働くためにサンタローザのタウンハウスへ引っ越した。それからは娘のためによき母親になろうと努力しながら、少しずつ職場での評価を高めてきたのだ。

ロバータを祖父母に会わせるために、アニーは月に一度はサンフランシスコで週末を過ごすようにしている。しかし、アニーの両親はいまだに娘の決断に難癖をつけており、それが家庭内に余計な緊張をもたらしていた。十歳のロバータもそのことを感じているようだった。

もし今回の申し出を受ければ、両親はさらに困惑するだろう。守るべき子供がいる人間のすることではないと反対するはずだ。両親は自分たちの考えを変えない。ならば、話し合っても意味がない。これは自分と娘の二人で決めるしかない。

「ハイ、ガールズ」

「ハイ！」元気な返事とともに、デビーが後部座席に乗り込んできた。ロバータもあとに続いた。二人ともバックパックを抱えていた。

交通指導員の合図を待って、アニーは学校の前を離れた。車を道路へ戻してから口を開いた。「今日の学校はどうだった？」

「まあまあね」

「今日は臨時の先生が来たの」デビーが説明した。

「いい先生だった？」

「うん。休み時間に男の子を二人、教室に居残りさせてたけど」

「その二人は何をやらかしたの？」

「先生が足を引きずるのを見て笑ったの」

そこでロバータが口を挟んだ。「ジェイソンとカルロスは意地悪なのよ」

アニーはバックミラーごしに娘を見つめた。「確かに意地悪ね」

「私、ミセス・ダーガーに話すわ。彼女が戻ってきたら」

「私もそうすべきだと思うわ」アニーはうなずいた。

ヒルクレスト小学校はいじめを看過しない。その対象が教師だった場合も同じだ。どんな人間だろうと、いじめなどあってはならないのだから。

「もしあいつらにばれたら、次はロバータがいじめられるかもしれないわよ」デビーが言った。

「私は気にしないわ」ロバータは言い返した。ええ、ロバータは気にしない。どんな状況であっても悪に立ち向かっていく。私の自慢の娘よ！

数分後、アニーはタウンハウスの駐車場で車を停めた。「二人は宿題に取りかかったら？　その間に私は夕食を用意するわ」

バウアー家の夕食は早い。ロバータがおなかを空かせているからだ。アニーはいつも娘のランチを学校用のバックパックに入れていた。ところが、そのランチが最近はほとんど手つかずで戻ってくるようになった。ようやく重い口を開いたロバータによれば、いじめが食堂にまで広がっていて、決まったブランドのジュースやスナックを持ってこないとばかにされるらしい。事情を知ったアニーはうんざりしながらも娘を買い物に連れていき、いじめられずにすむ商品を選ばせた。

ランチの代わりに小切手を持たせたこともあったが、それも現金化されずに戻ってきた。どうやらロバータはレジの行列に並ぶのが苦手なようだ。この引っ込み思案な性格は父親を知らずに育ったせいだろうか。ロバータから父親を、アニーから夫を奪ったカブールの悪夢。恐怖の記憶がよみがえり、アニーの胸を締めつけた。

あの日、彼女はホテルを出て、徒歩で採掘現場へ向かっていた。爆発が起きたのはそのときだった。爆発の衝撃はあたり一帯に及び、街は混乱状態に陥った。ほどなく彼女はロバートとその両親を含めた採掘チームの全員が死亡したことを知った。それは今でも考えたくないほど悲惨な出来事だった。

「臨時の先生は宿題を出さなかったわ。ミセス・ダーガーが明日戻ってくるから」

ロバータは嘘をつかない。だから、アニーはその言葉を信じた。「だったら、二人にもタコス作りを手伝ってもらおうかしら」

「私、チーズを削ってもいい？」デビーが先に手を挙げた。チーズ削りはロバータのお気に入りの作業だ。そのことはデビーも知っているのだが。

「もちろん」アニーは再びバックミラーに目をやった。ロバータは複雑な顔をしていたが、何も言わなかった。公正さを重んじる性格は父親に似たのだろうか。

もしロバータが男の子だったら、若い頃のロバートそっくりになっていただろう。彼女はロバートの真っ直ぐな鼻筋を受け継いでいる。大きな口と黒っぽい髪もロバートと同じだ。ただし、丸みを帯びた顎と青い瞳はアニーから受け継いだものだった。

ロバートは灰色の瞳をしていた。その瞳がアニーを見るときは銀色に輝くのだ。アニーと付き合いはじめてから、彼の瞳はいつも輝いていた。アニーの存在は無上の喜びだと訴えるかのように。

「まずは手を洗うのよ」娘たちに注意をしてから、アニーは自宅の玄関を開けた。

「ママはいつも同じことを言うのね。私たちはもう赤ちゃんじゃないのよ」

おっと。「確かにそうね。赤ちゃん扱いが癖になっているのかしら」私の娘はどんどん成長していく。速すぎるくらいのペースで。でも、今夜の話し合いのことを考えたら、それは喜ぶべきことかもしれないわ。知らない土地へ移るかどうかを決断するには、ある程度の成熟が必要だもの。

「うちのママも同じことばかり言ってるわ。歯を磨け、お祈りを唱えろって」

子供たちがロバータの部屋へ駆けていった。アニーは着替えをすませ、凍った牛挽肉を電子レンジで解凍した。それから、昨日買っておいたタコスの材料を冷蔵庫から取り出した。

子供たちが戻ってきた。二人が野菜とチーズを用意する間に、アニーはトルティーヤを焼き、牛挽肉を炒めた。さらに果物のサラダも完成させた。

三人が食卓に着いたところで、ジュリーが到着した。今日はデビーのバイオリンのレッスンがあるので、ゆっくりしていられないという。アニーは二人分のタコスをホイルで包み、デビーに持たせた。

「ありがとう、アニー。また明日ね、ロバータ」

「うん。バイバイ」

デビーたちが去ると、ロバータは食卓に戻った。

「私はバイオリンを習わずにすんでよかった」

「誰でも一つくらいは楽器を演奏できるようになるべきよ。ママはピアノを習っていたから、あなたにも習わせようと思っていたんだけど、その話をする前にあなたに相談したいことがあるの」

ロバータは二つ目のタコスを作り、それにかじりつく前に尋ねた。「どんなこと？　またお祖母ちゃんと喧嘩したの？」

アニーの口の動きが止まった。「喧嘩？　あなたにはそんなふうに聞こえているの？」

「たまにね」冷静な答えが返ってきた。

「いつも喧嘩しているわけじゃないわ。ただおしゃべりしているだけのときもあるのよ。お祖父ちゃんとお祖母ちゃんはあなたを愛していて、私たちがサンフランシスコに住むことを望んでいるから」アニーは娘の反応をうかがった。「あなたは？　あの街に住みたいと思う？」

「そう思うときもあるけど」タコスをかじってから、ロバータは続けた。「ママはどうなの？」

「ママも同じよ。でも、あそこではママの仕事はできないわ」

「わかってる。もしパパが生きていたら、私たちはパパと一緒に暮らしていた。ママも好きな仕事ができたのに」

「そうね、ハニー」アニーは娘に真実を話していた。自分とロバートは愛し合っていた。結婚するつもりでいた。そうなる前にロバートは亡くなったが、正式な婚約や結婚はまだだったとしても、彼こそがロバータの父親なのだと。「どこだろうと三人一緒に暮らしていたでしょうね」

新しい仕事の話を切り出すなら今が絶好のタイミングだ。しかし、会話の流れがアニーをためらわせた。自分は実家から離れて暮らすことで娘を苦しめているのだろうか？　ロバータは孫を愛する祖父母の近くにいるほうが幸せなのだろうか？

「もしママが今とは違う仕事を選べば、サンフランシスコに住むこともできるけど」

「たとえばどんな仕事？」

「それは……まだわからないわ」

「お祖父ちゃんが言ってた。おまえたちのことは自分が守る。だから、ママは働かなくていいって」

アニーは重いため息をついた。「子供の頃はお祖父ちゃんに守られていたけど、今の私は一児の母親よ。それでもお祖父ちゃんは私を守りつづけるべきだと思う？」

ロバータは一瞬沈黙した。「もしパパが生きていたら、パパが私たちを守ってくれていたのよね」

「でも、パパは亡くなったわ。あなたが生まれる前に」

自分の父親がすばらしい男性だったことを娘に知ってほしい。そのためにアニーはあらゆる努力をしてきた。別に難しいことではなかった。実際、ロバートは聡明でありながらユーモアと優しさを兼ね備えた特別な男性だったからだ。彼には危険の多い環境で働く勇敢さがあった。だから、アニーも安心して彼のそばにいられたのだ。

アニーは娘に説明した。あなたのパパは結婚して父親になることを楽しみにしていたわ。ママと一緒に家族を作ることを夢見ていたの。そう言って、ロバートの写真――女の子なら誰でもこんな父親が欲しいと願うようなハンサムで頼もしい男性の写真を見せた。

だから、ロバータは信じていた。もし父親が生きていたら、絶対に自分を愛してくれたはずだ、世界一の父親になっていたはずだと。

アニーは座ったまま背筋を伸ばした。「ジュリーとデビーはなぜジュリーの両親と暮らしていないのかしら？」

ロバータは肩をすくめた。「知らない」

「ママがあなたを守りたいように、ジュリーもデビーを守りたいのかも」さあ、いよいよ本題よ。「あなたはどう？　お祖父ちゃんに守られたほうがいいと思う？」

澄んだ青い瞳が彼女を見返してきた。「ママがいやなら、私も嬉しくないわ」

「ああ、ハニー」アニーは娘の手を握った。「お願いだから本音を聞かせて。あなたはサンフランシスコへ引っ越したい？　できないことじゃないのよ。ママが向こうで仕事を探せばいいんだから」

「それはお祖母ちゃんたちと暮らすってこと？」

アニーは唇を噛んだ。「住む場所は別よ。でも、近くに住めば、いつでも二人に会えるわ」

「ママはここが好きじゃないの？」

「好きよ。あなたは？」

「私はママと一緒にいたいだけ」

なんて嬉しい答え。これがロバータの本音ならいいけど。「だったら、もう一つ質問させて。一年だけ別の場所で暮らしてみるのはどう？　冬の間は在宅の仕事が中心になるから、ママと一緒にいる時間も増えるわよ」

「その間はデビーと会えなくなるの？」

「いいえ。デビーは週末にあなたに会いに来ることができるわ。お祖母ちゃんとお祖父ちゃんもね。こっちからみんなに会いに行くことも可能よ」

「それってどこなの？」

「ヨセミテ国立公園」

「大きなセコイアの樹があるところね」

「ええ。よく知っているわね」

「ママ、私はもう四年生よ。今、カリフォルニアの歴史を学んでいるの。この前は授業で動画を観たし、来年の学期末にはヨセミテへ校外学習に行く予定なんだから」

そうだったわ。新学期の始まりに配られた四年生のカリキュラムに書いてあった。「あの公園はとても有名だものね」

「公園の中にはダムがあって、私たちが使う水の一部はそこから来ているんだって。変わった名前の場所なの。一度聞いただけじゃ覚えられないくらい」

「ヘッチヘッチー貯水池のことね」

ロバータはうなずいた。「ママはどうして知っているの？」

「子供の頃、お祖父ちゃんたちによく連れていってもらったから。本当にきれいなところよ」

「ママはそこでどんな仕事をするの？」

「今までと同じよ。考古学の仕事」

ロバータは首を傾げた。「公園で？」

「ええ。ヨセミテ渓谷は考古学地区に指定されているの。アメリカ合衆国の国家歴史登録財にも登録されているわ。ママはあそこで考古学に興味を持つようになったの。ねえ、知ってる？　ヨセミテ渓谷には百を超す先住民の集落があって、先史時代の生活様式を知ることができるのよ」

「先住民たちは今もそこで暮らしているの？」

「一部の人はね。倒木や落石、地滑りのせいで、公園内にある考古学的な宝物は地中に埋もれてしまった。そのデータを整理し、可能な場合は発掘を試みる。それがママの仕事よ」

ロバータが考える表情になった。「私たちはどこに住むの？」

「公園内のどこかよ。ママは何年も前からこのチャンスを待っていた。そして、ようやくメールが届いたの。ママにこの仕事を依頼したい。もし興味があるなら現地を下見し、考古学部門の責任者から詳しい説明を受けるようにって」

ロバータは椅子から腰を浮かした。「私も一緒に行っていい？」

「今回は下見だから無理ね。月曜日の朝一番に家を出て、その日の夜には戻ってくるわ。あなたはお祖父ちゃんの家へ行く？　デビーかペニーの家にいたいなら、それでもいいわよ」

ロバータが突然キッチンから飛び出した。落胆しつつも、アニーは尋ねた。「どこへ行くの？」

「ネットで公園のことを調べるの！」

ロバータは本好きで、ネット検索が得意なのだ。アニーは娘のあとを追ってダイニングルームへ移動した。彼女たち親子はそこに置かれたパソコンを使って、学校の宿題や森林局の仕事をしていた。

アニーは戸口に立ち、娘がヨセミテ国立公園のサイトにアクセスするのを待った。永遠とも思える時間が過ぎた頃、ロバータが声をあげた。「ここでは馬に乗れるんだって！」

娘の弾む声を聞いてもアニーは驚かなかった。今は『ハリー・ポッター』シリーズに夢中なロバータだが、以前は動物に関する本ばかり読んでいた。動物なら猫や犬から狼やホッキョクグマに至るまでなんでも好んだが、一番のお気に入りは馬だった。

もし別の人生を選べるなら、ロバータはケンタッキー州の馬牧場に生まれることを望んだはずだ。ロバートも馬を愛していた。自分の娘も馬好きだと知ったら、彼はどんなに喜んだだろう。

「面白そうね」

「ここには何キロも続く乗馬道があるって」しばらく沈黙してから、ロバータはまた顔を上げた。「でも、学校はないみたい」

「学校は公園スタッフの子供たち専用だから、ネットでは宣伝していないのかも」

「そっか。子供を狙う悪人には来てほしくないものね」ロバータは大人びた反応を示した。

アニーの背筋に震えが走った。ありがたいことに、ヒルクレスト小学校では子供たちに社会の醜い一面について指導してくれている。アニーも自宅のパソコンにはフィルターをかけ、自分たち親子の安全を守ろうとしていた。

「ねえ、どう思う？」アニーは固唾をのんだ。「ママは下見に行くべきかしら？」

ロバータの視線はモニターの画面に釘付けになっていた。「うん。バイオリンのレッスンが終わったら、デビーに電話して、ヨセミテ国立公園を調べるように言わなきゃ。パークレンジャーの中には馬に乗る隊員もいるんだって。デビーも私と一緒に馬に乗れるかな。私、デビーに頼んでみる。ママが帰ってくるまでデビーの家で待たせてって」

アニーは拍子抜けした。ロバータは反対すると思ったのに、まさか馬が決め手になるなんて。これもロバートの遺伝子のおかげかしら。

「じゃあ、ママもボスにメールを送って、月曜日に下見に行くことを伝えるわ」

月曜日まであと五日。その五日の間に送られてきた資料を読み込もう。五世紀から六世紀頃にアワニチ族が暮らしていたというトゥオルミ川周辺。私はあの地域のプロジェクトに加わることになるのね。

ようやく巡ってきたチャンスを前に、アニーの心が浮き立ちはじめた。人生で最大の喜びである娘の誕生を別にすれば、これほどの興奮を感じたのはロバートを失って以来初めてだった。

昼食後、ベスが隊長のオフィスをのぞき込んだ。

「チェイス？ ベアード隊員から二番に電話よ。あなたの電話がすむまで待つと言っているわ」

隊長秘書にうなずき返すと、チェイスはトンプソン隊員とのやり取りを続けた。電話の用件は秋の清掃作業と公園内のキャンプサイトの修理についてだった。チェイスはこの季節があまり好きではなかった。普段は水量豊かな滝が痩せ細り、夏に大勢の客が押し寄せたせいで遊歩道が悲惨な状態になっているからだ。しかも、この秋は雨が降らず、小さな森林火災が頻発したため、今も園内のあちこちに煙が漂っていた。

ニッキーは冬眠中の熊を見たがっていたが、この暖かさでは当分は無理だろう。熊たちはまだ元気に動き回っていて、食べ物の匂いがする車やキャンプへ侵入し、せっせと腹ごしらえに励んでいる。

チェイスは休暇中の隊長のことを考えた。バンスは明日の午後に家族を連れて戻ってくる。マーセド空港までは僕が迎えに行こう。でも、もう三週間も過ぎたのか？ 十人分の仕事に追われて、時間の経過に気づかなかった。こんな激務を続けているのだから、バンスはたいした男だ。

昨夜、チェイスはフランク・ベアードの家で彼の妻のいとこスーザンと顔を合わせた。スーザンはビショップ在住の歯科医で、魅力あふれる女性だった。しかし、向こうがまた会いたいとほのめかしても、チェイスはその気になれなかった。調子を合わせることすらできなかった。フランクはきっと理解してくれるだろう。彼もチェイスと同じで、きれい事が言えないタイプだから。

ジェフ・トンプソンとの電話を終えると、チェイスは二番のボタンを押した。「フランク？　待たせてすまなかった」

「気にするな。昨夜は空振りだったみたいだな。でなければ今朝一番に君から電話があったはずだ。スーザンの滞在を一日延ばしてほしいと」

チェイスは安堵のため息をついた。「ああ、お察しのとおりだ。彼女は才色兼備で――」

「説明はいいよ。僕にも似たような経験がある。キムと出会う前は、どの女性にも本気になれなかった。君の問題は一度結婚していることだ。結婚は色々と面倒だからな。またそれを繰り返すのがいやなんだろう」

実際はずっと独身なんだが。チェイスは苦笑した。

「君には今夜電話で礼を言うつもりだった。君とキムの心遣いを無駄にしてしまったが、夕食は最高においしかったよ」

「キムも君に感謝していたよ。いいワインを持ってきてくれたって。だから、今回はおあいこだ。次はヒットが出るといいな」

「いや、闇雲にバットを振るのはもうやめだ。バンスがマイアミから戻ったら、僕は長い休暇を取る。旅先で誰かと出会うかもしれないぞ」まあ、そんなことはないだろうが。

チェイスの心にまたあの闇が広がりはじめた。彼からささやかな喜びさえ奪ってしまう昔からの闇。夏の初めに最後の家族だった祖母を葬ったあと、バンスがぽつりとつぶやいた。自分が空っぽになった気がすると。チェイスも同じ気持ちだった。とはいえ、このままではいけない。

「わかった、わかった」

「じゃあ、また」いったん受話器を置くと、チェイスは隊長秘書に内線電話をかけた。「明日のテルフォード所長との打ち合わせは何時からだ？」新所長はヨセミテ国立公園の魅力を宣伝するためのアイデアを温めているらしい。だとすると、打ち合わせは短時間では終わらないだろう。

「朝の十時半からよ」

「所長に連絡して、九時半からに前倒しできないか訊いてみてくれ」バンスの飛行機は午後四時十分に到着する。それまでに空港へ着いておきたい。

「了解。おやつはいる？」

チェイスはくすくす笑った。「愚問だね。コーヒーも一緒に頼む」

「バンスと同じことを言ってる。その椅子からあなたがいなくなったら寂しくなりそうだわ」

「勘弁してくれ、ベス。この聖なる椅子はバンスのものだ。謹んで返上するよ」

「あなたは隊長になりたくないの？」

チェイスはうなった。「これからローワー・パインズ・キャンプグラウンドへ行く。向こうの状況を見てくるよ」

「幸運を」

チェイスは笑った。現地がひどい状態なのは周知の事実だからだ。電話を切ると、彼はビジターセンターの裏口から外へ出て、自分のトラックへ向かった。運転台に乗り込んだとたん、また電話がかかってきた。朝からひっきりなしの電話。月曜日はいつもこうだ。

「はい、こちらジャービス」

「チェイス？　マークだ。五分前、トム・フラーが操縦するヘリが、パイユート山上空でレーダーから消えた。それ以来、連絡がつかない。おそらく墜落したと考えられる。だから空と陸、両方の救助隊に出動を要請したが、現場へ到着するまでは少し時間がかかるだろう。トムの妻とはまだ連絡がついていない。すぐに電話が欲しいとメッセージは残しておいたが」

チェイスは受話器を握りしめた。新所長の依頼を受けて、そのヘリの飛行を認可したのは彼自身だ。テルフォードは公園で働く考古学者を増やそうと考え、そのための資金を調達したのだった。

「トムたちが早く発見されることを祈ろう」生きているのか。死んでいるのか。冬眠前の熊たちは腹ごしらえの真っ最中だ。もし連中に見つかったら。その先は考えたくない。「乗客の名前は？」

「サンタローザの森林局に勤めるマーガレット・アン・バウアーだ」

バウアー？

その名前を聞いただけで、チェイスは息が苦しくなった。頭がくらくらした。いや、アニーじゃない。そんなことはありえない。

彼は震える手で髪をかき上げ、十年前の記憶を探った。もしマーガレットという名前があるなら、本人がその話をしたはずだ。僕たちはすべてを分かち合っていたのだから。そうとも。アニーは今頃結婚して、違う名字になっているに違いない。

「もし連絡先がわかるなら、彼女の家族にも電話したほうがいいだろう」でも、自分で電話をするのは避けたい。もし電話をすれば、先方に発信者番号を知られてしまう。個人的に関わることになる。

「もうしたよ。つながったのは留守番電話だったが。男の声で今は全員留守だと言われた。たぶん、彼女の夫だろう。だから、メッセージを残しておいた」

アニーもすでに結婚しているはずだ。だが、仕事では旧姓を使っている可能性も否定できない。

「そこまでやれば十分だ。今のところは。新しい情報が入ったら報告してくれ」

「了解」

チェイスはトラックを発進させた。出発前に救助隊と話したい。もしアニーが今も結婚していないとしたら……。

留守番電話が男の声だったからといって、彼女に夫がいるとは限らない。家の中に男がいると思わせるために、知り合いの男に録音してもらった可能性もある。隣人とか、友人とか。あるいは恋人とか。父親が吹き込んだとも考えられる。サンフランシスコはサンタローザからそう遠くない。

マーガレット・バウアーは考古学者だ。これまでにもたびたびここへ来ていただろう。彼女がアニーなら、僕が気づかないはずがない。

もし彼女が僕を見て、僕が生きていることを知ったとしたら？　密かに真実を探るために、新所長のプロジェクトに応募してきたのだとしたら？

いや、その可能性はまずないだろう。もし僕を見かけたのなら、アニーはその場で反応していたはずだ。

チェイスは悄然としてかぶりを振った。疑問ばかりで答えが見つからない。彼は墜落したヘリコプターのことを考えた。変わり果てたアニーの姿を想像すると、冷たい汗が噴き出した。気がつくと、彼はヘリポートへ向かってトラックを疾走させていた。

運転台から飛び降りる直前に、チェイスはマークに電話した。「僕も墜落現場へ飛ぶ。次に連絡するまでは君が隊長代行だ。ベスにもそう伝えてくれ」

2

うめき声が聞こえる。誰がうめいているのだろう。答えが知りたいけれど、何かが目を覆っていてわからない。アニーはその何かを手で取り除こうとした。とたんに上腕に激痛が走り、彼女は息をのんだ。もう一方の腕は体の下敷きになっていた。

またうめき声が聞こえた。煙の臭いもする。口の中には血の味。喉がからからだ。水が飲みたい。

振動音が聞こえてきた。最初は自分の頭の中から聞こえているのかと思った。その音は鳴り止むことなく、徐々に大きくなっていく。キツツキが彼女の頭蓋骨を割ろうとしているのだろうか。ペースも上がってきた。コツ、コツ、コツ。ああ、頭がおかしくなりそうだ。

「いたぞ」男性の声がした。複数の足音が近づいてくる。

「落ち着いて」別の声が彼女に語りかけた。

「脈を確認した。生きているぞ」

「ああ、よかった」さらに別の声がした。胸が張り裂けそうなほど懐かしい声が。

「腕が折れている可能性があるな。頭部に傷がある。内臓も損傷しているかもしれない。すぐに病院へ搬送しよう」

アニーの目を覆っていた何かが取り去られた。彼女は自分が制服姿の男たちに囲まれていることを知った。頭上にはヘリコプターが飛んでいた。さっき聞こえたのはこのローターの音だったのだ。アニーの全身がかっと熱くなった。ロバートを探さなきゃ。あれは彼の声だった。彼は死んでいなかった。ここにいたんだわ。

「首と背中は固定した。バスケットに収容しよう」

「腕に気をつけて」またロバートの声がした。

アニーは体を持ち上げられるのを感じた。痛みで声がもれる。重たいまぶたを必死に開くと、銀色がかった灰色の瞳が見えた。この瞳は……。

「ロバート？」

次の瞬間、灰色の瞳は視界から消えた。私はまた彼から引き離されるの？　そんなの耐えられない。

「ロバート！」アニーは叫んだ。振り返ろうとしたが、頭を動かすことができなかった。焼けるような痛みが彼女をのみ込んだ。「彼らを止めて！　私のそばにいて――」彼女は必死に叫んだ。気を失うまで叫びつづけた。

チェイスは息をすることもできなかった。

アニーの叫び声が徐々に遠ざかっていく。名前を呼ばれるたびに動揺が増した。バスケットがヘリコプターに収容される様子を、彼は地上から見守った。斜面の上のほうでは、トムをもう一機のヘリコプターに収容する準備が進んでいた。奇跡的にも死者は出なかった。

アニーが生きていた。仕事のためにこの公園へやってきて、僕と巡り会った。こんな偶然があるのだろうか。

チェイスは両手に顔を埋めた。じきに三機目のヘリコプターが調査チームを運んでくる。彼らの現場検証がすむまでは僕もここにいよう。報告書作成のために調査結果を待つふりをして。

でも僕がここに残るのは、一人になって落ち着きを取り戻すためだ。壊れた人形のように横たわるアニーを見たときは愕然とした。僕に気づいたアニーは、悲痛な声で僕の名前を呼んだ。あのときは自分の立場を忘れそうになった。アニーとヘリに乗り込みたい、ずっと彼女のそばにいたいと思った。でも、それはできない。僕はお尋ね者で、過去を封印した男だ。アニーには幻覚を見たと思わせよう。救助隊の連中もきっとそう考えているはずだ。

アニーの指に結婚指輪はなかった。彼女に夫はいないということか？　彼女も僕と同じで、ほかの誰かと恋に落ちることができなかったのか？

アニー、アニー……。僕に気づいた瞬間、彼女の瞳が深い青に変わった。肩まで伸びた髪はミンクのようにつややかだった。血で汚れた唇も相変わらずセクシーだった。

チェイスは自分を叱った。雑念を振り払い、上層部への報告書を作成するために墜落現場を歩き回った。しかし、彼の中では闇が広がりつつあった。心臓をむしり取られたような気分だった。

ショックを引きずりながらも、チェイスは携帯電話を取り出し、マークに連絡した。「いちおういい知らせだ。被害者は二人とも生きて発見され、ストックトンの聖ガブリエル病院へ搬送された。ただし、予断を許さない状況だ」もしマークがヘリコプターの無残な有様を見たら、生存者がいたことを信じないだろう。チェイスの体に震えが走った。声も震えていた。「神が今日は我々に味方してくれた」

「アーメン」マークがささやいた。「しかし、タイミングが悪いな。明日は隊長が戻ってくるのに」

「そうだな」チェイスは思わず目を閉じた。ヨセミテ国立公園で働く者たちは、ニッキーの両親がエル・キャピタンの頂上で死亡した一年半前の出来事を忘れていなかった。

「とにかく、新たな情報がわかってよかった。少なくとも、トムは生きているんだな。彼の妻が聞いたら、どんなに喜ぶか」

チェイスは咳払いをした。「バウアー家からは折り返しの電話があったか？」

「いや、まだだ。だから、サンタローザの森林局に相談した。彼女の緊急連絡先はサンフランシスコの両親宅らしい。森林局がすでに連絡したそうだから、じきに向こうから電話がかかってくるだろう」

アニーの両親はショックを受けているだろう。彼女を愛する男もショックを受けているはずだ。結婚していないとしても、彼女の人生に男がいないはずがない。僕以外の男が。考えるだけで胸が潰れそうになる。

遠くから空を切るローター音が聞こえてきた。

「マーク、僕はもうしばらく墜落現場に留まる。現場検証がすんだら、調査チームと一緒に本部へ戻る。被害者たちの状態について情報が入ったら、僕にも教えてくれ」アニーはきっと助かる。そうに決まっている。

「了解」

誰かが病室に入ってきた。アニーは目を開いた。

「ハロー」

「ハイ。あなたがミス・バウアー？　それとも、ミセス・バウアー？」

「ミス・バウアーよ。でも、アニーと呼んで」

「私はハイディ。あなたを担当する当直看護師よ。痛みはどんな感じ？　十を最悪として、一から十で表すといくつくらい？」

「二くらいかしら」

「よかった。折れた腕はそこまで痛くないということね」

「頭の傷のほうがずっと痛いわ」

「縫合した傷はしばらくひりひりするのよ。鎮痛剤を持ってきましょうか？」

「ありがとう。でも、今はいいわ」

「本当に？　血圧が少し高めね。何か心配事でもあるのかしら？　ほかはすべて問題なしよ。これならすぐに退院できそうだわ」ハイディはさらに体温や心拍数などもチェックした。

アニーはぎゅっと目をつぶった。いいえ、問題はあるわ。大きな問題が。

ロバートに双子のきょうだいはいなかったはず。ということは、彼は生きていたのよ！

ヘリコプターが墜落したあと、私は彼の声を聞いた。彼の顔を見た。最初に気づいたのはあの声だ。間違えるはずがない。指紋と同じで、声は一人一人違うものだから。

慎重な手つきで私をバスケットへ乗せた人。あれはロバートだった。前より日に焼け、年齢を重ねたロバートだった。経験による皺が刻まれた堅い唇。でも、かつてあの唇は柔らかく感じられた。泣きたいくらいの優しさがあった。

十年前は長かった焦げ茶色の髪。でも、今日は短く刈り込まれていた。無駄な肉を削ぎ落としたような顔。あれも十年前とは違う。最近はめったにほほ笑まないのかもしれない。今日のロバートはタフそうに見えた。人を寄せつけない感じがした。

複雑な思いを胸に秘めながら、アニーは看護師に話しかけた。「私、娘のロバータを待っているの」

「ロバータはいくつ？」

「十歳」

「ああ。それでそわそわしていたのね」

「私の両親が連れてきてくれるはずなの。そろそろ着いてもいい頃なんだけど」

「受付に確認してみましょうか？」ハイディはベッドの上部を少し高くした。「森林局の人が来ていて、報告書を作るためにあなたの話が聞きたいと言っているわ。どう？　少しくらいなら話せそう？」

「ええ、中に入ってもらって」私もいくつか訊きたいことがある。

「アップルジュースのお代わりはどう？」

「できればコーラをもらえる？」

「もちろん。すぐに持ってくるわ」

戸口でのやり取りのあと、一人の男性が病室に入ってきた。「こんなときに申し訳ない。手短にすませますから」

「どうぞ遠慮なく」

「トラブルが起きたと気づいたときのことを教えてもらえますか?」

「ええ。私に先住民の集落を見せようとして、トムは低空飛行をしていました。すると、ヘリコプターが急にくるくる回りはじめたんです。何かにぶつかったわけでもないのに。例えるなら空に上がった凧みたいな感じでした。気流に乗って順調に飛んでいた凧が、次の瞬間には理由もなくきりきり舞いを始めたりするでしょう? でも、トムは驚くほど冷静でした。私にヘリが墜落することを伝え、胎児のポーズを取るように指示しました。そして気づいたときには、私は茂みの中に倒れていたんです」

「まさに奇跡の脱出だ」

「トムは無事ですか?」

「片脚が折れていますが、無事ですよ」

「よかった! 彼はなんて言っていました? 墜落の原因について?」

「詳しく調査しないと何も断定はできませんが、トムは機体の内部に問題があったんじゃないかと言っていましたね。彼は海軍時代にもこういう墜落を何度か経験したそうです」

「きっとそうだわ。これは彼の操縦技術とは関係ありません。私がパニックにならないように、彼は落ち着いて対処してくれました。とても勇敢でした」

「ご協力ありがとう。最後に一つお知らせを。今回のあなたの治療費はすべて森林局が支払います」

「よろしくお願いします」

来客が帰ると、アニーは再びベッドに背中を預けた。私と別れたいのなら、ただおしまいにしようと言うだけでよかったのよ。それなのに、ロバートは両親の死という悲劇に乗じて、私の人生から姿を消した。

私を切り捨てるためだとしたら、これ以上はないほどうまいやり方だ。面倒な言い訳もしなくてすむ。だって、私は彼が死んだと思っていたのだから。

もし今、私と向き合うことになったら、ロバートは記憶喪失のふりをするかしら？　救助する間も、彼は私に気づかないふりをしていた。でも、私はだまされない。ほんの一瞬だけど、彼のまなざしが変化した。灰色の瞳に強い光が宿った。

ロバートが私の前から消えた理由はわからない。でも、彼が私と別れたかったことは確かだ。それなのに、よりによって墜落現場で私に見つかるなんて、本当にお気の毒さま！

彼はもう公園から逃げ出しているかしら。その必要はないのに。私は彼を問い詰めるつもりはない。嘘をついてまで私と別れた相手に復縁を迫るなんてありえない。

今日の墜落事故でよくわかった。人の命ははかないものだ。でも、私たちは奇跡的に助かった。私にとって何より大切なのは、娘を育てるために生きつづけること。ロバートが十年間死んだふりを続けてきたのなら、これからもずっと死んでいればいいんだわ。

もしロバータが真実を知ったら。あの子は会ったことのない父親を愛している。真実を知ったら、その愛情が消えてしまう。あの子の世界から光が消えてしまう。だったら、山で見たことは秘密にしよう。ロバータにも誰にも言わないでおこう。

「ママ？」

涙で濡れた顔を赤く染めたロバータが病室に飛び込んできた。アニーの両親があとに続いた。アニーは左腕にギプスをはめ、右手に点滴の針を刺されていた。そんな母親の胸に顔を埋めて、ロバータは静かにすすり泣いた。アニーの両親は目に涙を浮かべて、その光景を見守っていた。

最初に口を開いたのはアニーだった。「私は無事よ。パイロットがとても冷静な人だったの。彼が身を守る方法を教えてくれたおかげで、腕の骨折程度ですんだわ」

「そのパイロットは亡くなったのか？」彼女の父親が尋ねた。

「いいえ。脚は折ったみたいだけど。私たちは本当に運がよかった。ヘリコプターに異常が発生したとき、私たちは先住民の集落を見るために地上すれすれを飛んでいたの。ドクターの話だと、明後日には退院できるそうよ」

両親が彼女の頬にキスをした。母親が涙声で語りかけた。「退院したら、うちで体を休めてちょうだい。あなたが生きていてくれて本当によかった！森林局から知らせを受けたときは、すぐには信じられなかったわ」

「こんなに恐ろしい思いをしたのは初めてだ」父親が低い声でつぶやいた。

「私もよ」アニーは娘の頭を撫でた。「あなたにも怖い思いをさせたわね」

「ママがヨセミテに行かなければよかったのよ。お願いだから二度と行かないで」泣き声が病室内に響き渡った。ロバータの細い体が震えていた。

娘の必死の懇願がアニーを決断させた。「決めたわ」

ロバータが顔を上げた。「何を？」

「この仕事は断ることにする。二人でサンフランシスコへ引っ越しましょう」

「アニー」母親が叫んだ。その声には喜びと驚きが混じっていた。

ロバータはアニーを見つめた。「それはサンフランシスコで暮らすってこと？」

「そうよ」

父親もまじまじとアニーを見つめていた。よほどのことがない限り、彼女がこういう決断をするわけがない。当然のことながら、父親は事故で死にかけたせいだと考えているのだろう。

「それがいい。そうするのが……」父親は立ったまま涙を流した。

私の決断しだいで家族が幸せになれる。もう過去を振り返るのはよそう。これからはロバータのためだけに生きよう。両親にも孝行をしよう。

「どんな仕事をするつもりだ？」

「まだわからないわ。大学へ戻って、教師になるかも」とにかく考古学と過去から距離を置きたい。私が長年崇拝してきた男性にその価値がないと知った今は。

父親は孫娘に腕を回した。「重要なのは、みんなが一緒にいることだ」

ロバータは祖父を見上げた。「私、今夜はママのそばで寝ていい？」

「看護師さんが戻ってきたら訊いてみよう」

「たぶん大丈夫よ」アニーは母親へ視線を移した。「ママたちは？　今夜はどこに泊まるの？」

「病院の近くのホテルに」

ドアが開き、看護師がコーラを運んできた。「ご家族もみんな到着したみたいね」

アニーはうなずいた。「折りたたみ式のベッドはあるかしら？　娘が今夜はここで寝たいと言っているの」

「もちろん。すぐに用意させるわ」

「ありがとう。あなたにはお世話になりっぱなしだわ」

「お世話をするのが私たちの仕事だもの。ご家族も喉が渇いているんじゃない？　あなたはどう？」看護師の問いかけに、ロバータがうなずいた。「あなたの好きな飲み物は？　スプライト？　コーラ？　オレンジソーダ？　ルートビア？」

「ルートビア」

「私たちはコーラで」母親が言った。

「任せて」そう言うと、看護師は再び姿を消した。

アニーの瞳が涙で潤んだ。私が愛する家族。その家族が全員ここにいる。今朝、私は新しい冒険に乗り出した。その日のうちに私の人生が一変するとも知らずに。

今日の事故で私が優先するべきことがはっきりした。ロバートとの再会で歴史が書き換えられ、過去への扉が閉ざされた。私にはこの三人さえいればいい。これからは彼らのために生きていこう。

「チェイスおじさんだ！」

ニッキーが両親から離れて、車のほうへ走ってきた。助手席のドアにもたれて待っていたチェイスは、少年を抱き上げてハグをした。しかし、心の中では感情の嵐が吹き荒れていた。

「僕の絵はがき、届いた？　ロンドン塔のやつ！」

「ああ。いい絵はがきだった」

「あの中では昔、拷問がおこなわれてたんだよ」

「絵はがきにもそう書いてあったね」

ニッキーはチェイスの頬にキスをした。「おじさんにお土産があるんだけど、まだスーツケースの中なんだ」

「早く見たいな」

少年の瞳がきらめいた。「きっと気に入るよ」

「ああ、間違いない」バンスが請け合った。

チェイスは親友に向き直った。幸せそうに輝く瞳。結婚したことで五歳は若返ったみたいだ。レイチェルも愛される者ならではの充足感が満ちあふれている。

明日公園を離れたあとも、今の三人の姿は忘れないだろう。僕の大切な友人たち。彼らに会えなくなるのは身を切られるほどつらいが。チェイスはレイチェルを抱擁した。「お父さんの具合は？」

「絶好調よ！　手術も完璧だったし。じきにこっちへ引っ越してくると思うわ」

「それはよかった」チェイスは機械的に答えた。昨日、墜落したヘリコプターの乗客の名前を聞いたときから、彼の人生はひっくり返ってしまったのだ。

バンスの目つきが鋭くなる。すでにチェイスの様子がおかしいことに気づいているようだ。隊長とは隠し事のない関係を続けてきたが、今回だけはしらを切りとおすしかない。

「荷物は僕が積むから、みんなは先に乗ってくれ」

チェイスは車の後部へ回り、トランクを開けた。

バンスがあとを追ってきた。「うまく言えないが、ひどい顔だぞ」

ああ。昨日から生き地獄が続いているからな。唯一の救いはアニーが無事だったことだ。マーク・シムズの話だと、腕の骨折と頭部の裂傷だけですんだらしい。

「僕に君の代理は荷が重かった。ヨセミテ国立公園のレンジャー部隊の隊長は、僕が考えていたよりもはるかに大変な仕事だったよ」

チェイスはトランクを閉め、運転席に乗り込んだ。ニッキーとレイチェルはチャイルドシートが設置された後部座席に収まっていた。バンスが助手席に乗る。チェイスはまた親友の鋭い視線を感じた。

空港を離れると、チェイスはわざとニッキーに話しかけた。「白いフクロウには会えたかい？」

「ヘドウィグに会ったよ！」

「本物のヘドウィグに？」

「うん」

「映画に出ていたあのヘドウィグ？」

「そうだよ。でも、映画じゃ違うフクロウを何羽も使ってたんだって。僕が会ったヘドウィグは本当はオークって名前だった」

「よく会えたな」

「ママとパパが車で連れてってくれたから。町の名前は、ええと、なんだっけ？」

「ウォルソールよ」レイチェルが口を挟んだ。

「そう。そこのライブラリーに女の人が動物を連れてきたの。オークもね。オークは雪みたいに白かったよ」

「ラッキーだったな」

「うん。僕、その人と一緒に写真を撮ったんだ。あと、ヨツユビハリネズミにも触ったよ」

チェイスはくすくす笑った。かわいいニッキー。でも、もう会えなくなるのか。「写真を見るのが楽しみだ」

「チェイスおじさんはヨツユビハリネズミを見たことある？」

「いや、ないと思うよ」

「ヨツユビハリネズミってすごく小さいんだよ」

「そうか。女王様には会えなかったのかな？」

「うん。でも、女王様を守るでっかい帽子の兵隊さんたちは見たよ。なんて名前だっけ、ママ？」

「近衛兵よ」

「そう、近衛兵だ。それから、赤い二階建てのバスにも乗ったよ。二階からだと川でもなんでも見えるんだ。あとね、何をしたと思う？」

「何かな？」そう、その調子だ、ニッキー。

「列車に乗ったの」

「ホグワーツ行きの？」

ニッキーはくすくす笑った。「ホグワーツなんてほんとはないんだよ。変なおじさん」

ブロンドの少年は公園の入り口までしゃべりつづけた。チェイスはそのまま通り過ぎるつもりでいたが、守衛のジェフ・トンプソンが彼らに気づき、詰め所から出てきた。

「おかえりなさい、隊長」

「ただいま」

ジェフは後部座席のニッキーとレイチェルに向かって帽子を傾けた。「ジャービス副隊長の仕事ぶりは見事でしたよ。隊長がいないことに誰も気づかないくらいだった」

「話を盛りすぎだぞ」チェイスはたしなめた。

「だから、彼に代理を任せたんだよ」バンスも調子を合わせた。「何かニュースはあるか？」

「特にないですけど、パイユート山でヘリが墜落した件はもう聞いていますよね？」

バンスが驚いた顔で副隊長を振り向いた。

チェイスは歯噛みした。感謝感激だよ、ジェフ。

「外で話そう」彼が小声で告げると、バンスは無言でうなずいた。二人は車から降りた。ニッキーには聞かせたくなかったからだ。

「いつの話だ？」バンスがしかめ面で尋ねた。

「昨日」

「なぜ僕に話さなかった」

「死者が出ていたら話したよ。幸い、パイロットも乗客も骨折程度ですんだから」

「あれだけの事故で誰も死ななかったんだから、奇跡と言うほかないね」ジェフが口を挟んだ。

チェイスは隊長に事故の詳細を説明した。「今のところ調査官たちは、ローターが故障したか、あるいは飛行中に機械的な異常が発生したのだろうと考えている。そう考えないと合理的な説明がつかないらしい」

「操縦していたのは誰だ？」

「トム・フラーです」ジェフが答えた。

チェイスが補足した。「幸い、パイロットがミスをした疑いは排除されている。事故が起きたのは昼頃で、天候にも問題がなかった」

「誰が乗っていたんだ？」

チェイスはこめかみのあたりで血管がどくどく脈打つのを感じた。「森林局から下見に来た新しい考古学者だ」

「新しい考古学者？」

「テルフォード所長のアイデアで、考古学者を増員することになったんだ」

「救助隊の話だと、かなりの美人らしいですよ」ジェフが言った。

「名前は？」

「マーガレット・バウアー。早くも彼女に会うための行列ができてます。僕も真っ先にデートを申し込むつもりです」

チェイスの頭に血が上った。

「つまり、彼女は独身なんだな？」バンスがぶつぶつ言った。

ジェフはうなずいた。「娘が一人いて、その子と一緒に公園内で暮らすようです」

娘？　チェイスは危うく卒倒するところだった。それほどショックを受けたのだ。

「その子の年齢は？」

ジェフは肩をすくめた。「僕は知りません。詳しいことはマークに訊いてください」

チェイスは親友へ視線を移した。「その件は明日話すつもりだったんだ。今日は戻ってきたばかりだから」

「今日のうちに聞けてよかったよ。備えあれば憂いなし、だ。そのニュースは公園中で話題になっているんだろう？」

「ああ。でも、最悪の事態を免れたから、騒ぎはすでに下火になっている」

「新所長は心臓発作を起こしかけたに違いない」

ジェフがうなずいた。「二人の無事がわかるまでは、みんな気が気じゃなかったですよ。責任を感じたテルフォード所長は、自らマスコミ向けの声明文を書いて、公園の広報係に渡したそうです」

「それなら一安心だ」

チェイスの我慢が限界に達した。「ジェフ、君との会話は楽しいが、隊長たちは長旅から戻ってきたばかりだ。まずは家まで送り届けないと」それがすんだら、マークの話を聞かないと。

彼らは再び車に乗り込んだ。ジェフが後部座席の二人に手を振った。「またな、ニッキー！」

「うん、またね！」

そこからヨセミテ渓谷までの道中は仕事の話が続いた。レイチェルとニッキーは後部座席で別の話をしていた。バンスの家の私道に入ると、チェイスは車のエンジンを切った。

「荷物を運ぶのを手伝うよ」本当は一刻も早くマークの話が聞きたいが、この状況では無理だ。

バンスは先に妻と息子を家へ通し、チェイスとともに荷物を運び込んだ。そして、さっさと帰ろうとするチェイスの腕をつかんだ。「おいおい。どこで火事でも起きているのか？　まあ、ゆっくりしていけよ。レイチェルが軽食を用意するから」

チェイスは苦笑した。「今夜は花嫁と自宅で過ごす最初の夜だろう。四人は多すぎる。それに、僕には隊長代理の責任がある。明日、君が出勤するまではね」

バンスの肩をたたいてから、彼は車へ戻った。駆け出したい衝動を必死にこらえながら。サイドミラーをのぞくと、バンスはまだ戸口に立っていた。そのいかつい顔には深い皺が刻まれていた。

チェイスは角を曲がった。自宅の私道でブレーキを踏み、リモコンを操作して車をガレージにしまった。それから急いで家の中へ入り、キッチンで携帯電話を取り出して、マークに電話をかけた。

「任務完了だ。バンスと家族は無事に帰宅した」

「それはよかった。隊長の様子は？」

「宝くじを当てた男より幸せそうだったよ」

「よかったなあ。本当に」マークが感慨深そうにつぶやいた。ほかの隊員たちと同様に、公園の警備主任もバンスのことが大好きなのだ。「ニッキーは元気にしていたか？」

「ああ。車の中でもずっとしゃべっていた。君もきっと土産話を聞かされるぞ」

マークは笑った。「僕はあの子に夢中だよ」

「みんな、そうだよ」もう限界だ。早く答えが知りたい。「子供といえば、ミズ・バウアーには娘がいるらしいな。ジェフがバンスに話していた」

「ああ、いるよ」

「ニッキーくらいの年の子か？　もしそうなら、ニッキーの友達になってくれるといいな」

「森林局から提供された情報シートによると、娘はうちのカーリーと同じ十歳だそうだ。四年生で名前はロバータ」

チェイスの指から携帯電話が滑り落ち、キッチンの床に転がった。

僕の子供だ。アニーと僕の子供。女の子。僕には娘がいたのか！

「チェイス？　聞いているか？」

「もしもし？　チェイス？」

チェイスは腕を伸ばし、震える手で携帯電話を拾った。「ああ」彼は呆然としてつぶやいた。「すまなかった。電話を落としてしまってね。情報をありがとう、マーク。バンスは明朝までは休みだ。もし緊急事態が発生したら、すべて僕に回してくれ」

「了解」

電話を切ると同時に、チェイスはシンクにもたれかかった。ぼんやりと窓を見つめながら、自分が父親であるという事実と向き合おうとした。やがて、玄関のドアがノックされた。無視できないような忙しないノック。おそらく隊員の誰かが呼び出しに来たのだろう。勘弁してほしい。今だけは。

それでもチェイスは玄関へ行き、ドアを開けた。

彼を一目見るなり、バンスは言った。「思ったとおりだ」そして、友人を回り込むようにして家の中へ入ってきた。

チェイスはドアを閉めた。二人の男は敵同士のように互いに向き合った。

「どういうことか説明してくれ。それを聞かないうちは僕はここから動かない」

3

チェイスは親友を見つめた。一分以上はそうしていただろうか。そして、ついに腹をくくった。「君にとってはいやな話になると思う。僕がすべて話し終えたとき、君は嘘をついていた僕を憎むだろう。ここにいることで公園を危険にさらしていた僕に腹を立てるはずだ」

バンスの顔から表情が消えた。「その判断は僕がする。いいから話せ」

一つ息を吸ってから、チェイスは話しはじめた。

「まず僕の名前だが、本名はロバート・マイヤーズという。生まれたのはサンディエゴじゃなく、ニューヨークだ。僕の人生にバーバラという女性はいない。僕は結婚も離婚もしていないし、海軍にいたこともない。両親がそうだったように、僕もデューク大学で考古学の博士号を取った。ただし、そもそもの話、僕はアメリカで育ったわけじゃない。両親は赤ん坊の僕を連れて中国へ渡った。シルクロードをたどって西へ西へと移り住み、最後はアフガニスタンのカブールで発掘をすることになった。海兵隊員としてイラクにいた君なら知っていると思うが、考古学者は外国人が入りにくい国でも簡単に入れたりするんだ。両親はＣＩＡの要請を受けて、彼らのために情報収集をするようになった。当時の僕はまだ子供で、その重大性を理解していなかった。わかっていたのは、僕たちの活動は誰にも話してはいけないということだけだ」

バンスが唖然とした表情でかぶりを振った。

「アフガニスタンはソ連軍の侵攻を受け、続いてタリバンに支配されるようになった。その間にカブールの国立博物館から国宝が消えた。でも、その国宝が西側の競売会場やロシアで現れることはなく、世界は首を傾げるばかりだった。結論から言ってしまうと、国宝は盗まれたのではなく、タリバン政権が大統領府の地下にある強固な金庫室に隠していたんだ。タリバン政権の崩壊後、鍵師のチームが呼ばれて、七つあったロックを解除した。何品かは欠けていたが、バクトリア王国の黄金の宝物はすべてそこにあった。歴代の国王の横顔が刻まれた二千枚の硬貨もだ。それで、宝物の正当性を確認し、シルクロードにおける中央アジアの役割を検証するために、考古学者の集団がいくつも派遣された」

「君も検証に携わったのか？」

チェイスはうなずいた。「多少はね。しかし、勝利には代償が伴う。タリバンとつながりのあるアルカイダの組織が、その発見に関わった者たちを敵と見なした。彼らは発掘現場を爆破し、僕の両親と十三人の関係者を殺害した。僕も瀕死の状態だったが、CIAによってスイスへ移送され、そこで治療を受けた。一年間は入院したかな。傷の範囲が広かったし、何度も植皮手術を受けたから。子供はもう望めないと言われたよ。それともう一つ……」

バンスが息を凝らしているのがわかった。

「僕の心臓には爆弾の金属片が残った。もし無理に摘出しようとすれば、僕は死んでいただろう。いつ死んでもおかしくない。そんな人生になんの価値がある？　だから、僕は再びCIAのために働くことに同意した。ただ死を待つよりはましだと思ったからだ。僕はアラビア語とパンジャブ語とダリー語が話せる。その能力を使って敵地に侵入し、情報を収集するのが僕の役目だった。CIAでの活動は六年に及んだ。でも特殊部隊に潜入したとき、カブールの爆破事件に関わっていた二重スパイが僕の正体を見破った。CIAはただちに証人保護プログラムを適用し、僕はヨセミテの森で身を潜めることになった。こんな体でどうやって採用されたのかって？　当局が健康診断の胸部X線写真を他人のものとすり替えたんだよ。それから三年の間、僕の正体に気づく者はいなかった。昨日までは」

バンスは腕組みをした。「初日から君に親近感を覚えたのはそのせいだったのか。それで？」

チェイスは唾をのみ込んだ。「僕は今、問題を抱えている」

「君の正体がここの連中にばれたのか？」

「いや、まだ正体はばれていない。これはもっと個人的な問題だ。さっき僕は自分に子供がいることを知った」

バンスは目を細くした。「もう一度言ってくれ」

「僕だって信じられないよ。でも、どうやら僕には娘がいるらしい。昨日のヘリに乗っていた女性がその母親アニー・バウアーだ。僕はアフガニスタンで彼女と恋をした。アニーはカリフォルニア大学で考古学を専攻する学生で、単位取得のためにボランティアとして発掘に参加していた」

バンスの顔に驚きの表情が広がった。

「アニーが初めて発掘現場に現れたときは、作業をしていた男たちが全員彼女に見とれた。僕も一目でアニーに関心を抱いた。彼女の笑顔を見たとき、関心は恋に変わった。僕たちはいつも一緒だった。あの惨劇が起きるまでは。幸い、あの朝は彼女だけアパートメントに残っていた」

「運がよかったな」バンスはつぶやいた。

「僕たちは夏の終わりに結婚する予定だった。それがあんなことになって……。アニーは僕が死んだと思い、一人でカリフォルニアへ戻った。僕は避妊には気をつけていた。だから、彼女が妊娠していたなんて思いもしなかった。当時、アルカイダの小集団はアメリカの至るところで活動していた。だとすると、発掘に参加していた彼女も狙われるかもしれない。僕はその可能性を恐れた。だから、彼女にとって死者でありつづけるしかなかった。それに、考えてもみろよ。いつ死ぬかわからない傷だらけの男を望む女性がいると思うか？」

バンスは顔をしかめた。「まあ、普通はな」

「この十年間、ＣＩＡはアニーを監視下に置いてきた。でも、彼女の情報を僕に伝えたことは一度もなかった。もし娘がいると知ったら、僕はじっとしていられなくなる。彼らにはそれがわかっていたんだろう」チェイスは息を吸い込んだ。「君に想像できるか？　昨日、墜落現場で横たわるアニーを見つけたときの僕の気持ちが？」

「チェイス――」

「僕たちはアニーを救助用のバスケットに乗せた。そのとき彼女が目を開け、僕の名前を叫んだんだ。ロバートと。ほかの連中は彼女の夫の名前だと考えた。事故の被害者が家族の名前を呼ぶのはよくあることだからな」

バンスは頭の中で情報を整理した。「さっきジェフが彼女に娘がいると話していたな。あれから君の様子がおかしくなった」

チェイスはうなずいた。「数分前、マークに電話で確認した。僕の娘は十歳になっていた」

「名前は聞いたか？」

「ロバータ」

バンスは低く口笛を吹いた。「ＤＮＡ鑑定よりも確かな証拠だ」

チェイスが顔を上げた。「僕はどうすればいい？」

「君はどうしたいんだ？」

「それが問題で――」

「ああ、難問だな」

「君はわかっていない。僕の心臓はまだ動いている。でも、破片の位置が少しずれただけで止まる可能性があるんだ」

「だが、この十年は無事だった。もう危機は乗り越えたってことじゃないのか」

「そうかもしれない。でも、ＣＩＡの担当者の話だと、アルカイダの工作員たちはいまだに僕を捜しているらしい。彼らは執念深い。証人保護プログラムのおかげで今も無事に生きているが、僕はこの先もずっとお尋ね者なんだ。アニーが退院する前に、僕はまた別の世界へ消える。それがアニーとロバータのためだ」

バンスは首を横に振った。「彼女と娘を守りたいなら、人里離れた場所にいるのが一番だ。君はここにいろ。絶対に離れるな」

チェイスの目頭が熱くなった。「僕は君にも正体を隠してきた。軽蔑されても文句は言えないのに」

「ばかを言うな。もし立場が逆だったら、君は僕を軽蔑するか？」

「その答えはもう知っているだろう」

「だったら、これで一件落着だ。僕が隊長に復帰したら、君は好きなだけ休暇を取れ。そして、自分自身の問題に取り組むんだ」バンスはドアへ向かった。

「実は旅の間中、レイチェルと話していたんだよ。君にふさわしい女性を見つけてやろうと……」

「旅の間中ってのは嘘だな」

バンスはにやりと笑った。「まあね。嘘はよくないな。おやすみ、ロバート。それとも、ドクター・マイヤーズと呼ぶべきか」

「今の僕にはどっちも妙な感じがするよ」

「アニーも〝チェイス〟という名前に違和感を覚えるだろうな。でも、そこは慣れてもらうしかない。ロバータは問題ないだろう。パパと呼べばすむ話だから」

「先走るのはやめよう。アニーは僕が生きていることを知ったばかりだ」チェイスは息を吸った。「どんな事情があったとしても、彼女が僕の長い沈黙を許すとは思えない」

「じゃあ、彼女ともう一度恋に落ちればいい。レイチェルが言っていたぞ。君は本物のいい男だと」ドアを閉める前に、バンスは付け加えた。「とりあえず、考古学者の増員を思いついた所長に感謝だな」

ようやく一人になっても、眠ることはできなかった。チェイスはコーヒーを飲みながら、アニーに近づく方法について考えた。結論が出たときには夜が明けていた。アニーが退院する前に電話をかけてみよう。まずはそこからだ。もし彼女が電話に出ることを拒んだら、また別の方法を考えよう。

朝の八時まで待ってから、チェイスはストックトンの聖ガブリエル病院に電話をかけた。受付係は彼女は西病棟の四二三号室にいると答え、病室の内線電話につないでくれた。呼び出し音が鳴る間、彼はリビングをそわそわと歩き回った。緊張でじっとしていられなかったのだ。

「もしもし？」少女の声が聞こえた。

たぶん僕の娘だ。信じられない。「もしもし」チェイスは答えた。また冷たい汗が噴き出した。「ミズ・バウアーの病室ですか？」

「はい、そうですけど」

「ミズ・バウアーと替わってもらえますか？」

「今は電話に出られません。あなたのお名前は？」

「パークレンジャーのジャービス副隊長です」

短い沈黙のあと、少女は言った。「ママを助けてくれた皆さんの一人ですか？」

そのしっかりとした受け答えに、チェイスは涙が出そうになった。「ああ」彼は咳払いをした。「お母さんの具合はどうですか？」

「今日の午後には退院できるみたいです」

「それはよかった。君の名前は？」

「ロバータ」

チェイスはぎゅっと目を閉じた。ロバータ……。

「いい名前だ」

「ありがとう。パパの名前がロバートだったから、この名前にしたんですって。パパは私が生まれる前に死んじゃったけど」

チェイスは片手で顔を覆った。「お母さんが無事でよかった。君はずっとお母さんに付き添っていたのかな？」

「はい。お祖父ちゃんとお祖母ちゃんは一緒にホテルに泊まろうと言ったけど、今のママには手助けが必要だから」

「君みたいな優しい娘がいて、お母さんは本当にラッキーだね。今でなければ、お母さんは電話に出られますか？」

「ママに訊くから、少し待ってもらえますか？」

「ああ、ありがとう」

「どういたしまして」

なんという礼儀正しさ。きっとアニーにきちんと躾けられたのだろう。これが僕の娘。僕の血を分けた子供なのか。誇らしさで胸が張り裂けそうだ。

「ジャービス副隊長？」再び少女の声が聞こえた。

「ああ、ここにいるよ」

「ママは今、看護師さんの相手で忙しいそうです。電話番号を教えてくれたら、十分以内にかけ直すと言ってます」

どうやらアニーは電話の主が僕だと気づいたらしい。それで、正面からぶつかろうと腹をくくったわけだ。

チェイスは不安を覚えた。アニーはもう二十歳の学生じゃない。今の彼女は三十一歳の大人の女性だ。娘を育てながらキャリアを築いてきた一家の長だ。

「ペンと紙は手元にあるかな？」

「はい。どうぞ」

チェイスは半泣きの笑顔で番号を告げた。申し分のない対応。まるで秘書みたいだ。精一杯大人ぶっているのは、事故のショックを引きずっているせいか？　チェイスは身震いした。実際、アニーは死んでいてもおかしくなかった。現場で見た彼女の無残な姿は、忘れたくても忘れられない。

「繰り返しますね」メモの数字に間違いはなかった。

「大丈夫。ママは必ず電話します。助けてくれた人たちのことを天使だと言ってましたから」

一人を除いて、だろう。「ありがとう、ロバータ。では、電話を待っています」

「さようなら。ママを助けてくれてありがとう」それだけ言うと、少女は電話を切った。

チェイスは近くの椅子に崩れ落ちた。我が子との初めての会話に、心を激しく揺さぶられていた。

パークレンジャーのジャービス副隊長が折り返しの電話を望んでいる？

お見舞いの花ならすでに届いたわ。公園の所長とパークレンジャーの隊長から。

だとしたら、副隊長はなんのために電話をかけてきたのだろう？　管轄内で負傷した人間の様子をうかがうため？　私は公園の慣習を知らないから、判断のしようがない。でも、もし公園の慣習じゃないとしたら、ロバートが個人的に私の様子をうかがおうとしているんだわ。彼は自分が生きていたことを私に知られてしまった。だから、私の次の出方を探ろうとしているのよ。

麻酔の効果が切れた今、アニーの全身には痛みが現れはじめていた。同時に怒りが込み上げてきた。

彼はロバータとどんな話をしたの？　ロバータは私の大切な娘よ。今さら父親面をしないで！

シャワーを浴びたアニーは、看護師の手を借りてゆったりとしたトップスとスカートに着替えた。ロバータが歯磨きをつけた歯ブラシを差し出し、母親の濡れた髪をタオルで乾かしてくれた。

「ありがとう、ハニー。あなたがいなかったら、ママはどうしていいかわからないわ」アニーは右腕だけで娘を抱擁した。それから病室の椅子に座り、髪をポニーテールにまとめてもらった。「ああ、最高の贅沢ね」

ロバータは小さく笑い、傷口に触らないように気をつけながら母親の髪を整えた。二人は昔から仲がよかったが、今回の経験で親子の絆がいっそう深まったような気がする。

「はい、完成よ」

「完璧な仕上がりね。愛しているわ」

「私もよ。ママを愛してる」ロバータはベッドのそばのテーブルから携帯電話とメモ帳を取ってきた。

「じゃあ、次は副隊長に電話ね」

ロバータの前で？　でも、誰が電話に出たとしても、私が堂々としていればロバータが変に思うことはない。それに、じきに両親が迎えに来て、私たちは家へ帰る。もし電話をかけてきたのがロバートなら、さっさとこの問題にけりをつけてしまいたい。

アニーは電話番号を打ち込んだ。呼び出し音が三回鳴ったところで相手が電話に出た。

「チェイス・ジャービス」

心の準備はしていたつもりだった。しかし、ロバートの低い声を聞くと、封印しようと努力していた記憶がいっきによみがえった。

アニーは身を固くした。よく私に、私たちにこんな真似ができるわね！「折り返し電話が欲しいと聞いたので」

「アニー？」力のない声。当然よね。十年も逃げていた人がついに見つかってしまったんだから。「電話を切らないで。僕たちは話し合うべきだ」

「そうね」アニーは答えた。ロバータはテレビを観てはいるが、こちらのやり取りに聞き耳を立てているはずだ。「私とパイロットを助けてくれた勇敢な男性たちにお礼を言うべきだわ。皆さんには本当に感謝しているの。もう少し落ち着いたら、一人一人に礼状を送るつもりよ」

「アニー」ロバートが再び彼女の名前を呼んだ。さっきよりもさらに低い声で。その声には彼女の心を揺さぶる力があった。

「隊長から歓迎の花とカードをもらったけど、今回の仕事は断ることにしたわ。あなたから隊長にそう伝えてくださる？　森林局の上司には昨日話したから、すぐにそちらへも伝わると思うけど、ロシター隊長はあなたの上司でしょう。あなたから伝えたほうが話が早いと思うの。さようなら、ジャービス副隊長。あなたの勇気ある行為に改めて感謝します」

そこでアニーは電話を切り、動揺を静めるために大きく深呼吸をした。

ロバータがテレビを消した。「副隊長さん、感じがいい人だったわね」

ああ、ロバータ……。「ええ、そうね」

「今夜は家で寝られるの？　デビーを家に呼んでもいい？」

女の子同士で色々と話したいのだろう。「今週いっぱいまであそこにいて、日曜日にサンフランシスコへ移ることになると思うわ」

「お祖母ちゃんとお祖父ちゃんも日曜までうちに泊まるの？」

「今夜は確実に泊まるけど、あとは車で行き来することになるかしら。お祖父ちゃんはああいう人でしょう。長い時間はじっとしていられないの」

「いつも歩き回って、お祖母ちゃんを困らせているわよね」

娘の観察眼の鋭さに、アニーは頬を緩めた。「これからはあなたがお祖父ちゃんの散歩仲間よ。家に戻ったら荷造りをしましょう。本格的に引っ越すまでは、お祖母ちゃんの家に泊まるのよ」

「本格的な引っ越しはいつなの？」

「腕のギプスが取れるのに六週間はかかるらしいの。その間は荷物を動かせないわ。お祖母ちゃんの家へ移ったら、まずあなたを近所の学校に入れて、それから住まい探しを始めましょう。引っ越しはそのあとよ。だから、二ヶ月くらい先になるかしら」

「お祖母ちゃんの家に移っても、週末にデビーを泊められる？」

「ええ。ペニーもね」

ペニーは同じタウンハウスに住む少女だが、学校は私立に通っている。ロバータもアニーも彼女が大好きだった。

「ジュリーに頼んで、一緒に連れてきてもらいましょうか。たまにはあなたがデビーの家に泊まりに行ってもいいわね」そのうち、サンフランシスコでも新しい友達ができるだろう。でも、当分はこのやり方でいこう。

アニーは足音に気づいた。彼女の両親が病室に入ってくる。ロバータは祖母に駆け寄ってハグをし、祖父のほうはアニーを見て笑顔になった。「元気そうじゃないか。九死に一生を得た人間とは思えないくらいだ。気分はどうだい？」

「悪くないわ」アニーは嘘をつき、父親の頬にキスをした。本当は全身が痛かった。ロバートとの一方的な会話で心も乱れていた。「ドクターが退院を許可してくれたの。もういつでも帰れるわ」

ロバータが祖父をハグした。「私が荷物をスーツケースに詰めたのよ」

「じゃあ、出発するか」

「お見舞いの花はどうするの？」

アニーは娘に視線を向けた。「花までは持って帰れないわ。病院に寄付をして、励ましが必要な患者さんたちに渡してもらいましょうか？」

ロバータはうなずいた。「はい、ママのバッグ」

「ありがとう」

アニーの母親がドアの外をのぞいた。「看護師さんが車椅子を運んできてくれたわ」

「私が押してもいい、ママ？」

「看護師さんに訊いてみましょう。たぶん問題ないと思うわ」


金曜日の朝、チェイスはアニーの自宅があるタウンハウスの前にいた。駐車場の来客用スペースに車を停《と》め、運転席に座っていた。角を曲がったところではＣＩＡのエージェント、シド・マニングがチェイスからの合図を待っていた。

電話でのアニーとの会話は空振りに終わった。ああなることは電話に出る前からわかっていた。これから取る行動が正解かどうかはわからないが、彼女に話を聞いてもらうにはこうするしかない。

チェイスは昨日からアニーの自宅周辺の動きを見張っていた。昨夜、一組の男女が高級車で彼女の自宅から去っていった。どちらもアニーに似ていた。ということは彼女の両親に違いない。

数分前、チェイスは初めて自分の娘を目にした。八時半に女性が運転するトヨタが駐車場に入ってきた。後部座席にはブロンドの少女が乗っていた。それから一分とたたないうちに、焦げ茶色の髪をポニーテールに結んだ少女が玄関から飛び出してきて、車内で待っていた友人に手を振った。背は中くらいで、ジーンズに青と緑のトップスを着て、バックパックを背負っていた。

そのほっそりとした少女をチェイスは食い入るように見つめた。彼女の動きは俊敏で、アニーのような優雅さがあった。近づいてくると、顔立ちがはっきり見えた。チェイスの心臓が轟いた。僕によく似ている。これはマイヤーズ家の顔だ。彼の瞳から涙があふれた。ロバータ。僕の小さな娘。僕のかわいい娘。

トヨタが走り去るのを待って、チェイスはシドに電話をかけた。「これから彼女と接触する」

「わかった。私もすぐに行く」

ここは警告抜きで突入するしかない。また反撃を食らうのは覚悟のうえだ。アニーはまだベッドの中で体を休めているだろう。でも、これは生きるか死ぬかの瀬戸際だ。

僕の人生がかかっているんだ。

もし二人をこの手で守ることができなかったら、命ある限り愛することができなかったら、僕が生きている意味はない。

一つ深呼吸をすると、チェイスは車から降り、彼女の自宅へと歩き出した。シドも車を停め、玄関の前で彼と合流した。チェイスはチャイムを鳴らした。

アニーの反応は予想していたよりも素早かった。

「ハニー？　何か忘れ物？」彼女がドアを開けた。

しかしチェイスを見たとたん、はっと息をのんで後ずさった。「よく私の前に顔を出せたわね」

アニーはシンプルなピンクのサンドレスを着ていた。ギプスをつけていても着やすいからだろう。足には何も履いていなかった。チェイスは改めて彼女を見つめた。美しい。十年前よりもっと美しくなっている。

「ミズ・バウアー？」シドが身分証明書を彼女の前に掲げた。「私はＣＩＡのエージェントでマニングといいます。あなたに話があってうかがいました。あなたとお嬢さん、そして、一時期我々のために働いたドクター・マイヤーズの安全に関する話です」

「あら、そう」アニーは鼻で笑った。

「中に入れていただけますか？」

「お断りよ。話したいことがあるなら、ここで言えば？」彼女は男たちを見据えた。不安があったとしても、それを表に出すことはなかった。

チェイスは驚かなかった。裏切りにも色々なレベルがあるが、彼の裏切りは最悪だ。これより下はないという最低レベルのものだ。

シドは動じなかった。「これは簡単にすむ話ではないので」

アニーはふっくらとした唇を引き結んだ。「言いたいことがあるなら、さっさと言って。でないと、ドアを閉めるわよ」

「私はあなたの体調に配慮したまでで」

「人の体調なんかどうでもいいくせに」

シドはチェイスに困惑のまなざしを向けた。

チェイスが口を開いた。「エージェント・マニングはアメリカでの僕の窓口だ。僕が死んだことにされたのは、アルカイダの小集団が今も僕を追っているからだ。僕たちはずっと君とロバータが狙われることを恐れていた。でも、君は僕が生きていることを知ってしまった。だとしたら、ロバータが生まれる前の出来事を君にきちんと説明するべきだろう。発掘現場で起きた爆発。あれは事故じゃなかった」

アニーの青い瞳が翳った。ようやく事の真相に気づいたのだろう。

「そうなんです、ミズ・バウアー。彼とその両親は考古学者として働きながら、ＣＩＡのために情報収集に協力していました。彼らは何年も工作活動を続けてきた。ところが、敵に裏の顔を知られ、ほかの発掘従事者まで巻き込む形で殺害された。まだ息があったのは二名だけで、どちらも助からないと思われた。でも、ドクター・マイヤーズは医師の救命措置で命を取り留めた。我々は彼をスイスの病院へ搬送した。彼はそこで胸部と腹部の傷を治すために何度も手術を受け、一年以上をかけて、ようやく歩けるまでに回復したんです」

アニーの顔が青ざめ、足下がふらついた。チェイスは彼女を支えようとしたが、彼女は戸口の側柱に寄りかかって、なんとか持ちこたえた。「そんな話、信じないわ」

シドはジャケットの内側から封筒を取り出した。

「この写真を見れば、信じていただけるでしょう。爆発の直後とスイスへ搬送されたあとのドクター・マイヤーズを撮影したものです」アニーは封筒に触ろうともしなかった。そこでシドは封筒を彼女の背後の床へ放った。「あなたとドクター・マイヤーズの関係は我々も把握していました。だから、ただちにあなたを帰国させ、アルカイダの工作員が追ってきた場合に備えて、あなたを保護監視下に置いたんです。あなたの命を守るためには、ドクター・マイヤーズはあなたから距離を置くしかなかった。彼は考古学者として働くことをあきらめ、我々のためにフルタイムで働くようになりました」

アニーは唾をのみ込んだ。「もう十分でしょう。

話がすんだなら帰って！」

チェイスは両手を拳に握った。「アニー、僕は君と話がしたい」

アニーの顔から表情が消えた。「私もあなたと話がしたかったわ。この十年間ずっと。でも、もう手遅れよ」そう言って、彼女はチェイスの鼻先でドアを閉めた。

シドがチェイスを振り返った。「私は長年この仕事をしているが、ここまで聞く耳を持たない人間は初めてだ。これは厄介だな」

「最悪だ」チェイスは愕然としてつぶやいた。簡単に許してもらえるとは思っていなかった。でも、アニーの心の傷がこれほど深いものだったとは。

彼女にとって、僕は死んだ人間なんだ。

4

アニーは床に落ちている茶色の封筒を見つめた。家の中のどこへ移動するときも、その封筒は必ず目に入った。彼女の生存本能が警告していた。中身は見るな。そのまま焼き捨てろと。

エージェント・マニングの話が真実だったとしても、私を捨てた人の写真なんて見たくない。ロバートは退院してからも私に連絡を取ろうとしなかったのよ。ただの一度も。

危険が何よ！　ロバートは危険を口実に私との関係を断ち切った。今さら私に近づいてきた理由は一つしか考えられないわ。自分に娘がいることを知ったから。

彼をロバータに会わせたくない。パパの友人のクライブに相談してみよう。クライブ・ラディンガーはカリフォルニア州北部で最も有能な弁護士と言われている。クライブに頼んで、接近禁止命令を出してもらおう。ただし、家族には内緒で。

アニーは即座に行動を起こした。床に落ちていた封筒を拾い、電話をかけるために寝室へ移動した。

数分後、受付係の声が聞こえた。「はい、〈ラディンガー・アンド・バイランド〉です」

「もしもし？　私はジョセフ・バウアーの娘で、アニー・バウアーといいます」できれば父親のコネは使いたくない。でも、これは緊急事態だ。「ミスター・ラディンガーはいらっしゃいますか？」

「おりますが、今は依頼人と電話中です」

「もしよければ、そちらの電話がすむまで待ちます。急ぎの用件なので」

「しばらくお待たせするかもしれませんよ」

「かまいません」

「わかりました」

携帯電話をスピーカー・モードに切り替えると、アニーはベッドの端に腰を下ろした。クライブが封筒の中身について知りたがる可能性もある。いちおう確かめておくべきかしら。彼女は右手だけを使って封筒のシールを剥がした。中から現れたのは六枚のモノクロ写真だった。

アニーは写真に視線を落とした。そこには手足を広げて仰向けに横たわる血だらけの男性の体が写っていた。男性の胸には大きな裂傷があった。顔も血まみれで、頭の形で判断しなければロバートだとはわからない状態だった。

別の写真では、彼はストレッチャーにうつ伏せに寝かされていた。背筋の付け根に弓のこで刻まれたような傷がある。ズボンが血で染まっていた。

アニーは悲鳴をあげた。浴室に駆け込み、嘔吐した。五分後、彼女は震えながら寝室へ戻った。何か音がしている。携帯電話の保留音？　そうだわ。クライブに電話をしていたんだった。

　アニーはよろけるようにベッドへ近づいた。いったん電話を切って、改めてかけ直す。

「〈ラディンガー・アンド・バイランド〉です」

「も、もしもし？　先ほどお電話したアニー・バウアーですが」

「ああ。彼はまだ電話中なんですよ。それでもお待ちになりますか？」

　アニーの体がぐらついた。「あの、いいえ。気が変わりました。ミスター・ラディンガーにはこのことは言わないでください。必要な場合は改めてお電話するので」

「よろしいんですか？」

「ええ。ありがとう」

　電話を切ると、アニーはベッドの上に散らばった写真を眺めた。傷だらけの顔を大写しにした写真。顔立ちが整っている分、余計にむごたらしく感じられる。彼をこんな目に遭わせた人間たちの邪悪さがよくわかる。

　本来ならロバートはほかの犠牲者たちとともに命を落としていたはず。でも、さっきうちの玄関に現れたのは幽霊じゃなかった。

　私はどうすればいいの？　アニーは写真を枕の下へ押し込み、ベッドに仰向けに倒れてすすり泣いた。

　携帯電話が鳴り出した。とても出られるような状態ではなかったが、相手はしつこく鳴らしつづけた。両親か娘の学校からかもしれない。アニーは発信者番号をチェックした。だが、それは未登録の番号からの電話だった。

　アニーはぞっとした。ロバートがまだ外にいるんだわ。彼はロバータが帰るまで待つつもりかしら。あの子に近づいて、三人の話し合いに持ち込むつもりなのかしら。

　今日はアニーの母親が子供たちを迎えに行き、夕食とともに送り届けてくれることになっている。アニーは焦りはじめた。もし彼女たちがロバートに会ったら、すぐに父親だと気づくだろう。二人とも、ロバートの顔を知っているのだから。

　アニーはアフガニスタンから写真を持ち帰っていた。その大半を額に入れ、子供部屋に飾っている。彼女自身の部屋にも何枚か飾り、残りの写真はアルバムに収めて、いつでもロバータが見られるようにしてあった。

　万事休すだわ。進退窮まるとはこのことね。でも、もし話し合いを拒否したら、彼は何をするかわからない。とにかく、ロバータだけは守らないと。

　アニーは手を伸ばし、電話に出た。少したためらってから言った。「何が望みなの？」

「話し合うことだ」

「話すことなんて何もないわ。写真は見たし、あなたが味わった恐怖については気の毒だと思うけど、どうぞご心配なく。私とロバータにとって、あなたは死んだ人間よ。今も、これから先も」

「実際、いつそうなってもおかしくないんだ」

　その言葉はアニーを戸惑わせた。「それは、また姿を消すという意味？　もしそうなら、なぜわざわざ私に話すの？」

「僕はどこにも行かない。ただ、ほかにも君に知っておいてほしいことがある。さっきは君の動揺がひどくて言えなかったが」

「何を言えなかったの？」

「先に説明させてくれ。君にロバータという娘がいると知ったとき、僕はすぐに自分の娘だと気づいた。娘の人生に関わりたい、娘の成長を支えたいと思った。でも、その前に君に僕の問題を知ってもらう必要がある。それで君がロバータに僕のことを話さないと決めても、僕は文句を言わない。君の決断を受け入れる」

「ずいぶんご立派な覚悟ね。いったいどういう問題なの？」

「僕の心臓には爆弾の破片が残っている。手術ができない位置なので除去することは難しいが、破片が動かない限り、僕が死ぬことはない。この十年は無事だった。でも、今後も無事だという保証はない。このことはロバータにも話しておくべきだと思う」

アニーは答えられなかった。息を吸うことすらできない。

「僕は二カ月おきに検査を受けている。このことを知っているのはエージェント・マニングとロシター隊長だけだ。十年間何も起きなかったんだから、もうしばらくは生きられると思う。どれくらいかはわからないが。君には僕のすべてを知ってほしい。そのうえでロバータに僕のことを知らせるかどうか決めてほしいんだ」

アニーの喉から悲鳴がもれた。「あなたは傷のせいで死ぬかもしれないと考えていた。だから、私に連絡を取らなかった。そう言いたいの？」

「いや。僕が死んだふりを続けていた理由は今朝話したとおりだ。でも、自分に娘がいると知って……すべてが変わった。今さら姿を現して、君たちを危険にさらすつもりかと詰られそうだが、この件については当局の連中とも話し合った。僕が公園に留まる限り、危険性はかなり低いだろう、というのが彼らの見解だった。もし君が公園で働くことになれば、僕は毎日娘に会うことができる」

「おあいにく様。その申し出ならすでに断ったわ」

「もし君が公園の仕事に就けば」彼女の言葉を無視して、チェイスは続けた。「僕は君たちを守れる。国立公園は特に警備がしっかりしているから、僕たちにとってこれ以上安全な場所はない。アニー、僕は娘のことを知りたいんだ。あの子が真実を受け止められるなら、これ以上の選択はないと思う」

アニーの体が震えた。あなたのパパは生きているけど、いつ死ぬかわからない。ロバータにそう話せというの？　正気の沙汰じゃないわ！「言ったでしょう。私はあなたと関わりたくないの」

「君の気持ちはわかる。でも、ロバータはそれでいいのか？　あの子には父親がいるんだぞ。あの子を愛したいと願っている父親が。もし君一人の判断で僕を遠ざけて、ロバータがあとでそのことを知ったら？　あの子はどう感じると思う？」

アニーは息をのんだ。「あなたが言わない限り、あの子がそれを知ることはないわ！」

「僕はそんな真似はしない。でも、偶然が僕たちを再会させた。そんな偶然が二度と起きないと言い切れるか？」

アニーは最近ロバータと交わしたやり取りを思い出した。あの子は今、カリフォルニアの歴史を学んでいる。学年末には校外学習でヨセミテ国立公園へ行く予定だ。

彼女はかぶりを振った。「まるで悪夢だわ」

「なぜ？　君はあの子に父親についてどんなふうに話したんだ？　本当のことを話したのか？」

「話したわよ」アニーは思わず声を荒らげた。そして、気持ちを落ち着かせようとしながらつぶやいた。

「話したわ」

「だったら、なぜ悪夢なんだ？　君はほかの誰かと結婚しようとしているのか？　ロバータはすでにその男を父親だと思っているのか？」

アニーは携帯電話を握りしめた。「そんな人はいないわ」デートなら何度かしたことがある。でも、そこから先へは進めなかった。どうしてもその気になれなかったのだ。

「ロバータはいつ学校から戻るんだ？」

アニーの頭の中で警報が鳴り出した。「なぜそんなことを訊くの？」

「僕が今、君の家に向かって歩いているからだ。君があの子は真実を受け止められると思うなら、あの子との初顔合わせの前に、君と直接会って色々と確認しておきたい。君が公園の仕事を断ったのなら、面会権についても話し合っておくべきだろう」

「それは――」

「ロバータはいつでも好きなときに公園を訪ねて、僕に会うことができる。問題はそれをあの子になんて説明するかだ。僕は君の決断に従う」

「ロバート。お願いだから、こんなことはやめて」

「今の名前はチェイス・ジャービスだ。そうそう、僕の架空の経歴についても、ロバータと君の両親に説明しておかないと。昨夜、彼らが君の家から去っていくのを見た。昔、君に言ったよね。君の両親に会うのが楽しみだと。でも、そのチャンスをつかむのに十年もかかるとは思っていなかった。この際だから、きちんと話し合おう」

私に逃げ道はないということね。「あの、五分待ってもらえる？」

「いいとも。僕はどこへも行かない」

それはわかっているわ。だから、私は怖いのよ。


ドアが開いた。包帯で腕を吊ったアニーが、彼を通すために後ろへ下がった。チェイスは詰めていた息を吐き出した。アニーは相変わらずサンドレスを着ていたが、つややかな髪をブラシで整え、足にはサンダルを履いていた。

入ってすぐの部屋は黄色と白で統一され、青がアクセントになっていた。芸術的に並べられた鉢植え。長椅子は黄色と白の縞模様で、コーヒーテーブルの上にはスミレの花篭が置いてある。二脚あるフランスの田舎ふうの椅子にも、青と黄色と白の格子柄のタフタが使われていた。

すべてに僕が恋した女性の温かな人柄が反映されている。彼女は伝統的なスタイルで家の中を飾り、自分と娘のために居心地のいい空間を作り上げた。公園内にある僕の家も、彼女の手にかかればショールームに変身しそうだ。

あの家には女性のぬくもりが必要だ。アニーのぬくもりが。僕はずっと彼女のぬくもりを必要としていた。こうして彼女と向き合うと、すぐにでも十年分の空白を埋めたくなる。つらい過去を忘れ、爆破事件前の二人に戻りたくなる。でも、それは不可能だ。だったら、今は逸る気持ちを抑えて、彼女のペースに合わせるしかない。

アニーが玄関のドアを閉めた。「リビングに入って」

探るような視線を感じながら、チェイスは玄関ホールの先へ進んだ。アニーはスポーツシャツとズボンごしに彼の胴体と腰に残る大きな傷跡を見定めようとしているのだろう。もちろん、心臓に残る爆弾の破片はX線なしでは見えないが。

植皮手術を重ねたおかげで、傷跡はなんとか人目にさらせる程度になった。それでも、治療を担当した医師たちでさえ、最初は直視できない状態だったと認めていた。とはいえ、その直視できない姿がアニーの譲歩を引き出したのだろう。あの写真がなければ、彼はアニーの家に入ることもできなかったはずだ。

チェイスはリビングの中央に立った。「電話で話すうちに、僕の中で娘への愛情が芽生えた。さっき登校するあの子を見て、その愛情はさらに大きくなった。ロバータは君によく似ているが、僕に似ている部分もあるね。君は僕たちの子供を立派に育て上げてくれた」

アニーは彼と向き合うように立った。息遣いが浅くなっている。「あの子を傷つけたら承知しないから！　急に生き返って、きれい事を並べて。あの子にとって、これがどんなにショッキングな出来事か、まったくわかっていないのね」

「僕だって今度のことではショックを受けた。だから、あの子が受けるであろうショックも想像はつく。でも、もし僕たちがうまく折り合いをつければ、あの子は二人の人間から深い愛情を注がれることになる。僕はあの子を大切にする。生きている限り、あの子を守る」

「この状況にどう折り合いをつけるっていうの？」

チェイスは彼女が震えていることに気づいた。苦悩に満ちた口調。アニーはロバータの人生のために闘っているのだ。「君はまだ墜落事故の衝撃を引きずっている。顔色もよくない。話を始める前に、水を用意しよう」

アニーの抗議を無視して、彼はダイニングルームを通り抜け、日当たりのいいキッチンに入った。食器棚から出したグラスに冷たい水を注いでいると、アニーがあとを追ってきた。顔が緊張でこわばっている。そのことに気づいたチェイスは、朝食用のテーブルを囲むように並べられた白い椅子の一つに彼女を座らせた。

「今にも卒倒しそうだ。これを飲んで、アニー」

意外なことに、アニーは彼の言葉に従った。

「鎮痛剤がいるんじゃないか？」アニーはすぐには答えなかったが、チェイスは薬を取ってくると言い残して、彼女の寝室へ向かった。

鎮痛剤はベッド脇のテーブルの上で見つかった。スタンドの下に置かれた写真立てを目にして、チェイスの心臓がどきりと鳴った。互いに腕を回したアニーと僕の写真。これを撮ったときのことは昨日のことのように覚えている。

彼はキッチンに戻り、瓶から出した錠剤をアニーに手渡した。彼女はそれを口に含み、残っていた水を飲み干した。

「水のお代わりは？」

アニーは無言で首を振った。

「君は体を休めたほうがいい。僕が手伝うからベッドへ戻ろう」

「いいえ。もう平気よ」

チェイスは彼女の椅子の横に立った。「君にはショックが強すぎたようだな。僕はこの近くのモーテルに泊まっている。いったんそこへ戻るよ。ただ、これだけは理解してくれ。僕は娘と本物の親子になりたいと願っているが、僕の心臓の問題をあの子には受け止めきれないと君が判断したなら、その判断に従う。結論が出たら、電話で知らせてほしい。君の判断に沿った形で今後のプランを練ろう。僕は今、休暇中だから、どれだけでも待つよ」

「いつまでに結論を出す、と約束はできないけど」

「ヨセミテ国立公園で働きたがっている考古学者は大勢いる。その中から君が選ばれたのは、アフガニスタンでの経験が評価されたからだろう。テルフォード所長は君に期待しているんだ。考古学者を増やすことにしたのは彼のアイデアだからね」

アニーは何も言わなかった。彼の話を聞いてさえいないようだった。

チェイスは歯噛みした。「帰る前に、何か僕にできることはあるかな？」

「ないわ」

とにかく早く立ち去れということか。「何か必要なときはいつでも言ってくれ。五分で駆けつけるから」それだけ言うと、チェイスはキッチンを離れ、玄関から外へ出た。さあ、根比べの始まりだ。

土曜日の夕方近く、アニーは子供部屋をのぞき込んだ。少女たちはポーリー・ポケットの人形で遊んでいた。「デビー？　あなたのママが来たわよ」

ロバータはベッドから視線を上げた。「もう少し遊んでちゃだめ？」

「だめみたいね」

「これからママのボーイフレンドがピザと映画に連れてってくれるの」デビーは持参した人形をケースにしまい、ベッドから飛び降りた。

「その人のこと、好きなの？」玄関へ向かいながら、ロバータは問いかけた。

「そうでもない。あの人、うちに来るといつも私が観てたテレビ番組を無視して、スポーツ番組に替えちゃうの」

「それはフェアじゃないわね」〝フェアじゃない〟はロバータの口癖のようなものだ。デビーを送り出すと、彼女は玄関のドアを閉めた。「お祖母ちゃんとお祖父ちゃんはいつ来るの？」

「七時までには来るはずよ。中華料理を持ってきてくれるわ」今は四時半だから、あと二時間半ある。その間に月曜日から引きずってきた重要な問題について、ロバータと話し合わなくては。

アニーは洗濯室に立ち寄り、乾燥機から衣類を取り出した。「ママが洗濯物をたためるように、このバスケットを寝室まで運んでくれる？」

ロバータはバスケットを抱えて、母親のあとに続いた。そして、寝室のベッドの上にバスケットを置いた。「ママに意地悪なボーフレンドがいなくてよかった」

アニーは昨日からずっと話し合うきっかけを探していた。そのきっかけをロバータのほうから与えてくれたのだ。

「親切なボーイフレンドだったらいてもいいの？」

「ママはどう思っているの？」母親の質問に、ロバータは質問で応じた。そうやって責任を回避するのも彼女の癖のようなものだった。

「あまり考えたことがないわ。私たちは二人で幸せに生きてきた。そうよね？」

ロバータはうなずいた。「パパみたいな人はほかにいないもんね」

アニーはなんとか落ち着きを保とうとした。「どうしてそう思うの？」

ロバータは無邪気なまなざしを返した。「だって、ママが愛した人だから」

アニーはバスケットをひっくり返し、ベッドに散らばった衣類の仕分けを始めた。作業の途中でベッドの端に座り、どう切り出すべきか思案した。

「ハニー？　ゲームをしない？」

「どのゲーム？」ロバータは慎重な手つきでたたんだトップスを積み重ねた。彼女は母親よりもはるかに几帳面な性格なのだ。

「今までにやったことのないゲームよ」

「オーケー。なんて名前のゲームなの？」

「もしもゲーム」

「それなら幼稚園でやったわ」

「でも、やってみましょうよ」

「いいけど」

「じゃあ、私からね」アニーの心臓が激しく轟いた。「もしも奇跡が起きて、あなたのパパが爆発で死ななかったとしたら？」

ロバータは通学用のパンツをたたんでいた。「私は世界一幸せな女の子になるわ」

「そうね。でも、もしもパパの心臓に爆弾の破片が残っていて、手術でも取り除けないとしたら？」

ロバータの手が止まった。「パパが死ぬかもしれないってこと？」

「その可能性もあるってことよ」

「でも、まだ死んでないなら、ずっと死なない可能性もあるのよね」

ああ、ロバータ……。「もしもパパが生きていることを十年もママに隠していたとしたら？」

ロバータは顔を上げた。「なぜ隠したの？」

「戦争に巻き込まれて、悪い人たちに命を狙われていたからよ。パパはあなたとママを危険にさらしたくなかったの」アニーはしぶしぶエージェント・マニングの説明をなぞった。

ロバータは完全に動きを止めた。「これって本当にただのゲームなの？」彼女は尋ねた。だが、答えはすでにわかっているようだった。

アニーは首を振った。「いいえ」

母と娘の視線がぶつかった。「パパは今も狙われているの？」

「その可能性は低いと思うわ。もう昔の話だから。でも、パパは身を守るためにずっと違う名前を使ってきたの」

ロバータは不安げに両手を組んだ。「パパは私が生まれたことを知っているの？」

「今はね」

ロバータは唇を噛み、小声で尋ねた。「パパは私に会いたいと思ったかな？」

「もちろんよ、ダーリン。自分に娘がいるとわかったとたん、ママの病室に電話してきたんだから。ジャービス副隊長を覚えている？　あなたが感じがいいと言った人を？」

ロバータがうなずいた。

「彼があなたの父親よ」

「ママを助けてくれた人が？」

「ええ。彼は三年前からパークレンジャーとして働いていたみたいね。でも、ママは知らなかった。救助されて、ヘリコプターに吊り上げられるときに、一瞬だけ彼の顔を見たの。彼は、パパは早くあなたに会いたいと言っているけど」アニーの声が揺らいだ。「あなたはどう思う？」

ロバータは瞬きを繰り返した。頭が混乱しているのだろう。「パパは今、あの公園にいるの？」

アニーは立ち上がった。緊張に耐えられなかったからだ。「いいえ。今はサンタローザのモーテルにいて、あなたに会うために連絡を待っているわ」

「パパはここに来てくれると思う？」

アニーは娘が興奮を抑えていることに気づいた。これは夢じゃないかと疑っているのね。無理もないわ。実際、現実離れした話なんだから。

「あなたから電話してみたら？　電話番号はあなたのメモを見て。ママのバッグに入っているから」

ロバータが化粧台に駆け寄り、メモ用紙を取ってきた。アニーはベッド脇のテーブルに置いてあった携帯電話を娘に手渡した。

「もしパパが出なかったら、メッセージを残すといいわ。きっと向こうから電話をかけてくるから」

携帯電話が鳴ったのは、チェイスがドライブスルーの店を出た直後だった。画面にはアニーの電話番号が表示されていた。彼の心臓が激しく鳴った。予想していたよりも早い連絡だ。もしこれが最後通牒だったら、僕はどうすればいい？

買った食べ物の袋を座席に置いてから、チェイスは電話に出た。「アニー？」

短い沈黙があった。「ロバータよ」

チェイスの全身が熱くなった。この電話が意味することは一つしかない。アニーは娘に僕のことを話してくれたのだ。「ハイ、スウィートハート」

「ハイ」ためらいを含んだ挨拶が返ってきた。

「早く君と会いたいよ」

「私も」ロバータは小さな声で認めた。

「僕と会うのが怖い？」

「少し」

「僕も怖い。君に嫌われたらどうしよう？」

落ち着かなげな笑い声が聞こえた。「私、あなたの写真を持っているのよ」

「僕も君の写真を持っていたかったな。今の僕は写真よりかなり老けて見えるかもしれない」

「うちのお祖父ちゃんくらい？」

チェイスはくすくす笑った。「まあ、そこまで老けてはいないと思うが」

「ママからあなたの心臓のことを聞いたわ。痛くないの？」

チェイスの喉が詰まった。「いや、スウィートハート。どこも痛くないよ」

「よかった。家に来られる？」

「その質問を待っていたんだ。君が望むなら、今からそっちへ向かう。君の意見は？」

「ママがちょっとだけなら来てもいいって」

今夜は予定があるということか。おそらくアニーの両親が来るのだろう。「わかった。すぐに行く」

「オーケー」


チェイスは無我夢中で車を走らせた。来客用のスペースで車を降りて歩き出すと、開いた戸口に立つジーンズに赤いトップスを着た少女が見えた。

二人は互いを観察し合った。ロバータは本当に母親に似ていた。卵形の顔も、たたずまいも、仕草もアニーにそっくりだった。

「僕はお祖父ちゃんに見えるかな？」

「ううん」

チェイスは微笑した。「君は空色の瞳をしているんだね。僕が想像していたよりもっと美人だ。僕は世界一幸運な父親だな」

マイヤーズ一族から受け継いだ唇に笑みが浮かんだ。これほど愛らしい笑顔は見たことがない。

「僕は赤ん坊の君にミルクをあげられなかった。オムツを替えることもできなかった。それでも君をハグしていいかな？」

ロバータがうなずいた。焦げ茶色のポニーテールが大きく揺れた。

　先に動いたのはチェイスだった。しかし、彼に抱き上げられると、ロバータは遠慮を捨てた。彼の首に両腕を巻きつけて、力一杯しがみついた。その軽やかな重みが、アニーと引き裂かれて以来彼の中にあった闇を吹き飛ばした。

「ロバータ」チェイスは娘のこめかみに何度もキスをした。「僕は君を愛している」

「私もよ。パパを愛してる」

　パパ。チェイスは感極まった。「僕のビッグガールになってくれる？」ロバータがうなずくのがわかった。「僕の仕事仲間にも子持ちは何人かいる。僕に娘がいると知ったら、みんな腰を抜かすぞ。君は気づいたかな？　僕たちが似ていることに？」

「ママがそう言っていたわ」

　チェイスは娘を地面に下ろした。「ママはどこにいる？」

「家の中よ」ロバータは父親を見上げた。「パパも中に入りたい？」

「ママさえよければ」

「ママはいいって」

「だったら、喜んで入らせてもらうよ」二人が家の中へ入ろうとしたとき、ロバータと同じくらいの年齢の少女が別の玄関から出てきて、一緒に遊ばないかと声をかけた。

「今は遊べないの。パパが来ているから」

　赤褐色の髪の少女はぎょっとした様子でチェイスを見つめた。「私、あなたの写真を見たわ。あなたは……死んだんじゃないの？」

　チェイスは心の中で笑った。ああ、確かに死んでいた。「僕は事故に巻き込まれたんだ。それで、ロバータのママは僕が死んだと思ったんだよ。病院で意識が戻ったとき、僕は記憶喪失になっていた。自分が誰なのかわからなかった。でも、長い時間をかけて記憶を取り戻した」それはシドと一緒に考えた世間向けの説明だった。「ロバータ、スウィートハート？　君の友達の名前は？」

「ペニーよ」

チェイスは微笑した。「よろしく、ペニー」

「ハイ」ペニーはまだ彼を凝視していた。宇宙人でも眺めるかのように。

「君たちは長い付き合いなのか？」

ペニーがうなずいた。

「ペニーのパパはセント・ゼイビア高校のフットボールのコーチなのよ」

「それはすごい。パパの試合があるときは必ず応援に行くのかな？」

ペニーはまたうなずいた。「ロバータと一緒に行くときもあるわ。試合のあと、パパが私たちをホットドッグのお店に連れてってくれるの」

チェイスは娘に目をやった。「楽しそうだな」

軽くうなずいてから、ロバータはいきなり宣言した。「私のパパはヨセミテ国立公園のレンジャーなのよ」

「それ、ほんと？」

ペニーの唖然とした顔を見て、チェイスは小さく笑った。子供はよくこういう反応を示す。公園で働くようになって知ったことだが、観光客にはパークレンジャーがどこか謎めいた存在に見えるらしい。

「本当だよ。君もロバータと一緒に公園の乗馬ツアーに参加してほしいな。愉快なビーバーの池も見せてあげよう。メトシェラというおじいさんビーバーがいてね。彼が尻尾で水面をたたくと、ほかの動物たちが逃げ出すくらい大きな音がするんだ」

その話に飛びついたのはロバータのほうだった。

「私たち、いつ公園に行けるの？」

「いつでも好きなときに」

戸口にアニーが現れた。その姿を見ただけで、チチェイスの体が反応した。

「ハイ、ペニー。調子はどう？」

「ばっちりよ。腕の具合は？　まだ痛む？」

「吊り包帯をしていれば大丈夫よ」

「ママ！」ロバータが叫んだ。「パパが私たちを乗馬ツアーに連れてってくれるって！」

「ええ、聞こえていたわ」

アニーはずっと聞き耳を立てていたのだろう。話が面倒な流れになってきたため、ストップをかけることにしたのだ。

ロバータも母親の慎重な態度に気づいたらしい。

「そろそろ中に入らなきゃ。あとで電話するわね、ペニー」

「オーケー。ちゃんと電話してよ」そう言うと、ペニーは小走りで去っていった。

アニーはチェイスに視線を投げた。「中へ入って。私たちは話し合うべきだわ」


それはこっちの台詞だ。

チェイスは娘を促して中に入り、玄関のドアを閉めた。三人はリビングへ向かった。ロバータは父親とともに長椅子に腰を下ろしたが、アニーは椅子の後ろに立った。ひどく緊張した様子だった。

「ハニー？　友達と計画を立てるときは、考えなしにものを言ってはだめよ。あなたのパパが生きていることは、お祖父ちゃんとお祖母ちゃんにもまだ知らせていないんだから。みんなに言う前に、まず話を合わせておかないと」

「君のママの言うとおりだ」チェイスも同意した。

「みんなには僕が記憶を失っていたと言おう。最近になって、ようやく記憶が戻ったと。でもロバータ、君には本当のことを話さなくてはならない。中東で戦いが続いていることは知っているよね？」

ロバータがうなずいた。

「爆破事件のあと、僕はスイスの病院にいた。そこでを退院してからは、この国のために戦っていた」

「そうなの？」

「ああ。でも、爆破事件を企てたテロ組織の人間に顔を見られ、僕がまだ生きているという噂が広まった。だからＣＩＡが僕を本国へ移し、僕を守るためにパークレンジャーの仕事を用意したんだ。それから三年になるが、問題は何も起きていない。だから、君とママに危険が及ぶことはないはずだ。僕と会うときは公園に来てほしい。公園には僕の仲間たちがいて、悪い人間やテロリストが侵入しないように見張っているから。ロシター隊長は元海兵隊員で、イラクにいたことがある。彼は僕が抱えている事情を知って、僕たち全員の安全のために警備態勢を強化してくれた」

アニーはようやく椅子に座った。「サンフランシスコへ引っ越したら、スケジュールを調整しましょう。あなたがパパに会いに行けるように」

「でもサンフランシスコに引っ越したら、パパが遠くなっちゃう」

顔を伏せたまま、チェイスは考えた。今のを聞いたか、アニー？

「引っ越しはもう決まったことよ」アニーが強い口調で宣言した。

ロバータは長椅子から立ち上がった。「わかってる。私が言ったのよね。ママには公園で働いてほしくないって。でも、気が変わったの」

「気が変わっても、だめなものはだめなの。ママはもう仕事の申し出を断ったんだから」

ロバータは涙目になった。「それは取り消せないの？　やっぱりやりますって言えないの？」

チェイスはここで顔を上げた。「大丈夫。まだ間に合うよ。僕はこの三週間、ハネムーンで不在だった隊長の代理を務めてきた。新しい所長の要請を受けて、君の飛行計画を認可したのもこの僕だ。僕が決めたと言えば、この仕事は君のものになる」

「パパは一番偉いレンジャーなの？」

「いや、二番目だ。隊長が非番のときや公園を離れるときは、僕が指揮を執る」

ロバータの顔に笑みが広がった。「デビーにも教えてあげなきゃ」

「デビーというのは？」

「私の親友よ」

「ぜひ会ってみたいな。デビーだけじゃなく、君の友達全員と知り合いになりたい。僕の家に来るときは友達も連れてくるといい。いつでも大歓迎だ。もし君が公園に引っ越せば、僕の家から角を曲がった先が君の家になる。ひとっ走りで行き来できるぞ」

ロバータが嬉しそうに飛び跳ねた。

「学校のことも心配しなくていい。ヨセミテ渓谷の子供たちはホームスクールで学んでいるんだ」

「自分の家で勉強するってこと？」

「ちょっと違う。ファレル隊員の奥さんが教師でね。君は彼女が自宅でやっている学校へ通うことになる。僕の家からだと二ブロックの距離だ。もし君が加われば、今年の生徒数は十人になる」

「私と同じ年の子もいる？」

「ああ。シムズ隊員にはカーリーという十歳の娘がいるし、キング隊員にもブロディという十一歳の息子がいる。二人とも、いい子だよ」

アニーが立ち上がった。「話が先走ってない？」

ロバータは母親に駆け寄った。「ママ、イエスと言って！　お願いよ！　私はパパの近くで暮らしたいの」

これだけ引っかき回せば十分だろう。チェイスも長椅子から立ち上がった。「ロバータ？　僕は君のママのおかげでここへ来て、君に会うことができた。でも、今日はもう失礼するよ。これは君とママが二人だけで話し合うべき問題だ。気が向いたら、いつでも電話してくれ」

ロバータは不安げな表情になった。「パパは公園に帰っちゃうの？」

「ああ。でも、電話で連絡は取れる」チェイスはアニーに向き直った。アニーは彼の視線を避けるように目を逸らしていた。「僕にとって今日がどれほど意味のある日だったか、君にはわからないだろうね。勝手に出ていくから、見送りはいらないよ」

ロバータが彼のあとを追ってきた。「公園からいなくならないって約束してくれる？」

「約束するよ、スウィートハート。あそこは僕の我が家だ」チェイスは娘を抱きしめた。ロバータからも力強い抱擁が返ってきた。自然な仕草。何度もこうしてきたみたいだ。視線を上げると、アニーが苦悶の表情を浮かべていた。その表情を脳裏に刻みつけて、彼は足早に自分の車へ向かった。

5

玄関のドアが閉まった。その音を確認してから、アニーは水が飲みたいと言ってキッチンへ急いだ。それは一人になって冷静さを取り戻すための口実だったが、ロバータもすぐ後ろをついてきた。

「パパは言ったわ。ママは公園で働きたくないの？ってママが望むなら、公園で働けるって。」

アニーはまずグラスの水を飲み干した。それから娘に向き直った。「ええ。正直に言うとね」

「墜落事故のせい？」

「いいえ」

「じゃあ、どうして？」

「ロバータ、あなたには理解しづらいと思うけど、あなたの父親とママはずっと別々の人生を歩んできたの。今の彼にとって、あの公園は自分の家よ。彼のプライバシーを邪魔したくないわ」

「なぜ？　パパは私たちに来てほしいと思っているのよ」

「いいえ、それは違うわ」アニーは椅子に座り、戸惑っている娘を引き寄せた。「あなたに話しておかなければならないことがあるの。今朝あなたが登校したあと、彼がママに会いに来たのよ」

「そんな話、私は聞いてないわ。パパも何も言わなかった」

「彼はママの気持ちを尊重したんだと思うわ。私たちは話し合いをしたの。十年の間に色々なことがあった。彼も私も十年前とは別の人間になっていた。すべてが変わってしまったの。ただ一つを除いて。彼は世界中の何よりもあなたを愛している。自分の人生にあなたがいてほしいと願っている」

「ママとパパはもう愛し合っていないの？」

アニーはなるべく正直に答えた。「もちろん、私たちには思い出がある。それは誰にも奪えないわ。でも、私たちは前へ進んだの。彼は私の安全を守るために連絡を取らなかったと言った。それは立派な理由だと思うわ。でも、彼が死んだふりをした本当の理由は別にあるんじゃないかしら」

ロバータが母親を見据えた。「本当の理由？」

「もし本気で私に恋をしていたなら、彼は私から離れられなかったはずよ。強い愛で結ばれた二人なら、何があっても引き裂かれることはないわ」

「そんな」ロバータの唇が震えた。

真実はこの子には重すぎるかもしれない。でも、嘘はつけない。「ママを救助したとき、彼は知らない他人のふりをしたの。ママと話すこともしないで、公園を離れて別のどこかへ行くつもりだったの。でもあなたがいることを知って、それですべてが変わった。アフガニスタンを離れた時点では、ママもおなかにあなたがいることは知らなかった。当然、彼もね」

「知ってる。前にママが話してくれたから」

「今朝、彼がここに来たのはママを愛しているからじゃない。あなたを愛しているからよ。あなたがいなかったら、彼は今頃どこか遠い場所へ行っていたでしょうね。彼が病室に電話をかけてきたのも、あなたの存在があったから。彼は自分の人生にあなたがいてほしいと願っている。だから、私と話し合うことにしたのよ」

あふれ出た涙がロバータの頬を伝った。「でも、パパはママと結婚したかったんでしょう?」

「それももう昔の話よ。彼が一度も結婚しなかったのは、今の人生に満足していて、妻を求めていないからだと思うわ。戦いに身を投じる前の彼は考古学者だった。中国からアフガニスタンまで発掘の旅を続けていた。発掘は孤独な仕事よ。発掘現場がある人里離れた場所に住んで、生活時間も不規則で。ペニーのパパは普通の仕事に就いて、家族のために規則正しい生活を送っているわよね。でも、ロバートは違うの」

「パパはもう考古学者じゃないわ」ロバータは食い下がった。

「ええ。だけど、長年の習性はそう簡単には変えられない。だから彼は今も一人で暮らしているのよ。でも私が公園の仕事に就けば、しょっちゅう顔を合わせることになる。それはいやなんじゃないかしら。彼はあの爆破事件を利用して、私との関係を断ち切った。ただし、それは自分に娘がいると知る前の話よ。心配しないで。あなたがパパと会うことには反対しないから」

「ママはもうパパのことが好きじゃないの?」

「ロバータ、これは好き嫌いの問題じゃないの。もちろん、彼のことは好きよ。ママの人生の一部だった人だもの。でも、彼が生きていると知ったときはとてもショックだった。あなたは昔からパパを欲しがっていたわよね。彼があなたの前に現れたことは奇跡だと思う。でも、人生ってもっとややこしいものなのよ」

「パパは私たちを守ると言ったわ。ママはテロリストが怖いの？」

「いいえ、ハニー」

ロバータは眉をひそめた。「だったら、ママは意地悪だと思うわ」

アニーは胸にナイフを突き立てられたような気がした。〝意地悪〟はロバータがよく使う言葉だが、母親に対して使ったのはこれが初めてだった。「どうしてそう思うの？」

「もし公園に引っ越したら、私は毎日パパと会えるのよ。でもサンフランシスコに引っ越したら、たまにしか会えない。パパは何よりも私を愛してると言ったのに」少女の細い体が小さく震えた。「私、次にパパと話すときに一緒に暮らせないか訊いてみる」そう宣言すると、ロバータはキッチンから飛び出していった。

愕然としていたアニーに追い打ちをかけるようにチャイムが鳴った。きっとママとパパね。間が悪いにもほどがあるわ。気持ちを落ち着かせようと努力しながら、アニーは玄関へ向かった。しかし、泣き顔のロバータに先を越されてしまった。

「パパ？」父親が戻ってきたと勘違いしたのだろう。ドアを開けると同時に、ロバータは叫んだ。

アニーの両親は唖然とした様子で孫から娘へと視線を移した。アニーは思わずうなった。これはごまかしが効く状況ではない。

父親はテイクアウトした中華料理の袋を手に突っ立っていたが、母親のほうは孫娘に向かって腰を屈めた。「どうしたの？」

「パパは死んでなかったの！」

彼女は孫の顔を両手でとらえた。「何を言っているの？」

「お祖母ちゃん、パパは生きていたのよ！　ヨセミテでママを助けた副隊長がパパだったの。パパは私たちに公園で暮らしてほしいって言っているの」

アニーの父親はまずドアを閉めた。それから、娘に問いかけのまなざしを向けた。「本当か？」

アニーはまたうなった。「あの、ええ。色々と事情があって」

サンタローザから戻ったチェイスは、裏口から本部の建物に入り、マークのオフィスへ向かった。今夜は眠れそうにないとわかっていたので、先にマークに電話をかけて、夜勤は自分が引き受けるから君は休めと伝えておいたのだ。

バンスには休暇を取るように言われているが、モーテルで一人電話を待つのはつらすぎる。そんな拷問に耐える自信はチェイスにはなかった。

マークは喜びを隠しきれないようだった。「本当にいいのか？」

「いいから帰れ」

マークはにやりと笑った。「じゃあ、帰らせてもらうか。明日の正午には戻ってくるから」

「二時でいいよ」アニーの次の動きを待つ間は、くよくよと考えてしまうだろう。だが、忙しくしていれば余計なことを考えずにすむ。

「オーケー！」

マークが帰ってから十分後、公園内の各所にいる隊員たちから状況報告が入りはじめた。最後に電話してきたのは、トゥオルミ・メドウズのベースキャンプで仕事をしていたファレル隊員だった。

「問題が発生した。問題の深刻度はまだわからないが、消化器の不調を訴える者が続出している」

「誰がやられた？」

「ロッジの従業員とハイキング客の一部だ」

「人数は？」

「少なくとも三十人はいる。そのうちの三人はビショップの病院へ搬送した」

「すぐに対応しよう。君は引き続き報告を頼む」

「了解」

ファレルとの通話を終えると、チェイスは病院に電話をかけ、検査チームと話をした。検査技師たちはノロウイルスによる感染症を疑っていた。今のところ死亡者は出ておらず、三人とも助かるだろうということだった。

何か動きがあれば教えてほしいと頼んで、チェイスは電話を切った。続いて郡の衛生指導員に連絡を取り、さらにロッジに電話して支援を申し出た。そして、最後にバンスに電話をかけた。

「やっとかけてきたか！　ずっと待っていたんだぞ。君の娘には会えたのか？」

「それはあとで話す。仕事が先だ」

「仕事？」

「マークと夜勤を交代した」

「君は公園内にいるのか？」

「三十分くらい前に戻ってきた」

「すぐそっちへ行く」

それから五分もしないうちに、バンスがマークのオフィスに入ってきた。チェイスは別の隊員から報告を受けている最中だった。ワオナ近くの道路で無人の車を発見したというのだ。車の押収と消えたドライバーの捜索を指示しながら、彼はバンスにロッジから送信されてきた報告書を手渡した。電話を終えると、さらに詳しく説明した。

「オーケー」バンスは椅子に背中を預けた。「仕事の件は片付いたな。すべて話してくれ」

望むところだ。「僕のロバータはかわいい子だった。完璧だった」

「そうか」バンスはにやにや笑っている。「彼女にパパと呼んでもらえたのか？」

チェイスはうなずいた。そう。まだ信じられないが、僕は父親なんだ。

「それで、ロバータとその母親はいつこっちへ来るんだ？　レイチェルも僕も、二人に会いたくてうずうずしているんだが」

チェイスの笑顔がしかめ面に変わった。「そっちの問題はまだ解決していない。アニーが抵抗を示していてね」

「ほかに男でもいるのか？」

「いや。そんな単純な話じゃない。アニーはここでの仕事を断ったらしい。僕たちは面会権について話し合うことになりそうだ」

バンスは身を乗り出した。「あとは君の娘がどう動くかだ。レイチェルも公園に戻る気はなかった。でも、ニッキーのために戻ってきた。鍵は忍耐だ。僕にはわかる。経験者だからな」

チェイスはかぶりを振った。「十年の空白があるんだぞ。これ以上は待てない」そのとき、電話が鳴った。「僕が出よう」

「その間にソーダでも調達してくるか」

チェイスはうなずき、電話に出た。「はい、ジャービス副隊長」

「先ほど電話をいただいた検査チームですが」

アニーじゃなかった。ロバータでもなかった。落胆を振り払って、チェイスは質問した。「検査結果は出ましたか？」

「やはりノロウイルスでした。ノロウイルスの感染症はすぐに症状が現れますが、命に関わることはないはずです」

「わかりました。みんなにもそう伝えます」

公園にとっては朗報だ。だが、僕が求めている朗報はこれではない。バンスの言うとおりだといいが。ニッキーはバンスの味方となり、レイチェルを公園まで連れてきた。ロバータは僕に幸せを運んできてくれるだろうか。

ロバータには毎朝、母親のベッドに潜り込む習慣がある。しかし、この日曜日は違った。昨夜のことが尾を引いていたせいだ。アニーは両親にロバートが生きていた事情を説明し、それでも自分たちはサンフランシスコへ引っ越すと断言した。この言葉がロバータを打ちのめした。ロバータは子供部屋に立てこもり、祖父母が懸命に説得しても出てこなかった。

アニーが何度か子供部屋をのぞくと、ロバータは枕に顔を埋めて泣いていた。その押し殺した泣き声に胸を痛めながら、アニーは忍び足でリビングへ戻った。そして、両親に複雑な思いを語った。

「今さら彼のそばに住めっていうの？　ロバータの夢を壊さないように努力してきたのに。私はとんだ愚か者だわ」

「それは違うぞ、アニー」彼女の父親が反論した。「ロバートはおまえと結婚するつもりだった。でも、テロ組織に自分の世界を壊された。もし彼がこういう形でおまえを守らなければ、おまえの世界も壊されていたかもしれない」

アニーは両手に顔を埋めた。父親の理屈が正しいことはわかっている。けれど、ロバートと再会したショックが大きすぎて、現実を受け止めることができなかった。

「墜落現場で他人のふりをしたからといって、ロバートを責めるな。そこにはほかの隊員たちもいたんだろう？　彼はおまえを守ろうとしたんだ。おまえの病室に電話をかけてきたのは、もう安全だと判断したからだろう。彼の意図は明らかだ。彼はロバータの存在を知って、あの子の父親になりたいと思ったんだよ」

「お父さんの言うとおりよ」彼女の母親がうなずいた。「最初にあなたと会った時点で、彼は証人保護プログラムを利用することができた。また別の土地へ移って、身を隠すことができた。でも彼は上の人たちに相談し、あなたとロバータのそばにいたいと宣言した。とはいえ、彼は公園を離れられないのよね。だったら、あなたが公園の仕事に就きなさい。それで面会権の問題も片付くわ」

アニーは母親を見つめた。「ママは私の味方だと思っていたのに。ママは私たちにそばにいてほしくないの？」

「サンフランシスコに来ても、あなたの娘は幸せになれない。それがわかっていながら、あなたはサンフランシスコに引っ越したいの？　あなたは最初からロバータの父親を偶像化してきた。その父親が現れて、ロバータと親子になりたいと言っているのよ。それなのに、あなたは急に態度を変えた。ロバータが混乱するのも当然だわ」

パパとママの理屈なんか聞きたくない。私は今、地獄にいるのよ。出口のない地獄に。

「これはロバータの今後を左右する重要な決断だ。プライドにはこだわるな」

「プライド？」アニーは驚いて聞き返した。

「煎じ詰めれば、そういうことだろう？」父親は彼女を見据えた。「もし彼が電話で真実を打ち明け、今もおまえを愛していると明言していたら、おまえの態度も変わっていたんじゃないか？」

痛いところを突かれた。

今度は母親が指摘する。「今のロバートがあなたのことをどう思っているかは、誰にもわからないわ。でももし私があなたの立場なら、自分が大人になったことを、もう昔の自分とは違うことを態度で示すでしょうね。ロバートにわからせるのよ。彼がいなくてもあなたが充実した人生を送ってきたことを。今後も娘のために生きるつもりだということを。そこから先のことは自然の流れに任せなさい」

「彼に娘と過ごす時間を作ってやれ。そして、おまえもその過程を楽しむんだ。アフガニスタンから戻って以来、おまえは楽しむことに背を向けて生きてきた。でも、おまえの中にはまだかつての冒険心が残っているはずだ」長椅子から立ち上がると、父親はアニーの頬にキスをした。「今夜はもうホテルに戻るが、明日の朝また来るよ。明日、公園へ行ってみるのはどうだ？　ロバータはあそこに行ったことがないだろう。あの子が公園を気に入るかどうか、確かめてみてもいいんじゃないか」

「気に入るに決まっているわ。父親があそこにいるんだから」

こうしてアニーは眠れない夜を過ごした。翌朝、ベッドを出た彼女は、その足で子供部屋へ向かった。一刻も早く娘と話がしたかった。

ロバータはまだカバーの下に潜っていた。だが、眠っていないのは明らかだ。

「ロバータ？　起きる時間よ」

「起きたくない」カバーの下から声がした。

アニーはベッドに腰を下ろし、片手でカバーをめくった。「ねえ、気づいている？　私たち、昨夜初めておやすみのキスをしなかったわ」返事はない。彼女は身を乗り出し、娘の額にキスをした。「もうすぐお祖母ちゃんたちが来るわ。今日は私たちをヨセミテへ連れていってくれるんですって。だから、起きて朝ご飯を食べましょう。そしてお出かけの準備をするの」

ついに動きがあった。ロバータがベッドから飛び起きた。泣き腫らした顔の中で、青い瞳がきらめいていた。「そのこと、パパは知っているの?」

「いいえ、まだよ。だから、彼が今日休みかどうかはわからないけど。向こうに着いたら電話してみましょう。もし公園で仕事をすることになるなら、私たちが住む家も見ておきたいし」

ロバータは母親に抱きついた。あふれ出た喜びの涙が二人の服を濡らした。

勇気を出すのよ、アニー。これからあなたは舞台に立ち、新しい役割を演じるの。たとえ一度きりの舞台だとしても、説得力のあるお芝居をしなければ。


ベスがマークのオフィスに入ってきて、デスクにコーヒーと朝食を盛った紙皿を置いた。電話中だったチェイスは、口の動きだけで感謝を伝えた。

「それで無人の車の件はどうなった?」

「あれはガス欠が原因でした。乗っていたのは観光客で、ヒッチハイクでワオナへ戻ったそうです」

「そうか。あの地区の山火事によるスモッグの程度はどうなっている?」

「平均程度です」

「今日の微風に感謝だな。また何かあったら知らせてくれ」

チェイスは電話を切った。トーストへ手を伸ばしながら、時計に目をやった。九時五十分。退勤まであと四時間か。徹夜で働いて疲れているはずなのに、緊張で全身がぴりぴりしている。このままでは家に帰っても休めそうにない。

ビショップの病院から電話がかかってきた。結局、公園から搬送された患者は三名に留《とど》まった。その情報を所長に伝えたあと、チェイスは腰を落ち着けて朝食に取りかかった。

ジェフ・トンプソンから電話があったのは、最後の一口をのみ込もうとしていたときだった。いったい何事だろう。ジェフとは三十分前に話したばかり昨夜の僕は自棄《やけ》を起こしていた。それで、二時に戻ってくればいいとマークに言ってしまった。チェイスはうなった。アニーとロバータはきっとここに立ち寄る。でも僕は持ち場を離れられない。

　アニーの狙いはなんだ？　彼女の気が変わったとは思えない。たぶん面会権を認める前に、ロバータに公園を見せるつもりなのだろう。面会以上のものを求めても、僕の夢が潰されるだけだ。だから、今は彼女に電話するわけにはいかない。向こうから連絡が来るのを待つしかない。

　十一時半になると、チェイスは各詰め所へ最新の気象予報を知らせた。その途中、ビジターセンターの受付係から電話がかかってきた。

「どうした、シンディ？」

「副隊長にお客様よ。ロバータ・バウアーという愛らしいお嬢さん。墜落事故のときにママを助けてもらったお礼を言いたいんですって」

なのに。首をひねりながら、チェイスは電話に出た。

「はい、ジャービス」

「今、公園一有名な女性が門を通ったぞ」

チェイスは眉をひそめた。「誰のことだ？」

「マーガレット・バウアーだよ」

チェイスの手から紙コップが滑り落ちた。幸い、中身はすでに空だった。

「娘と両親も一緒だった。本人はギプスで運転できないから、父親が運転していた。日帰りで観光に来たんだそうだ」

チェイスは紙コップをゴミ箱へ放った。狙いは外れ、紙コップはゴミ箱の外に転がった。

「彼女たちがビジターセンターに行く可能性もあるから、いちおう報告しておこうと思って。隊長も彼女に会いたいだろうし」

「隊長は今日は非番だ。ああ、別の電話がかかってきた」チェイスは嘘をついて会話を終わらせた。

チェイスは即座に立ち上がった。やるな、ロバータ。賢い子だ。「マークのオフィスへ通してくれ」

「了解」

彼はカウンターを回り込み、オフィスのドアを開けた。数秒後、通路を近づいてくるロバータが見えた。今すぐ駆け寄りたい。あの子を抱き上げたい。

彼はその衝動を抑えた。

シンディが笑顔で紹介した。「こちらがロバータ・バウアーよ」

チェイスは喉のつかえをのみ下そうとした。「前にも一度会ったね、ロバータ」

「はい」

シンディの前なので他人のふりをしているが、ロバータの青い瞳には星のような輝きがあった。彼女は制服姿の父親を観察した。興奮を抑えきれないのか、踵が上下に動いている。

「君のお母さんはどこかな？」

「外の車にいるわ。お祖母ちゃんたちと一緒よ。ママに言われたの。もしあなたの手が空いているようなら、ちょっとだけ挨拶してきてもいいって」

「ちょうど仕事が一段落したところだ。さあ、中に入って」チェイスは受付係に目をやった。「手間をかけたね、シンディ」

「お安いご用よ。またね、ロバータ」

「助けてくれてありがとう」

チェイスは改めて我が子の礼儀正しさを誇らしく思った。オフィスのドアを閉めてから、ロバータにほほ笑みかけた。「なんともかわいいお客様だ！」

実際、ジーンズに長袖のプルオーバーを着たロバータはとても愛らしく見えた。チェイスが衝動的に抱き上げると、彼女はぎゅっと抱きついてきた。ロバータはいい匂いがした。かつてのアニーがそうだったように。

親子の抱擁が終わらないうちに、また電話が鳴った。娘をスツールに座らせてから、チェイスは電話を取った。「はい、ジャービス」

「ホーキンスです。タマラック・フラットの野外トイレでスカンクが五匹死んでいました。こんな光景、僕は初めて見ました」

確かに過去にはない事例だ。公園の生物学者に調査してもらわないと。「すぐにそっちへ行く。とりあえず、来園者が立ち入らないようにしてくれ」次にチェイスは生物学者のポール・トーマスに電話をかけ、状況を説明した。「調査がすんだら、君の考えを聞かせてほしい。もし悪質ないたずらの結果だとしたら、マークにも伝えておかないと」

「私もまずその線を考えた。これから現地に向かうよ」

「ありがとう、ポール」

チェイスはようやく娘に注意を向けた。「君のママはまだ外にいるのかな？」ロバータがうなずいた。

「できれば彼女とも話をしたいんだが」

「パパは夜まで仕事なの？」

「いや、二時までだ。仕事が終わったら、君たちを僕の住まいへ案内しよう」

ロバータはスツールから滑り降りた。「じゃあ、ママにそう伝えてくるわ」

「ああ、頼むよ」

ロバータが外の通路へ飛び出していった。スタッフが次々にやってきた。新たに電話もかかってきた。そして、またドアが開いた。今度こそロバータかと思ったが、弾むような足取りで入ってきたのはニッキーだった。ニッキーは包装紙でくるまれた細長いプレゼントを抱えていた。

「ハイ、チェイスおじさん！」

「ハイ！　パパも一緒か？」

「ううん。パパはママと家にいる。ほんとは夕食におじさんを呼んで、そこでプレゼントを渡したかったの。でもパパが、おじさんは仕事で忙しいから、僕一人で渡しておいでって。そうだ、パパに電話して、僕がちゃんと着いたことを教えなきゃ」

チェイスは自分の携帯電話を差し出した。「二のボタンを押して」

ニッキーが電話をしている間に、ロバータが戻ってきた。「ママに訊いたら、お祖母ちゃんたちがサンフランシスコへ戻るから、三時までに公園を出なきゃいけないんだって」

落胆を隠してチェイスは言った。「それでも一時間は話ができるな。ママたちは二時まで何をするつもりなんだろう？」

「滝を見て、散歩するみたい。私はここにいるほうがいいんだけど」

「だったら、もう一度外に出て、僕が君を預かるとママに伝えておいで」

「いいの？」ロバータが嬉しそうに叫んだ。

「もちろん。三時になったら、僕のオフィスで君のママと合流しよう」

電話を終えたニッキーがロバータを見つめ、続いてチェイスを見つめた。「この子は誰？」

待ってました。「ニッキー・ロシター、君に僕の娘ロバータ・バウアーを紹介しよう。ロバータ、ニッキーはパークレンジャーの隊長で僕の親友でもあるバンス・ロシターの息子だよ」

ニッキーがくすくす笑った。「おじさんに娘はいないよ」

チェイスはロバータの肩に腕を回した。「さあ、どうかな？　よく見てごらん」彼は自分と娘の顔を近づけた。

ニッキーは二人の顔を見比べた。「少し似てるね。おじさんはほんとに君のパパなの？」

ロバータはうなずいた。「パパは十年前に記憶喪失になったの。だから、この前まで私が生まれたこととを知らなかったのよ」

「記憶喪失って何？」

「説明はあとだ、ニッキー。まずはロバータと一緒に外まで往復してくれないか？　戻ってくる途中、ロバータにおじさんのオフィスを見せてやってほしいんだ。それから君のパパのオフィスに寄って、冷蔵庫から君たちが飲むソーダを取っておいで」

「わかった」ニッキーはプレゼントの包みをカウンターに置いた。ドアへ向かいながら、ロバータに問いかける。「ロバータはどのソーダが好き？」

「ルートビア」

「僕と同じだ！　公園に来たのは何度目？」

「初めてよ」

「何年生？」

「四年生」

「じゃあ、お姉さんだね。僕はまだ一年生だから。熊は怖い？」

「ハイイログマは怖いと思うわ」

「心配しないで。ここにはクロクマしかいないから。ヨセミテには狼もいないんだよ」

遠ざかる声に耳を澄ましながら、チェイスはにんまり笑った。ニッキーはロバータのいい遊び相手になるだろう。アニーが面会権を認めてくれればの話だが。

彼は両手を拳に握った。アニーが今、この建物の外にいる。僕とはまったく関係ないような顔をして。関係ないわけがないだろう。僕たちの間には子供までいるんだぞ。

かつてアニーは、その率直さと愛情深い性格で僕に新しい世界を見せてくれた。僕があれほど心惹かれた女性はあとにも先にもアニーだけだ。そして今、僕はかつてよりもさらに強く彼女に惹かれている。

彼女は僕たちの美しい娘を産んだ。その娘をずっと一人で育ててきた。

手遅れなのはわかっている。でも、僕は彼女たちの人生に関わりたい。自分が失ったものを取り戻したい。アニーは抵抗するだろうが、僕は絶対にあきらめない。これからは二人とともに生きていくんだ。

チェイスが決意を新たにしたそのとき、彼の強い味方がニッキーとともに戻ってきた。二人の手にはルートビアが握られている。ニッキーは相変わらずしゃべりつづけていた。どうやらロバータにビジターセンターの内部を案内してきたようだ。

「やあ、スウィートハート。ママはここに残ることを認めてくれたかい？」

ロバータは父親に視線を投げた。「うん。ママは二時にパパのオフィスに来るそうよ」

それは朗報だ。アニーの両親も来るだろうか。もしそうなったら、十年ごしの初顔合わせだ。

「そうだ、これ」ニッキーはプレゼントをつかんだ。「おじさんへのお土産だよ。気に入ってもらえると嬉しいな」

「気に入るに決まっているだろう」チェイスは包装紙を剥がし、細長い箱を開けた。箱に入っていたのはバトンのような形をした銀色の物体だった。「これは何かな？」

「おじさん専用の魔法の杖だよ。取っ手のところにおじさんの名前を入れてもらったんだ。ほらね？」

チェイスは箱から取り出した杖を観察した。確かに、取っ手の部分に〝チェイスおじさん〟という言葉が刻まれている。「うん、いいね！　ちょうどこういうのが欲しかったんだ！」

ロバータも興味を引かれたようだった。「これ、どこで買ったの？」

「ロンドンのハリー・ポッターの店だよ」

「あなた、イギリスへ行ったの？」

ニッキーはうなずいた。

チェイスは魔法使いのふりをした。杖を宙で振り回しながら、恐ろしげな声で唱えた。「倍だ、倍だよ。苦労も苦悩も。火を焚け。煮立てろ。ヒヒの血で冷やせ。それで魔法は完成だ」

子供たちが笑った。その声に被さるように、拍手が聞こえた。バンスが戸口に立っていた。

「やるな。ホグワーツのシェークスピアか。君は役者になるべきだった」

チェイスは小さく笑った。「パキスタンにいた頃、イギリス人の家庭教師に『マクベス』を暗記させられたんだ。もうほとんど忘れてしまったが」彼はニッキーの頭を撫でた。「すてきなお土産をありがとう。この杖は僕のデスクに置いておくよ。隊員たちが悪さをしたら、これで魔法をかけてやる」

「この杖じゃ魔法はかけられないよ」ニッキーは父親を見上げた。「そうでしょ、パパ?」

「さあ、どうかな」バンスは息子からロバータへ視線を移した。少女をじっと観察してから、チェイスに向かってうなずいた。「なるほど。確かにかわいい子だ」そして、ニッキーへ視線を戻した。「パパに君の新しい友達を紹介してくれないか?」

ニッキーはまたルートビアを一口飲んだ。「この子はロバータっていうの。チェイスおじさんの子供なんだよ」

バンスは少女の前で腰を屈めた。「チェイスに似ているが、君のほうが美人だね。会えて嬉しいよ」

「ありがとう。私もあなたに会えて嬉しいわ」

「わざわざ会いに来てくれるとは、君のパパは幸せ者だな」

ニッキーが父親の肩に腕を回した。「ねえ、パパ、記憶喪失って何?」

男たちは含みのある視線を交わした。「チェイスおじさんは十年前に事故に遭って、記憶をなくしてしまったんだ。病院で目が覚めたときには、自分がどこにいるのか、なんという名前なのかもわからなくなっていたんだよ」

ニッキーは心配そうにチェイスを見やった。「怖かった?」

「ああ、怖かったとも」あのあと、僕は何年も悪夢に苦しめられた。アニーが敵に捕らえられ、拷問を受ける悪夢に。

バンスが説明を続けた。「ロバータのママはチェイスおじさんが死んだと思っていた。でもこの前、彼女が乗っていたヘリコプターが墜落して、助けに行ったチェイスおじさんは、彼女を見た瞬間すべてを思い出した。そして、ロバータという娘がいることを知ったんだよ」

ニッキーはしばらく考える表情になった。それからロバータを見つめた。「パパに会えて嬉しい?」

ロバータがうなずいた。

「僕は、ママとパパとお祖父ちゃんとお祖母ちゃんの次に、チェイスおじさんが好きなんだ」

チェイスの目頭が熱くなった。「僕も君が大好きだよ、ニッキー」

ロバータが彼の手を取り、視線を合わせた。「私もパパが大好きよ」

チェイスは娘の手を握りしめた。確かに僕は幸せ者だ。

「君もチェイスおじさんと暮らすの?」ニッキーが質問した。

バンスが背を起こした。「先のことは誰にもわからない。だから、ロバータのママは今日この公園に来たんだ」彼は息子を抱き上げた。「お土産も渡したことだし、そろそろママのところへ戻るか。ロバータをおじさんと二人にしてやろう」

「オーケー。またね、ロバータ」

ドアが閉まった。チェイスは改めて娘を見下ろした。「さてと、どこまで話したんだったかな?」

6

「ハイ、私の名前はシンディよ。何かお手伝いしましょうか?」キュートなブロンドの女性隊員が、アニーの吊り包帯を見て声をかけてきた。

「二時にジャービス副隊長と会う約束なの」

「ああ、ロバータのお母さんでしょう。ロバータは本当にかわいい子ね」

アニーは相手に好感を抱いた。娘を褒めてくれる人は誰であろうと友達も同然だ。「ありがとう。私もそう思うわ」

「私たちみんな、あなたには心から同情しているの。墜落事故に巻き込まれるなんて恐ろしい話よね。あなたが死なずにすんで本当によかった」

「私が死なずにすんだのはパイロットのおかげよ。彼の的確な指示が私たちの命を救ったの」

「トムは海軍でもトップクラスのパイロットだったのよ」

「そうなんですってね。操縦していたのが彼でよかったわ。副隊長はまだ仕事中かしら?」

シンディは腕時計に目をやった。「ちょうど業務が終わったくらいね。彼のオフィスをのぞいてみたら? あそこの通路を進んで左へ曲がったら、また別の通路があるの。その通路の右から二番目のドアが副隊長のオフィスよ」

「ありがとう。行ってみるわ」

ビジターセンターは情報を求める観光客でごった返していた。アニーは慎重な足取りで人混みをすり抜け、目指す通路へ向かった。

ロバートは三年前からここで生きてきたの? 私が恋したロバートは優秀な考古学者だった。当時の彼からは想像もできない世界ね。ようやくわかってきたわ。再度の惨劇を防ぐために、彼が大きな犠牲を払ったということが。

物思いに耽っていたアニーは、危うく通路に出てきたチェイスとぶつかりそうになった。

「ハイ」チェイスが低くかすれた声で挨拶した。

一つ深呼吸をしてから、アニーは言った。「仕事中だったんでしょう？　邪魔をしてごめんなさい」

チェイスは腰に両手を当てた。「一つはっきりさせておこう。ロバータは僕の娘でもある。いつ何時でも彼女は僕の人生の一部だ」

アニーは目を逸らし、彼より先にオフィスへ入った。オフィスの中では、ロバータが椅子に座り、銀色のバトンをもてあそんでいた。アニーもその横の椅子に腰を下ろした。「それは何、ダーリン？」

「魔法の杖よ。パパがイギリスへ行った友達からお土産にもらったの」

アニーは杖に刻まれた〝チェイスおじさん〟という文字に目を留めた。「きれいな杖ね」

「ニッキーが羨ましいわ。私たちもハリー・ポッターの店に行けたらいいのに」

チェイスがドアを閉めてからデスクの角に腰を預けた。「あのシリーズのファンなのか？」

ロバータはうなずいた。「本は全部読んだわ」

「ニッキーも大ファンなんだ。本はママに読んでもらったんだと思うが。イギリスで本物のヘドウィグにも会ったそうだよ」

ロバータは目を丸くした。「どうやって？」

「今度会ったときに直接訊いてごらん」

「そのことなんだけど」アニーは口を挟んだ。心臓が早鐘のように鳴っていた。「森林局の上司に電話して、公園の仕事を受けることにしたと伝えたわ」

一瞬沈黙してからチェイスは言った。「それは公園にとっていいニュースだ。さっそくテルフォード所長に伝えないと」彼はロバータを見やった。灰色の瞳が満足げに輝いていた。「僕個人にとっても嬉しいニュースだ。君たちのそばで暮らせるなんて、考えただけでもわくわくするよ」

「私もよ、パパ。これからはいつでも会えるのね」

アニーは咳払いをした。「サンタローザへ戻る前に、ロバータと私が住むことになる家を見ることは可能かしら？」

「ああ。でも、まずは基本的なことを確認しよう。今の僕の名前はチェイス・ジャービスだ。安全のために、ロバート・マイヤーズという名前は使わないこと」

「それはわかっているわ。ねえ、ハニー？」

ロバータがうなずいた。

「よし。この部屋を出たら、僕はロバータを自分の娘として、君をロバータの母親として紹介する。公園のスタッフたちにはバンスが噂を広めてくれるだろう。僕は記憶喪失だったが、ヘリコプターの事故をきっかけに昔の記憶を取り戻したと」

アニーは脚を組み替えた。「誰かに訊かれた場合に備えて、あなたが事故に遭った場所を決めておくべきだわ」

「南カリフォルニアのニューポート・ビーチにしよう。僕たちは休暇中にあそこで出会った。でも、僕は沖を泳いでいたときにスピードボートに衝突された。遺体は発見されず、当局は鮫に食べられた可能性が高いと結論づけた」

「パパ！」ロバータが悲鳴をあげた。

アニーも身震いした。ぞっとするようなシナリオだけど、あの日カブールで起きた惨劇とは比べものにならない。

「ほかに質問は？」アニーに視線を据えて、チェイスは問いかけた。

アニーは娘を見やった。「あなたはどう？　何か訊きたいことはある?」

「ないわ。それより私たちの家を見てみたい」

「じゃあ、行くか」チェイスはデスクから腰を浮かせた。「まずは鍵を取りに行こう。あとは裏口から出て、家まで歩く」

「職場のすぐ近くに家があるということね」

「公園内のものはすべて意図的に配置されている。隊員たちがすぐに出動できるように」

ロバータが彼に続いてドアを通り抜けた。「なんだか消防士みたい」

「まさにそんな感じだ」

魔法の杖を箱にしまってから、アニーは二人のあとを追った。ロバートが意気揚々としている。ここまでは彼の思いどおりに事が進んでいるものね。今は調子を合わせるしかないけど……。

アニーは密かに傷ついていた。父と娘の親しげな様子を見るのがつらかった。二人は当たり前のように手をつないでいる。もちろん、それは喜ばしいことだ。しかし、彼女は嫉妬心を抑えることができなかった。

私以外の人間がロバータの世界に現れ、あの子の愛情を得ようとしている。それは仕方のないことよ。ロバータは私一人の娘じゃない。彼と私の娘なんだから。それなのに、なぜ胸が痛むの?

松林の中を数分歩くと、職員住宅のエリアへ出た。チェイスは三軒の家が並ぶ通りを進み、真ん中の家のステップを上がって、玄関の鍵を開けた。

中に入ったロバータは歓声をあげ、部屋から部屋へと走り回った。アニーはリビングとダイニングルームをチェックしてから家の奥へ進んだ。カーペット敷きの部屋がほとんどね。カエデ材の家具はまあいいわ。家庭的な感じがするし。でも、オレンジと茶色の装飾は早急になんとかしないと。

チェイスも彼女のあとをついてきた。最後に彼らは狭いキッチンへたどり着いた。この狭さでは食事は無理ね。ダイニングルームで食べるしかないかしら。だめだわ。集中できない。すぐそばにロバートが――いいえ、チェイスがいるから。

「どう思う？」

アニーは作り笑顔で彼を振り返った。「ジャック・フロストが住んでいそうな家ね」

チェイスが頭を仰け反らせて笑った。この笑い声は遠い昔にも聞いたことがある。でも、当時はもっと若々しい声だった。よみがえった思い出の数々がアニーの胸を締めつけた。

ロバータがキッチンに駆け込んできた。「何がそんなにおかしいの？」

チェイスは娘の肩に腕を回した。「君はジャック・フロストを知っているかい？」

ロバータが首を横に振った。

「ジャックは木の葉を秋色に塗る小さな妖精だ。君のママがここは彼の家みたいだと言ったんだよ」

ロバータはその意味を必死に考えたようだった。

「大丈夫よ、ママ。荷物を運び込んだら、この家も少しはましになるわ」

チェイスが噴き出した。アニーも危うく噴き出すところだった。

「ねえ、浴室の隣の部屋を私の部屋にしていい？窓の外に木があって、かわいいリスが登ったり下りたりしているの。ママも見に来て！」

これでチェイスと距離が取れる。アニーは救われた思いで娘のあとを追った。浴室の奥の部屋にはクイーンサイズのベッドが置いてあった。窓には緋戸もついている。ロバータのピンクと白のキルトが加われば、愛らしい子供部屋になりそうだ。

「ほら、あれ！」

「この木の上にはリスの一家が暮らしているんだ」

チェイスが説明した。「今度ニッキーを招待するといい。あの子は高性能の双眼鏡を持っているから、二人でリスたちの様子を観察できるよ」

「ニッキーって面白いわよね。あの子のパパには全然似ていないけど」

チェイスの瞳が曇った。「ニッキーの本当の両親は去年フロリダからこの公園へやってきた。季節はもう春だったが、その日は吹雪が予想されていた。僕たちは全員に山から下りるよう警告した。でも、ダロー夫妻はその警告に従わず、エル・キャピタンの頂上でブリザードに見舞われ、低体温症で亡くなったんだ」

「怖い話ね」ロバータがつぶやいた。

「怖くて悲しい話だ。彼らを救助するために、バンスがヘリで頂上へ向かったが、すでに手遅れだった。そして、まだ五歳だったニッキーが残された。五歳の子に両親の死が理解できるわけがない。ニッキーは家に引きこもり、悪夢にうなされるようになった。だったら、現実と向き合ったほうがいいのかもしれない。そう考えた叔母のレイチェルが、去年の六月にニッキーをここへ連れてきた」

ロバータの下唇が震えた。「かわいそうなニッキー」

「でも、そこで奇跡が起きた。バンスがニッキーのヒーローになったんだ。バンスもニッキーとレイチエルに恋をし、二人の家族になりたいと願った。こうして彼らは結婚し、ニッキーを自分たちの養子にした。ハネムーンの目的地をイギリスにしたのも、ニッキーを楽しませたかったからだ」

アニーの瞳から涙がこぼれた。その涙を拭いながら、彼女はつぶやいた。「最高の家族ね」

チェイスは彼女からロバータへと視線を移した。「ニッキーにはいい友達が必要だ。年は離れているが、君は今日、上手にニッキーの相手をしていた。君みたいにす早くもニッキーの心をつかんでいた。

ばらしい子が僕の娘で本当によかったよ」

ロバータは彼をハグした。それから母親に目をやった。「公園にはいつ引っ越すの？」

「来週中には引っ越せると思うわ。今、お祖父ちゃんが引っ越し用のトラックを手配してくれているから。とりあえず、こっちで使う荷物だけ運んで、残りは保管しておきましょう」

「明日引っ越せたらいいのに」

「よく考えてごらん」チェイスが口を挟んだ。「こっちへ運ぶ荷物を決めるだけでも二、三日はかかるだろう。その荷物を置くために、ここにあるものを運び出す必要も出てくるかもしれない。その場合は僕がなんとかしよう。これからはここが君の我が家だ。我が家は落ち着ける場所でないとね」

人当たりがよくて、思慮深い。この人は昔からそうだったわ。でも、ここまで気を遣われると悲鳴をあげたくなる。

アニーは腕時計に目をやった。「大変。もう三時十分よ。お祖父ちゃんが待っているわ」

「でも私、パパの家も見たい」

「今日は時間がないから無理よ」

「君のママの言うとおりだ。引っ越しさえすめば、時間はいくらでも作れる。一緒になんでもできる」

ロバータは袖の端で目をこすった。「来るときは電話するわ。パパの番号はわかっているから」

「ああ、待っているよ」

アニーは先頭に立って家の外へ出た。最後にチェイスがドアに鍵をかけた。玄関ポーチのステップを下りてから、彼女に鍵を手渡した。

「ここはもう君たちの場所だ」

二人の手が軽く触れ合った。アニーは熱い電流が走った気がした。ロバートと初めて会ったときもそうだった。「色々と力になってくれてありがとう。おかげで不安が解消されたわ」

チェイスの瞳が銀色に光った。「お安いご用だ」

ロバータが彼の腕にしがみついた。「パパはこれからどうするの？」

「家に戻って、シャワーを浴びて、ベッドに入る。丸一日起きていたから眠くてたまらないんだ」

「パパの家はどこにあるの？」

チェイスは左を指さした。「あの角を曲がってすぐのところだよ」

その答えを聞いて、ロバータは笑顔になった。

「ほら、行くわよ」アニーは促した。

「オーケー。またね、パパ」

父と娘の抱擁が終わらないうちに、アニーはビジターセンターの方角へ歩き出した。彼の魅力は脅威だ。そういう意味では、十年前と何も変わっていない。

木曜日の朝、チェイスは自分のオフィスで最新の報告書を送信していた。そこにバンスが入ってきた。

「今日は大事な日じゃなかったか？」

「ああ」

「もう十時過ぎだぞ。なぜまだここにいる？」

「迂闊に動けないからだよ。ロバータは電話で日時を知らせてくれただ。でも、アニーに止められていたのか、僕に手伝ってほしいとは言わなかった。まあ、面会権よりははるかにましだよな。角を一つ曲がれば、いつでも会えるようになるんだから。でも、もし僕が出すぎた真似をしたら、アニーは完全に僕を閉め出すだろう。そうなったらアウトだ。僕は一塁ベースにもたどり着けない」

バンスは唇の端で微笑した。「すでに一塁ベースには到達していると思うが」

「僕を受け入れたわけじゃない。アニーはもともとこの仕事を望んでいたんだ。でも、もし僕が何かへまをしたら。考えただけでぞっとする」

「だったら、いいことを教えてやろう。今、レイチェルがロバータたちのために料理を作っている」

チェイスは椅子の背にもたれた。「君の妻はすばらしい女性だ」

「ああ、最高の妻だよ。レイチェルは二人に会うのが待ちきれないんだ。ニッキーも手伝いたいと言うから、学校に連絡して、昼には家へ戻れるようにした。だから、十二時半くらいに三人で訪問して、正式な挨拶をするつもりだ。君も僕たちと一緒に来い。そうすれば、アニーも拒否できないだろう」

「たとえ拒否したくても、か」チェイスはため息をついた。「君のおかげで当面の問題は片付いた。向こうにいる間に、手伝えるだけ手伝おう」

「いい心がけだ。じゃあ、またあとで。僕はこれからキャンピングカーの事故について調査する」

チェイスも椅子から立ち上がった。「僕は会議室でミーティングだ」

彼は隊長に続いてオフィスを出た。待っている時間は果てしなく長かった。僕がこの数日間を乗り切れたのは、バンスとレイチェルのおかげだ。

そして、ついにこの日がやってきた。僕の娘とその母親が引っ越してきたことが知れ渡れば、僕たち三人はゴシップのネタにされるだろう。

なんとかしてロバータたちをゴシップから守らなくては。いや、結婚でもしない限り、ゴシップはなくならないか。それが閉鎖されたコミュニティのマイナス面だ。でも、プラス面もある。普通に暮らしているだけで、毎日のように二人と顔を合わせられる。今はそれで満足するしかない。

二時間後、本部をあとにしたチェイスは木立の間を駆け抜け、職員住宅のエリアへ向かった。角を曲がると、アニーの家の私道に停められた小型トラックが見えた。玄関のドアが開いていた。家の正面の駐車スペースには、青いニッサンが停まっていた。

サンタローザのタウンハウスの駐車場で見た車だ。バンスはまだ来ていないようだった。

玄関へ近づくにつれて、チェイスは歩調を緩めた。ここは焦るな。冷静なふりをしろ。アニーに嫌われたくないのなら。

二人の男たちが台車を押して出てきた。チェイスの姿に気づくと、彼らは軽くうなずいた。

「引っ越しの進み具合は?」

「ちょうど終わったところですよ」男たちは荷下ろし用の厚板をトラックにしまい、後ろのドアを閉めた。ジーンズに黄色のトップスを着たアニーがステップを下りてきた。片方の男が運転台からクリップボードを取り出した。「ここに署名が必要なんですが、あなたはミスター・バウアー・バウアー?」

「いや。署名はミズ・バウアーからもらってくれ」

アニーがその男に歩み寄り、書類にサインした。

「ありがとう」いらだちのにじむ声で彼女は言った。

チェイスは不安になった。僕は間の悪いときに来てしまったのだろうか? だからアニーはいらだっているのか?

「パパ!」ロバータが家から現れ、彼の腕の中へ飛び込んできた。

「調子はどうだ、スウィートハート?」チェイスは娘を振り回し、キスをした。

そこへバンスがやってきた。彼はトラックが去ったあとの私道に車を停め、妻子とともに降りてきた。それぞれが袋を抱えていた。

ニッキーはロバータの前へ直行した。「ハイ! ランチを持ってきたよ。これはブレッドスティックだけど、どこに置いたらいいのかな?」

オーブンから出したばかりなのだろう。袋からはいい匂いがしていた。

「ママ? 食べ物はどこに置いてもらう?」

アニーは思わぬ来訪者たちに戸惑っているようだ

った。「そうね。ダイニングルームがいいかしら。キッチンは荷物でいっぱいだから」

「じゃあ、ついてきて」ロバータがニッキーに声をかけ、子供たちは家の中へ消えた。

チェイスは前へ進み出た。「アニー・バウアー。僕の最も親しい友人たちを紹介しよう。レイチェルとバンス・ロシターだ」

「こんにちは」アニーは二人と握手をした。「すてきなお花をもらったうえに、差し入れまでいただいて。本当にありがとう」

「感謝したいのは私たちのほうよ」レイチェルが答えた。「隣人が増えるのは大歓迎だわ」

「私もいい隣人に出会えてほっとしたわ。ロバータはすでにニッキーの魅力の虜よ。二人とも、ハリー・ポッターが大好きなのよね」

「ルートビアもだろう」バンスが笑顔で付け足した。

「僕も新顔の考古学者に会えるのを楽しみにしていたんだ」

「ニッキーはランチと言ったけど、今すぐ食べなくてもいいのよ。おなかが空いたときに食べて」

「実はすでにおなかがぺこぺこなの。サンタローザを出発したのが午前六時で、その前に両親と食事したきりだから。両親は残った荷物を保管場所へ移して、明日こっちへ来ることになっているわ。どうぞ中に入って。みんなでランチにしましょう」

〝みんな〟には僕も含まれているのだろうか。チェイスは考えた。アニーはまだ一度も僕のほうを見ない。でも閉め出されないためには、無視されることに慣れるしかない。

バンスが車のほうへ向きを変えた。「後部座席からキャセロールを出さないと」

「僕がやろう」チェイスは申し出た。

男二人は視線のみでやり取りした。バンスは女性たちとともに家の中へ入り、チェイスは車からカバー付きの大きなキャセロールを取り出した。おいしそうな匂いがする。これはラザニアか。レイチェルはかなり力を入れたようだな。

家の中に入ると、ニッキーが玄関のほうへ駆けてきた。あとからロバータもやってくる。「二人でどこへ行くんだ？　これから食事なのに」

「僕の家に双眼鏡を取りに行くの！」

子供たちの背中を見送りながら、チェイスは先週の月曜日のことを思い返した。あの日の僕はひどく落ち込んでいた。残りの人生をどうやり過ごすか、思案に暮れていた。そこに電話がかかってきた。僕はアニーが事故に遭ったことを知り、自分に娘がいることを知った。

その瞬間、奇跡が起きた。僕は家族を得て、闇から抜け出した。残る問題はどうやってアニーの指に結婚指輪をはめるかだ。

「キャセロールはここに置いて」レイチェルの声が聞こえた。チェイスはカエデ材の円テーブルにキャセロールを置いた。揃いの椅子が四脚しかないことに気づき、リビングにあった二脚の白い椅子をダイニングルームへ運んだ。

椅子を並べていたとき、彼の腕がアニーの腕をかすめた。彼の全身に熱い衝撃が走った。アニーが弾《はじ》かれたように身を引いた。チェイスは考えた。可能性は二つある。アニーは僕との接触をいやがっているのか。あるいは、今も僕に惹かれているから強く反応してしまったのか。

ニッキーとロバータが戻ってきた。チェイスは二人を自分の左右に座らせた。ここまでしておけば、アニーにわざと距離を縮めてきたと批判されることはないはずだ。

サラダが回され、食事の準備が整うと、ニッキーが双眼鏡を目に当てて一人一人の姿を観察した。

「それはマナー違反よ。双眼鏡はリビングに置いてきなさい」レイチェルが叱った。

「わかったよ」ニッキーはすねたふりをして席を立ったが、すぐに戻ってきてブレッドスティックにかじりついた。「みんなで食べると楽しいね。いつもみんなで食べられたらいいのに。ロバータもそう思わない？」

大人たちがくすくす笑った。チェイスは娘と密かに笑みを交わした。それからもニッキーは全員を笑わせつづけた。そして三十分ほどたった頃、玄関のドアがノックされた。

チェイスはとっさに玄関へ向かおうとした。いや、ここは僕の家じゃない。アニーが立ち上がった。もしかして、明日来るという話だった彼女の両親が、予定を早めて来たのだろうか。

カブールにいた頃は違った。それぞれ別の住まいがあるのに、僕たちは夫婦のように暮らしていた。それくらい親密な間柄だった。でも、今は……。

玄関から聞こえてきたのはビル・テルフォードの声だった。やがて、声の主がダイニングルームに入ってきた。四十代半ばの所長はブロンドの髪にゴルファーのような体型をしていた。そして、アニーのほうばかり見ていた。「いや、邪魔をするつもりはなかったんだよ。新しい考古学者に歓迎の挨拶をするために来ただけでね」

よく言うよ。テルフォードは抜け目のない男で、しかも今はやもめの独り身だ。

「初対面なのは私の娘だけね。ロバータ？　こちらはビル・テルフォード。この公園の所長さんよ」

「ハイ！　はじめまして」

「はじめまして、ロバータ」ビルはテーブルを回り込み、ロバータと握手をした。内心の驚きを隠しながら、立ち上がったバンスとチェイスを見やった。

「ＶＩＰが勢揃いか」

「ＶＩＰって何？」ニッキーが声をあげた。

「この公園にとって大切な人のことだよ」ビルが説明した。

「ふうん」ニッキーは口についたミルクをナプキンで拭いた。「ねえ、知ってる？　チェイスおじさんはロバータのパパなんだよ」

よく言った、ニッキー！　チェイスは心の中で少年に拍手を送った。

ビルはぎょっとしてアニーを振り返った。「事前情報に漏れがあったのかな？　君が結婚していたとは知らなかった」

チェイスはバンスに目で合図を送った。ここは隊長の出番だ。僕はおとなしくしていたほうがいいだろう。「ビル？　よかったら僕の席に座って、レイチェルが作ったラザニアを楽しんでくれ。僕は子供たちと家の裏へ回って、リスを探すから」

ニッキーが手をたたいた。「やった！　行くよ、ロバータ。僕、双眼鏡を取ってくるね」

7

「レイチェル、おいしい差し入れをしてくれたあなたに、後片付けの手伝いまでさせるわけにはいかないわ」アニーが抗議した。

「私が手伝いたいのよ。男性陣は予備の寝室で家電の組み立てに夢中でしょう。ニッキーも子供部屋でロバータの片付けの邪魔をしているみたいだし。そうなると、私にはすることがなくなってしまう。あなたが指示してくれたら、箱から食器や鍋を出して、食器棚にしまっていくわ」

「本当にいいの？」

「もちろん。腕にギプスをした人を放ってはおけないわ。ここは大きな宮殿じゃないから、みんなで力を合わせれば、あっという間に終わるはずよ」

アニーは笑った。「確かに宮殿じゃないけど、居心地はよさそうだわ。とりあえずはここが私たちの家よ」

「ずっとここで暮らすつもりはないってこと？」

「ここでの仕事は一年契約なの。契約の延長については、一年後に所長が判断するのよ」

レイチェルは含みのある視線をアニーに向けた。

「だったら、延長で決まりじゃない？　今日のビルはあなたに並々ならぬ関心を示していたもの。あなた、来週食事に行こうと彼に誘われていたわよね。単なるビジネス・ディナーかもしれないけど、いちおう警告しておくわ。ビルは去年、癌で奥さんを亡くしているのよ」

「そうなの？　森林局の上司の話では、立派な経歴の持ち主らしいけど」

「おまけになかなか魅力的よ。あなたがブロンドの男性を好むなら、だけど」

アニーは一つ息をついた。「あなたはチェイスと私のことが気になっているんでしょう？」

「説明はいらないわ」レイチェルは小声で言った。「少なくとも、私に対しては。バンスがすべて話してくれたから。もし私があなたの立場なら、バンスが私に内緒で十年も生きていたと知ったら、やっぱり裏切られた気分になると思うわ。彼との間に子供がいたら、なおのこと」

アニーは泣きそうになった。「最初はショックを受けたし、とても傷ついたわ。チェイスの私への愛情はその程度だったのかと思って」

「今は？」

「今は理解しているわ。彼が私に接触しなかったのも無理はないと思っている。でも、十年の歳月を経て、私たちは他人同士になった。その事実に変わりはないのよ」

「まあ、当然よね」レイチェルはうなずいた。

この人はわかってくれる。この人となら本音で話ができる。「ありがとう、レイチェル」

「愚痴を言いたくなったら、私に連絡して」

「気をつけて」アニーは鼻をすすった。「その申し出をあとで悔やむことになるかもしれないわよ。あなたの率直さに私がどれだけ救われたかわかる？ あなたもつらい経験をしたんでしょう。チェイスから聞いたわ。お兄さん夫婦のこと。かわいそうなニッキー。あの子は恐怖と悲しみを乗り越えてきたのね」

「ええ。最初は両親も私も途方に暮れたわ。あの子を助ける方法がわからなくて。それで思い切ってあの子をここに連れてきたの。その結果、あの子はバンスと出会った」

アニーは微笑した。「まさに運命の出会いね」

「詳しいことはまた今度話すわ」

「まあ、わかる気はするわ。あなたの夫は青い瞳をしているでしょう。その瞳があなたを見るとぱっと輝くのよね」

「私は彼を愛しているわ。心の底から」

アニーはうなだれた。私とロバートもそれくらい愛し合っていたわ。でも、チェイスになった彼と再会してからは傷ついてばかり。それは……また昔みたいに彼に愛されたいからなのかしら？

「アニー？」チェイスの低い声がした。「パソコンの設置は終わったよ。テレビはどこに置こうか？」

アニーは振り返り、灰色の瞳を見返した。「ありがとう。テレビは長椅子の向かいの壁際に置いて」

チェイスは周囲を見回した。「箱の中身は出し終えたようだな。トラックを持ってきて、箱を始末しよう。子供たちも僕たちと一緒に行くと言っているが、あとは君たち二人で大丈夫かい？」

女性たちがうなずいた。チェイスに箱を撤去してもらい、ほどなくキッチンは片付いた。食器類も収まるべき場所に収まった。

アニーはレイチェルに向き直った。「こんなに早く片付くなんて。あなたたちが手伝ってくれたおかげよ。本当にありがとう」

「どういたしまして」

「何かお礼をさせて。もし日曜日の午後に予定がないなら、みんなで食事に来てほしいわ」

「いいわね、みんなで食事。バンスの予定を聞いてから電話するわ。緊急事態で出動しなきゃならない可能性もあるけど」

「それは理解しているわ。少し休憩しない？　今日は朝から料理を作ってくれていたんでしょう？」

二人はダイニングルームを抜けてリビングへ向かった。自前の家具を置き、壁に絵を飾っただけで、リビングはかなり我が家らしくなっていた。

レイチェルがルノアールの複製画に歩み寄った。

「私はこの母親と娘の絵が大好きなの」

私もよ。「それはロバータが生まれたときに母がくれたものなの」

「ロバータはニッキーに優しいわよね。あなたたちが引っ越してきてくれて本当によかったわ。ニッキーには友達が必要なのよ。私が弟か妹を産んであげられたらいいんだけど」

「いつかそうなるかもしれないわ」

「努力はしているのよ」レイチェルは打ち明けた。「バンスの最初の妻も彼と同時期に軍にいたの。でも、中東での戦闘で命を落とした。彼らは子供を望んでいたけど、その暇もなく死別してしまったの」

「彼は前に結婚していたのね。知らなかったわ」バンスは妻を亡くした。私もチェイスを亡くしたと思っていた。

「もう五年以上前の話よ。バンスは我が子のようにニッキーを愛してくれているわ。でも、私は彼に出産と子育てを経験させてあげたいの」

アニーは大きく息を吸った。「子育ては特別な経験だものね」チェイスはその経験をしそこねた。ロバータの最初の十年に寄り添えなかった。そろそろ話題を変えなければ。でないと、泣き出してしまいそうだ。「あなたはハネムーンから戻って間もないんでしょう。もう引っ越し作業は終わったの？」

「それがまだなのよ。私の父が心臓の手術を受けたばかりで。手術は無事に終わって、両親もハロウィーン前にはフロリダからこっちへ引っ越してくることが決まったわ。そのとき、私の荷物も運んでくれることになっているの」

「あなたの両親も公園内に住むの？」

「いいえ。オークハーストにある公園の入り口のすぐ外に、バンスが家を持っているの。もともとは彼を育てた祖父母の家だったんだけど、六月にお祖母《ばあ》さんが亡くなって、彼が相続したのよ」

「ご両親のそばで暮らせるなんて最高ね。私の両親はサンフランシスコにいるわ。車で移動できない距離ではないけど、けっこう時間がかかるのよ」

「家族はすべてよ。だからチェイスは――」レイチェルは不意に言葉を切った。「ごめんなさい。余計なことだったわね」

「いいのよ、レイチェル。チェイスの話でもなんでもして。彼とバンスは親友同士なんだから、話さないほうが不自然だわ」

「私が言いたかったのは、あなたと再会して彼が変わったってことよ。まるで真っ暗な部屋に光が灯ったみたい。自分に娘がいると知って、彼は本当に嬉しそうだったわ」

「私と両親にとっては、ショックのほうが大きかったけど」アニーの声が震えた。

「バンスから聞いたけど、三年前に公園へ来たとき、チェイスはかなり落ち込んでいたんですって。それが時間がたつにつれてますます落ち込んで。私は初めて会ったときから彼に好感を抱いたわ。でも、彼は深い悲しみを引きずっているようだった。当時は離婚したせいかと思っていたけど」

アニーは目をしばたたいた。「離婚？」

「正体を隠すための作り話よ。彼は証人保護プログラムを適用されていたから」

「そうだったの。だから、経歴を捏造しなきゃならなかったのね」

レイチェルはうなずいた。「話は作りものかもしれないけれど、彼の声には本物の虚しさが感じられた。何かが欠けている気がした。でも、今ならわかるわ。自分に関わる人たちの安全を守るために、彼は自らの過去を封印するしかなかった。それがどんなにつらいことか、私には想像もつかないわ」

レイチェルと話すうちに、アニーはいたたまれない気分になった。チェイスは死を覚悟してスパイ活動に身を投じた。戦いの中で生きてきた。そんな経験をすれば、人はいやでも変わる。でも、私はその経験を彼と分かち合うことができなかった。

「バンスはこのことをどう考えているのかしら？」

「バンスと私で唯一意見が食い違ったのは、チェイスがスイスの病院からあなたに連絡を取らなかった点よ。バンスは言ったわ。もし自分がチェイスと同じ状況に置かれたら、ケイティ――前の奥さん――には死んだことにしただろうと。バンスは中東で敵の邪悪さを目の当たりにしてきた。だから、男は戦士として女を守らなくてはならないと思い込んでいるのね」

「女だって戦士になれるわ」

「ええ。私もそう思う。でも、チェイスとバンスは高潔すぎるの。命よりも名誉を重んじるタイプなのよ。バンスと初めて会ったとき、私は頭に血が上っていて、兄夫婦が死んだのは彼のせいだと責め立てた。彼はパークレンジャーの隊長で、兄たちを守るべき立場だった。だから、私は過失の罪で彼を訴えるつもりでいた」

「冗談でしょう？」

「あいにく本当の話よ。私たちの出会いは最悪だった。私は怒りとともに彼のオフィスをあとにした」

「嘘みたい」

「まあ、最後まで聞いて。その夜、私とニッキーはヨセミテ・ロッジでチェイスと食事をしていた。そこにバンスがやってきたの」

アニーは戸惑いを隠した。「あなたとチェイスが一緒に出かけたってこと？」

「デートじゃないのよ。私がバンスと揉めている間、チェイスがニッキーの相手をしてくれていたの。バンスのオフィスを出たとき、ひどく動揺していた私を見て、チェイスが食事に誘ってくれたの。私にとってはありがたい申し出だったけど、ニッキーはへそを曲げてしまった。そこにバンスが現れたの。彼は私を無視して、ニッキーの椅子の前でひざまずいた。事故についてあの子に話しはじめた。それで私は知ったの。兄が吹雪の警報を無視したことを。私は呆然と座っていたわ。自分が世界一の愚か者になった気がした。説明を聞くうちにニッキーが泣き出して、バンスはあの子を抱きしめた。その瞬間から、ニッキーは立ち直りはじめた。二人の間に絆が生まれたの。


バンスが立ち去ったあと、チェイスが明日、乗馬ツアーに行かないかと切り出した。ニッキーは渋ったけど、私はオーケーしたわ。誰かに話を聞いてほしかったから。当時の私は元フィアンセに復縁を迫られて悩んでいたの。その話をしたら、チェイスは自分も同じだと言ったわ。別れた妻のことで悩んでいると。まあ、彼の離婚話は嘘だったわけだけど。

私たちは心の問題について話し合った。私はマイアミに戻ったらカウンセリングを受けることにした。専門家からアドバイスをもらって、元フィアンセと歩み寄れるように努力してみようと。でも、心の中では無駄だとわかっていたの。だって、私はすでにバンスに惹かれていたんだもの。最悪の出会い方をしたのに皮肉な話よね。バンスは私にはプロとしての礼儀しか示さなかった。でも、ニッキーへの態度はまるで違っていた。

私がここまで詳しく話すのは、あなたに本当のことを知ってほしいからよ。チェイスのことは好きだけど、私が再び公園を訪ねたのはニッキーのためだけじゃなかった。バンスに会いたかったからよ。バンスはマーセドの空港で私たちを出迎えてくれた。そのときにはっきり自覚したの。私は彼に恋をしているんだって」

「そうだったの」アニーは複雑な気分でつぶやいた。でも、チェイスはレイチェルに惹かれていたみたいね。もしかして今もレイチェルに片想いをしているのかしら？「三人が幸せになれて本当によかった。私――」彼女はそこで言葉を切った。「ああ、外からみんなの声が聞こえるわ」

女性たちは長椅子から立ち上がり、玄関ポーチへ出た。外では男性たちがトラックの荷台から子供たちを降ろしていた。チェイスがロバータをぎゅっと抱きしめてから地面に立たせた。ロバータの人生に足りなかったもの。それが今はここにある。彼女は実の父親と新しい友人たちを手に入れたのだ。

バンスがニッキーを肩車した。「レイチェル？僕は本部へ戻ることになった。君はどうする？」

「私も帰るわ」

ニッキーがしかめ面になった。「僕も帰らなきゃだめ？」

「そうね」レイチェルは答えた。「まだ午前の分の勉強が残っているでしょう」

「ロバータも学校に来るの?」

アニーはうなずいた。「ええ」

レイチェルが申し出た。「明日、八時半にニッキーと迎えに来ましょうか。そして、みんなで歩いて登校するの」

「助かるわ。何から何までありがとう。ランチもごちそうさま」

「とてもおいしかったわ」ロバータが声をあげた。

「じゃあ、また明日ね、ニッキー」

「うん。バイバイ」

ロシター一家の車が走り去ると、チェイスがアニーに向き直った。「ロバータが僕の家に来たがっている。君も一緒に来ないか。我が子がこれからどんな場所で時間を過ごすことになるのか、自分の目で確かめておくといい」

見てみたいわ。チェイスがどこに住んでいて、どんなふうに暮らしているのか。「ちょっと待っていて。バッグを取ってきて、ドアをロックするから」

一分後、アニーは二人のところへ戻った。運転台に乗り込もうとすると、チェイスが手を貸してくれた。一瞬、彼の腕が太腿をかすめ、アニーの全身に震えが走った。彼女はなんとか平静を装った。ロバータは満足そうな笑顔で両親の間に収まった。

チェイスはバックで私道から出て、角の先にある自宅へとトラックを走らせた。途中の道ですれ違った隊員が、彼らをまじまじと見つめてから手を振った。チェイスも手を振り返した。

「あの人は誰なの、パパ?」

「警備主任のマーク・シムズだ。彼にはカーリーという娘がいる。明日、学校で会えるんじゃないかな。カーリーの家は君の家の近くだよ」

チェイスは次の曲がり角の家にトラックを乗り入れ、リモコンを操作してガレージの扉を開けた。外から見る限り、どの家もよく似ていた。

チェイスが回り込んでくる前に、アニーは運転台から飛び降りた。これ以上の接触はごめんだわ。彼に触れられると昔のことを思い出してしまう。早く家に戻ろう。ロバータが残ると言うなら、私一人ででも。

チェイスがキッチンへ通じるドアを開けた。娘に続いて中へ入ったアニーは、すぐに自分の家との違いに気づいた。意外だったのは、狭いキッチンに小型のテーブルが置かれていたことだ。屋内のインテリアはセージグリーンでまとめられている。暖炉の前に置かれたダークブラウンの革張りの椅子は彼の私物のようだった。

「ママ、見て！　本がいっぱい！」ロバータが叫んだ。リビングの壁には、床から天井までびっしりと本が並んでいた。アニーは昔を思い出した。カブールにあるロバートのアパートメントも、住まいというより図書館のようだった。「パパはこれを全部読んだの？」

チェイスは笑った。「そうだよ。ここにある本の大半は、遠い昔にヨセミテへやってきた探検家や開拓者の記録だ。それ以外に参考資料もある。僕は今、荒野のハイキングを楽しむ人たちに向けて、公園に関するシリーズ本を執筆しているんだ」

「ママが言っていたわ。パパくらい頭のいい人はいないって」

アニーが娘にそう言ったのは事実だ。今さら否定するわけにはいかない。しかし、当のチェイスが否定した。そういう部分は何も変わっていない。彼は昔から謙虚だった。

「本当のことよ、チェイス。あなたが考古学以外の分野に打ち込んでいても、私は特に驚かないわ。そのシリーズはもう出版されているの？」

チェイスはリビングの中央に立った。「いや。まだ代理人も決めていない」

「あなたほどの経歴の持ち主なら――」そこでアニーは言葉を切り、顔を赤らめた。「忘れていたわ。あなたはその経歴を捨てざるをえなかったのよね」

チェイスの表情が曇った。「僕も忘れたいよ。できることなら」

侘しげな口調。そうだわ。彼はあの爆発で両親を奪われた。そのうえ、彼のライフワークであり情熱でもあった考古学の道まで断たれたのよ。

普通の人ならそれであきらめるかもしれない。だが、チェイスは違った。ダイニングルームがその証拠だ。彼はそこをオフィスに変えていた。ファイルキャビネット。最新式の電子機器。二つの壁にはヨセミテの地質図が何枚も貼られ、様々な地点にカラフルなピンが刺してある。アニーは吸い寄せられるようにその地質図へ近づいた。

「私、パパの家が気に入ったわ!」

「それはよかった。ここは君の家でもあるからね。気が向いたら、いつでも泊まりにおいで。君の寝室もあるよ。見てみたい?」

「私の寝室?」ロバータが歓声をあげた。

私が育ててきた娘はもっと落ち着いた子だったのに。チェイスの登場で、ロバータも変わろうとしているのかしら。

「そうだよ。前は物置きとして使っていたんだが、君の存在を知ってすぐに荷物を運び出した。君がいつ来てもいいように準備をしたんだ。見せてあげるから、ついておいで」

ロバータは父親についていった。一人残されたアニーは、新しい感情の波にのみ込まれていた。レイチェルの告白を聞いたせいね。私は嫉妬しているんだわ。チェイスに気づかれる前に、早くこの家から離れなくては。

「ロバータ」アニーは娘に呼びかけた。「ママは先に帰るわ。家でやることがあるから。いい？」

「わかった！」ロバータの声が返ってきた。

チェイスは何も言わないのね。でも、何を言えというの？　期待していた自分を叱りながら、アニーは急ぎ足で自宅へ戻った。だが、家の中に入ってもくつろぐことはできなかった。大切な荷物はすべてサンタローザから持ってきていたが、娘のいない家を我が家とは思えなかった。

これからロバータはチェイスの家に入り浸るんでしょうね。でも、あの子を責めることはできないわ。出会ったばかりなのに、チェイスはもうロバータの心をつかんでいる。確かに彼は魅力的だし、子供たちが夢見る理想の父親だわ。

私ったら、チェイスのことばかり気にしている。それより今は新しい仕事に備えるべきだわ。そう考えたアニーは、自分の寝室の模様替えに取りかかった。作業が終わる頃には、すでに日が暮れていた。

彼女はチェイスに電話をかけようとした。そのとき、玄関のドアが開く音がした。

「ママ？」

「寝室にいるわ！」

ロバータが廊下を走ってきた。「パパが外で待っているの。帰る前にママがちゃんとここにいるか確認したいって」

アニーは娘に携帯電話を渡した。チェイスは昔から慎重だった。いつも私の安全に気を配っていた。それが娘の安全となれば、ますます慎重になって当然だわ。

「うん、わかった」ロバータが電話でしゃべっている。「私もパパを愛しているわ。おやすみ、パパ。また明日」電話を切ると、彼女は母親の手をつかんだ。「パパが土曜日にニッキーと私を遠乗りに連れてってくれるって！　ねえ、行ってもいい？」

だめだと言いたい。でも、私にそんな勇気はない。

「もちろん、いいわよ！」

「パパも私と同じで馬が大好きなのよ。早く土曜日が来ないかな」

アニーは戸締まりをし、照明を消して回った。その間も、ロバータは浮かれて話しつづけた。

「これからデビーに電話しちゃだめ？」

「今夜はもう遅いからだめよ。明日、学校から帰ったあとなら電話していいわ」

「はあい」

ほどなく彼女たちはベッドに入った。しかし、アニーは眠れなかった。ロバートとカイバル峠を旅したときのことばかり考えていた。馬での旅は何日もかかった。日が暮れると、私たちはテントを張った。持ってきた食料でおなかを満たし、愛し合った。たぶん、私はあの旅で娘を身ごもったのだろう。

チェイスはレイチェルとも遠乗りに出かけた。彼は今もその経験を引きずっているの？　心のどこかでバンスを羨んでいるの？

あふれ出た涙がアニーの頬を濡らした。とても耐えられそうにない。すべてを分かち合った相手のすぐそばで暮らすなんて。彼がロバータを抱きしめ、キスをするたびに、私は彼に抱きしめられたときの感触を、彼のキスで知った喜びを思い出した。

シド・マニングが言っていたわ。あなたの命を守るためには、ドクター・マイヤーズはあなたから距離を置くしかなかったと。

それが事実なら、チェイスは自分の人生よりも私の命を優先したことになる。それほど私を愛していたことになる。もしここにまで魔の手が迫ってきたら、彼はまた私のために戦ってくれるかしら。それとも、もう手遅れなのかしら。

明日はパパとママがやってくる。パパは今朝、そろそろロバータの父親に会いたいと言っていた。気持ちの整理がつかないうちはと思って、できるだけ先延ばしにしてきたけれど、そろそろ覚悟を決めるべきかもしれない。

チェイスと子供たちは馬を並べて、ビーバー池から厩舎へと引き返した。その途中、彼らはハロウィーンの仮装について話し合った。ハロウィーンまであと三日しかない。ニッキーはハリー・ポッターに、ロバータはハーマイオニーになると決めていた。チェイスもみんなと一緒にハロウィーンを満喫するつもりだった。

「ねえ、チェイスおじさん。次の土曜もまたビーバー池に行きたいな。メトシェラってすごいよね。メトシェラが尻尾をばんばんたたいたら、僕まで水が飛んでくるんだもん」

チェイスは微笑した。「スケジュールを確認してみよう」

「次はデビーも一緒に来ていい？」

「デビーが来られる日に合わせて、僕も休みの日を調整するよ」チェイスは娘に視線を投げた。ロバータは昨日から学校へ通いはじめていた。「カーリーのことはどう思った？」

「別にどうも」

引っかかる言い方だな。何が問題なのか、二人きりになったら訊いてみよう。

「ミセス・ファレルのことは気に入ったかい？」子供たちがうなずいた。「生徒が少ない学校は不思議な感じだろう？」

「そうね」

「僕は好きだよ」ニッキーが声をあげた。

「ブロディのことはどう思った？」

「彼は意地悪だよね」またニッキーが答えた。

「どんなところが？」

「ブロディは十一歳なんだ。休み時間はみんな裏庭に出るんだけど、いつも彼がみんなのやることを決めちゃうの。ねえ、ロバータ？」

「あれをやれ、これをやれって命令するのよね」

「うん。うちのパパはおまえのパパより偉いって威張るんだ。僕が違うよって言ったら、ぶたれそうになった」

それは聞き捨てならない。「ブロディには兄が二人いる。彼も兄さんたちに同じことをされているのかもしれないね。ミセス・ファレルには話した？」

「もし彼がまた意地悪をしたら、私から話すわ」ロバータが言った。

さすがは僕の娘だ。「とりあえず、二人で力を合わせて乗り切るしかないな」

「そうだね。ねえ、ロバータ、帰ったら君の家で遊ばない？」

「今日はパパの家にいるの」ロバータは父親を見やった。「ニッキーが遊びに来てもいい？」

「いいとも」

「やった！　君のママはどこにいるの？」

「ワオナよ」

ワオナ？　僕は何も聞いていないぞ。

「ワオナで何をしてるの？」ニッキーが質問をたたみかけた。

「ほかの考古学者とランチを食べているの。その人、メキシコ旅行から戻ったばかりなんですって」

ニッキーはチェイスに馬を近づけた。「ブロディがカーリーに言ってたけど、その人、離婚してるんだって。離婚って何？」

噂話はいつもあっという間に広まる。でも、その話は初耳だ。まさかあのロン・サドラーが離婚するとは。アニーはこれからサドラーと組んで仕事をすることになるんだぞ。チェイスは一つ息を吸った。

「奥さんや子供たちと別々に暮らすことだよ」

「ふうん」

その後、ロバータの口数が減った。チェイスは娘の様子が気になっていた。厩舎に馬を戻したあと、三人はトラックでチェイスの家へ向かった。キッチンに入ると、彼はニッキーに両親へ電話をかけさせた。寝室の電話を使って、君がここにいることをパパとママに知らせるように言った。

ロバータはキッチンの流しで手を洗っていた。今なら二人きりだ。チェイスは思い切って娘に問いかけた。「何か気になっているんだろう。昨日、カーリーに無視でもされたか？」

ロバータは首を横に振った。

「だけど、何かされたんだよな？」

目を逸らしたまま、ロバータは答えた。「あなたのパパとママはなぜ一緒に住んでいないのかって訊かれたの」

チェイスの心臓がどきりと鳴った。「それで、君はなんて答えたんだい？」

「一緒に住む気がないからだと答えたわ」ロバータはようやく顔を上げた。青い瞳が涙で潤んでいた。「そうしたら、また質問されたの。あなたのパパとママは離婚したのかって」

「それで君は？」

「違うって答えたわ」

僕たちの関係が噂になることは覚悟していた。だが、その噂が子供たちの間にまで広まるとは思っていなかった。そのうち、ロバータはカーリーと友達になるかもしれない。でも、出だしは順調とは言えないようだ。

チェイスは娘を抱擁した。「かわいそうに。いやな思いをしたんだね」

ロバータは目をこすった。「パパ？　パパはママのことが好き？」

「大好きだよ。昔からずっと。でも、パパはママを傷つけてしまった。ママには一生許してもらえないかもしれない」

「私は三人で一緒に暮らしたい」

「パパもだ」

ロバータは目を丸くした。「そうなの？」

「当然だろう」チェイスは娘のポニーテールを引っ張った。「僕は子供を持つことをあきらめていた。でも、僕には君という娘がいた。自分の家で家族に囲まれて暮らす。これ以上幸せなことはないよ」

「ママも一緒に？」

「スウィートハート、僕は君を愛する前から彼女を愛していたんだ。一緒に暮らしたいに決まっているだろう」

家の中を走る音が聞こえてきた。「ママがあと一時間くらいで迎えに来るって。僕たち、買い物に行くんだ」

「よかったな。二人とも、ランチは何がいい？」

「僕はピーナッツバターとジャムのサンドイッチがいいな」

「任せておけ」チェイスはさっそく準備に取りかかった。「君はどうする、スウィートハート？」

「私はミルクだけでいい。自分で準備するわ」

ロバータは食欲なしか。僕も同じだ。僕の気持ちはじきにアニーも知ることになるだろう。もしかてのように僕を愛することができないなら、アニーは今以上に僕を避けるようになるはずだ。

なぜこんなに早々と自分の気持ちを口にしてしまったのか。時間をかけて、ゆっくり事を進めようと決めていたのに。でも、娘の前では嘘をつけなかった。

8

ワオナから戻ってきたアニーは、そのままチェイスの家へ車を走らせ、クラクションを鳴らして娘を呼んだ。時刻は五時を回っていた。ロンと話すべきことが多すぎて、時がたつのを忘れてしまったのだ。

娘のお迎えに遅刻するなんて、よほどの事情がない限り許されないことだ。でも、今はそこまで心配しなくていい。いざというときはチェイスがカバーしてくれるから。

数分後、ロバータが車に駆け寄ってきた。アニーは開いた窓から呼びかけた。「お祖父ちゃんたちが〈ヨセミテ・ロッジ〉で待っているわ。今夜はみんなで外食よ。あなたのパパも誘ってみる？　といっても、彼には予定があるかもしれないけど」

「パパは明日までお休みよ」

「だったら、声をかけてみて。お祖父ちゃんとお祖母ちゃんも彼に会いたがっているから」

「オーケー。すぐ戻るわね」

ロバータは一分後には助手席へ乗り込んできた。「シャワーを浴びたら、すぐに行くって」

「そう」アニーはバックで私道から出た。「乗馬は楽しかった？」

「最高に楽しかった！」そう答えると、ロバータは今日の出来事を報告しはじめた。

その報告が終わらないうちに、彼女たちはヨセミテ・ビレッジに到着した。アニーは〈ヨセミテ・ロッジ〉の近くで車を停めた。

ロバータの瞳が輝いている。これはチェイスのおかげね。そういう意味では、ここに引っ越してきたのは正解だった。どんなものも実の父親の代わりにはならない。まして、チェイスはすばらしい人だもの。ニッキーも彼を崇拝している。子供は正直よ。チェイスの人となりに触れたら、パパとママも感銘を受けるんじゃないかしら。

車を降りた母子はホテルの中に入り、ダイニングルームへ向かった。広いダイニングルームには大勢の客がいたが、アニーはすぐに両親を見つけた。二人と抱擁を交わしてから席に着くと、ウェイターがメニューを持ってきた。

「あなたのパパも一緒かと思っていたわ」

「パパもすぐに来るわ、お祖母ちゃん」

アニーの父親は娘に視線を据えた。「新生活はどんな具合だ？」

「順調よ。今日はロン・サドラーと仕事のスケジュールについて話し合ったの。ギプスが取れるのは一カ月後だから、それまで現場の仕事は彼にお願いして、私はデータを記録することになったわ。それなら家にいても――」

「パパよ！」ロバータが立ち上がり、長身のハンサムな男性に駆け寄った。

男性が彼女たちのほうへ近づいてきた。白いシャツにパールグレーのスーツを着て、グレーとシルバーの縞柄のネクタイを締めている。客たちは皆、彼に目を奪われていた。アニーは息をのんだ。彼の正装した姿を久しく見ていなかったからだ。

何度も写真を見てきたアニーの両親も、生身の彼の魅力に圧倒されているようだった。ロバータが崇拝のまなざしで自分の父親を見上げた。気がつくと、アニーも彼を見つめていた。

「アニー」チェイスが低い声で呼びかけた。テーブルを回り込み、彼女の両親と握手した。

「ママ、パパ、彼がチェイス・ジャービスよ」

「バウアー夫妻ですね？　お目にかかれて光栄です。かつて、僕はお二人の娘さんと結婚し、あなたがたの義理の息子になりたいと願っていました」

〝願っていました〟アニーは落胆した。過去形を使ったのは、今はそうじゃないからね。

「あの爆破事件で、僕はその夢をあきらめました。彼女の安全のためなら僕はまた身を隠す覚悟です。ですが、僕が皆さんを苦しめてしまったという事実は一生背負っていくしかありません」

チェイスの誠意ある言葉がアニーの心を揺さぶった。彼女の両親も感動して声を失っていた。

最初に口を開いたのはアニーの父親だった。「君は私たちの孫を笑顔にしてくれた。それだけで十分だ。今夜は君の生還を祝おう」

アニーの母親も涙目でうなずいた。「夫の言うとおりよ。どうぞ座って。ロバータは今夜のために生きてきたようなものだわ」

「僕も同じですよ」チェイスは娘にほほ笑みかけた。

「それにしても驚いたわ。あなたとロバータは本当によく似ているのね」

チェイスはロバータにウィンクした。「君はどうか知らないが、僕は褒め言葉として受け取るよ」

ロバータが小さく笑った。食事が始まってからも、彼女は父親との新生活について語りつづけた。アニーはたまに言葉を挟む程度で、ほとんど口を開かなかった。

食事の最中にチェイスの携帯電話が鳴った。電話に出たとたん、彼の表情が曇った。電話を切ったときには、彼はすでに椅子から立ち上がっていた。

「どうしたの、パパ？」

「呼び出しだ。詳しいことはあとで話すよ、スウィートハート。失礼、皆さん。また近いうちに会いましょう」一瞬アニーと視線を合わせてから、チェイスは大股でダイニングルームを出ていった。

「パパが行っちゃった」ロバータが肩を落とした。

アニーはむしろ安堵していた。本物の家族のような雰囲気に、息苦しさを感じていたからだ。

彼女の母親が孫娘の手を軽くたたいた。「だけど、ここで暮らしていれば、いつでも好きなときにパパに会えるでしょう？」

「いつでもじゃないわ」ロバータは反論した。

「どういうこと？」

ロバータの頬を涙が伝った。「だって私たち、パパと一緒に住んでないもの。ねえ、もう家に帰っていい？」

アニーの両親は二人を引き留めなかった。父親が、支払いは任せてくれと言っただけだった。

「ママとパパも家に来て。行くわよ、ロバータ」アニーは娘の手を取り、足早にホテルをあとにした。

「パパは大丈夫だと思う？」

「もちろん。彼は三年もこの仕事をしているのよ」

「パパの行き先がわかればいいのに」

私もそう思うわ。電話に出たときのチェイスの様子から判断して、かなり深刻な事態なのかもしれない。パークレンジャーの仕事はいつ何が起きるかわからない。ロバータと私が彼の世界に慣れるまでにはまだ時間がかかりそうだわ。

自宅のガレージに車を入れると、アニーは娘に問いかけた。「忘れたの？　あなたのパパは軍隊にいたこともあるのよ。身を守るのは得意中の得意なんだから」

「でも、パパは自分のパパとママを守れなかった」

「ハニー」アニーは助手席で泣いている娘を引き寄せ、その頭にキスをした。「心配しないで。仲間を守り、公園にいるすべての人を守る。それがパークレンジャーよ」

ロバータは細い体を震わせて泣きつづけた。アニーは途方に暮れた。私だけじゃない。この子も情緒不安定になっている。ここへ引っ越してきたのはやっぱり間違いだったのかしら。

ロバータがようやく身を引いた。「どうしてパパと暮らせないの？　パパは私たちと暮らしたがっているのに」

「そんなはずないわ」

「本当よ！」ロバータは叫んだ。「今日、パパから聞いたんだから！」

いつもは冷静なロバータが珍しく興奮している。私はどう対処すればいいの？「わかったわ」アニーは娘の頬の涙を拭った。「落ち着いて説明してちょうだい。あなたのパパはなんて言ったの？」

「遠乗りから戻ったあと、キッチンでパパと二人になって。そのとき、私が三人で暮らしたいって言ったの。そうしたら、パパも同じ気持ちだって答えたわ」

アニーの唇からいらだちの声が漏れた。「それは彼の本心じゃないわ。彼はあなたを愛しているから、そう言っただけなのよ」

「パパはママのことも愛してるわ！」

この悪夢はどこまで続くの？　いつになったら以前の私たちに戻れるの？「なぜそう思うの？」

「パパがそう言ったからよ。私を愛する前からママを愛していた。みんなで家族になりたいって」

アニーの体が震えはじめた。チェイスは本気でそう言ったの？　少なくとも、ロバータはその言葉を信じている。早急に彼の真意を確かめなくては。できれば今夜のうちに。

「ああ、お祖父ちゃんの車が着いたわ。あなたが二人を家へ通してくれる？　この話の続きはまたあとでね」

ロバータはむっつりとした表情で車を降り、キッチンへ入った。アニーは車内に残り、レイチェルに電話をかけた。お願いだから家にいて。

レイチェルは四度目の呼び出し音で電話に出た。

「もしもし、アニー？」

「ハイ。あなた、家にいたのね。よかったわ。本当によかった」アニーは震える声で繰り返した。

「様子が変よ。どうかしたの？」

「それが……話せば長くなるんだけど」アニーは口ごもった。「最初に一つ質問させて。バンスは家にいる？」

「いいえ。今夜は勤務なの」

「チェイスが食事中に呼び出されたの。何が起きたのか、バンスに訊いてもらえない？　ロバータが怯えているのよ。チェイスのことを心配して、取り乱しているの。もしチェイスがすぐに戻ってくるなら、彼ときちんと話し合いたい。ロバータのいないところで。今夜は私の両親が家に泊まるから、絶好のチャンスなの」

「今すぐバンスに電話してみるわ」

「ありがとう。お願いね」

電話を切ったあとも、アニーは車内に留《とど》まった。ロバータを安心させる情報が手に入らないうちは、家の中へ入りたくなかった。一分が過ぎ、二分が過ぎた。彼女が車を降りようとしたそのとき、折り返しの電話がかかってきた。

「もしもし！　何かわかった？」

「ええ。バンスの話だと、少し前にカリー・ビレッジで岩石の崩落があったらしいの。小規模な崩落で怪我人も出なかったけど、報告書をまとめるためにチェイスの力を借りたかったんですって。二時間くらいで戻れるはずだ、とバンスは言っていたわ」

アニーは詰めていた息を吐き出した。そういうことなら、今夜のうちにチェイスと話ができるかもしれない。「何も問題はなかったということね。よかった。ほっとしたわ」

「ええ、私も。花崗岩の壁はほぼ垂直にそびえているから、岩石の崩落はよくあることなんですって。そのことをロバータにも説明してあげて」

「そうするわ。ありがとう、レイチェル」

電話を切ると、アニーは急いで家の中に入った。ダイニングルームではモノポリーのゲームが始まろうとしていた。彼女は娘の隣の席に座った。

「今、レイチェルと話したわ。パパのことは心配なくて大丈夫よ。小さな岩崩れがあったから、調査をしているんですって」

アニーの説明を聞いて、ロバータは肩の力を抜いた。しかし、まだ母親へ目を向けようとはしなかった。アニーは無言で両親と視線を交わした。彼らも孫の様子がおかしいことに気づいていた。

ゲームは延々と続き、最後はアニーの母親が勝者となった。父親がそろそろ休むと宣言したので、アニーは娘にパジャマに着替えるように提案した。

「今日は遠乗りにも行ったし、色々とあって疲れたでしょう」

その言葉でロバータは顔を上げた。正面からアニーを見据えた。「私、パパに乗馬の才能があるって言われたわ」

「あなたのパパも昔から乗馬が得意だったのよ。きっと彼に似たのね」

ロバータの瞳が涙で潤んだ。「パパが死んでなくてよかった」彼女はモノポリーの箱に蓋をしてから胸に抱きかかえた。「おやすみなさい」

「キスはないの？」

ロバータは母親にキスをした。

「おやすみ、ハニー。いい夢を」

ロバータに続いて、アニーの父親もダイニングルームから出ていった。しかし、母親はその場に残り、気遣わしげなまなざしでアニーを見つめた。

「私で力になれることはない？」

「私の味方でいて」

「私はいつでもあなたの味方よ」

「わかっているわ。こんな娘でごめんなさい」

「何を謝っているの？」

アニーの喉から嗚咽が漏れた。「ロバータは私の大切な娘よ。でも、私がチェイスと寝たのは大きな間違いだった。ママは私をきちんと育ててくれたのに。私は自分の弱さに負けた。恋に目がくらんで、分別より感情を優先させた。まさか、十年後にその報いを受けることになるなんて……」

「何が問題なの？」

「ママにはもうわかっているんでしょう」

「あなたは今も彼に恋をしているのね？」

「私ってそんなにわかりやすい？」

「親子だからわかるのよ。今夜、彼がダイニングルームに現れたときは、私も心臓が止まりそうになったわ。生身の人間なら彼を無視できるわけがない。彼はあなたが言ったとおりの人だった。いいえ、それ以上だった」

アニーは背筋を伸ばした。「それ以上？」

「彼の目を見てわかったわ。この人は地獄を味わってきたんだと。彼は命綱にしがみつくようにロバータにしがみついている。最後にあなたに向けたまなざしには怯えの色があったわ」

あの視線には私も気づいていたわ。でも、怯えの色には気づかなかった。チェイスは何を恐れているの？　私が心変わりをして、ロバータを連れて公園を去ること？　私が近くにいると、チェイスは慎重になる。私が愛したロバートはあんな人じゃなかった。彼には決断力と行動力があった。危険を前にしても笑っているような人だった。

彼に質問したいことが山ほどある。どこから始めていいのかわからないくらいに。

「ママ、さっきロバータからあることを打ち明けられて、そのことでチェイスと話し合わなきゃならないの。これから彼の家へ行ってきていい？　角を曲がってすぐの場所だから。チェイスは留守かもしれない。でも、もし彼が家にいたら帰りは遅くなると思うわ」

「いってらっしゃい。もしロバータにあなたはどこかと訊かれたら、本当のことを教えるわ。そのほうがあの子も安心するでしょうし」

さすがはママね。理解が早いわ。アニーは母親を抱擁した。それから廊下のクローゼットへ行き、パーカーを取り出した。外の気温はすでに五度を下回っているだろうし、これからさらに下がるはずだ。彼女は片袖だけ腕を通して、パーカーを羽織った。駆け足で角を曲がり、チェイスの家を目指す。

チェイスの家は真っ暗だった。すでに帰宅して、ベッドに入っているのだろうか。少しためらってから、アニーはドアをノックした。返事はなかった。チャイムを鳴らしても、結果は同じだった。

ポーチで待ってもいいが、この寒さでは長くは待てないだろう。試しに玄関を開けようとしたが、ドアには鍵がかかっていた。あと十分。アニーは自分に言い聞かせた。十分だけ待ったら、家に帰ろう。

現場検証が終わり、落ちた岩石の撤去が始まった。バンスはチェイスに歩み寄った。

「それで、君の意見は？」

「わずか一軒とはいえ、キャビンが被害に遭ったんだ。一帯から全員を避難させたのは正解だったと思う。この地区のキャビンは来年の夏まで閉鎖するべきだろうな」

「僕も同意見だ」バンスは空を見上げた。「予報によると、明日はヨセミテ渓谷に初雪が降るらしい。岩崩れが最も起きやすい時期に突入するわけだ」

「ああ。気温が下がりはじめたときが一番危険だ。あのキャビンに泊まっていた客たちが、たまたま食事に出かけていてよかったよ」

「だとしても、これはニュースになるぞ。家に帰ったら、テルフォード所長にも電話しておかないと」

チェイスはうなずいた。バンスはわかってくれている。僕は今、所長と話す気分ではない。あの男はアニーを狙っているから。「ハロウィーンの準備はどうなっている？」

「子持ちの隊員が子供と家々を回れるようにシフトを組み直した。ちなみに君と僕も子持ち扱いだ」バンスはにやりと笑った。「去年は独身者としてみんなをカバーする側だったが、わずか一年で立場が逆転するとはな」

「いまだに信じられない気分だ」チェイスがつぶやいた。

バンスは友人の堅い表情を観察した。「アニーの両親とは話せたんだろう？」

「ああ。アニーがすばらしい女性に育った理由がよくわかったよ。途中で呼び出されたから、あまり話はできなかったが」

「悪かったな。こういうときは君が頼りなんだ」

「嬉しいね。僕はこの仕事が好きだから」

「でも――」

チェイスは息を吸った。「でも、僕と君では状況が違う。ロバータと出会えたことは天の恵みだと思っている。アニーは……彼女は僕と再会したことを後悔しているみたいだ」

バンスは首を傾げた。「だとしたら、なぜ彼女は半狂乱でレイチェルに電話してきたんだ？　なぜ君の行く先を知りたがった？」

チェイスは目をしばたたいた。「もう一度言ってくれないか」

「一度で十分だろう」

チェイスはかぶりを振った。「どうせ娘のために電話したんだろう」

「だったら、ロバータ本人がニッキーに電話したはずだ。君も知ってのとおり、僕の妻は勘がいい女性でね。彼女からは口止めされたが、この際、話してしまおう。先日、レイチェルはアニーと話していて、君のほうから距離を置いているという印象を受けたそうだ」

「仕方ないだろう。一度のミスで彼女を失うかもしれないんだから」

「最初は慎重さも必要かもしれない。でも、ショックは時とともに薄れる。もちろん、レイチェルが勘違いした可能性もあるが、そろそろ作戦を変えてみてもいいんじゃないか。失敗しても、これ以上悪くはならないさ。どう転んでも、彼女がロバータを君から遠ざけることはない。かつて君たちは恋人同士だった。そのことを彼女に思い出させるべきだ」

「十年も連絡を絶っていたのに？」

「その理由はアニーもわかっている。証人保護プログラムを利用せずに虐殺されたＣＩＡの工作員もいるだろう。彼らの家族の写真をアニーに見せてみたらどうだ？」

「それは僕も考えた」

「そうか。だったら家に帰って、さらによく考えてみろ」

「わかったよ」

バンスは目を細めた。「また何か考えているな。何が心配なんだ？　アニーが君の傷跡に恐れをなすことか？　彼女はそんな女性じゃないだろう」

バンスにはすべてお見通しのようだ。「ドクターにも言われたが、僕の傷跡は見るに堪えないほどひどいものだ」

「それはアニー自身に判断させろ」

僕の傷跡を見て、アニーがどんな反応を示すか。考えただけでぞっとする。「じゃあな、バンス。また明日」チェイスはきびすを返して、自分のトラックへ向かった。もしレイチェルの勘が当たっていたら、アニーが少しでも僕のことを心配してくれたのなら、可能性に賭けてみるしかない。僕はかわいい娘を手に入れた。でも、それだけでは足りない。全然満足できない。僕が求めているのは僕のかわいい娘を産んでくれた女性だ。

角を曲がったチェイスは、自分の家から立ち去ろうとする女性の姿に気づいた。さらに近づいていくと、ギプスが見えた。彼はトラックの速度を落とし、窓を開いた。

「アニー?」アニーが視線を上げた。「引き返して。僕の家で話そう」

「もう遅い時間だから。あなたも疲れているんじゃない?」

「いや、元気そのものだ」チェイスは彼女の横を通り過ぎ、自宅の私道にトラックを乗り入れた。「待ってくれ。今、玄関を開ける」

アニーは彼に続いて家の中へ入った。

チェイスは照明をつけ、ドアを閉めた。「シャワーを浴びるから、一分だけくれないか。もし喉が渇いているなら、冷蔵庫の中を適当に漁ってくれ」

「ありがとう」

「すぐ戻るよ」

チェイスが姿を消すと、アニーはパーカーを脱いで、革張りの椅子に置いた。

こんな状況じゃなかったら、チェイスの蔵書をチェックするところね。でも、今夜は無理だわ。気もそぞろで頭が働かない。彼の言葉に甘えて、冷蔵庫をのぞいてみよう。もしソーダがあったら、それをもらおう。とにかく、なんとかして時間をつぶさないと。

冷蔵庫の中にはコーラの缶が一本あった。あとはルートビアばかりだ。ルートビア? ロバートはルートビアを飲まなかった。そもそも炭酸飲料がそんなに好きではなかった。私が好んで飲むのはコーラだけ。ということは、このルートビアは娘のために用意したものね。

アニーはカブールでの日々を思い返した。長い一日の終わりにどちらかのアパードメントへ帰ると、ロバートはいつも彼女を抱き寄せて、こう言った。

〝冷たい水を一滴。そのためなら我が王国もくれてやる。でも、まずはこれだ〟そして二人はキスを交わした。キスはいつまでも終わらず、最後は寝室へ行き着いた。水と室温のコーラが登場するのはかなり時間がたったあとだった。

物思いに耽っていたアニーは、チェイスがキッチンに入ってきたことに気づかなかった。彼は蛇口をひねり、冷たい水を喉に流し込んだ。それから、アニーが手にしていたコーラの缶に目を留めた。「何年たっても変わらないこともあるんだな」

アニーの脈が速くなる。チェイスはいい匂いがした。履き古したジーンズに黒いTシャツを着た姿が、かつての彼を思い出させた。伸びた髭のせいでいつも以上にセクシーに見える。あの髭を手のひらに感じたい。彼女は深呼吸で気持ちを落ち着かせた。

チェイスがカウンターの端にもたれかかった。

「今夜はなぜここに来たんだ?」

「ロバータのことで話があって」

「続けて」

すぐそばにチェイスがいる。今の彼は昔のロバートみたいだわ。アニーは緊張とともにコーラを飲んだ。「あの子はあなたと私の関係が元に戻ることを期待しているの」

「僕もそれを期待している」チェイスは彼女の首筋に両手を当て、敏感な肌を親指で刺激した。「ようやく再会できたのに、僕たちはまだまともな挨拶を交わしていなかったね」アニーの唇に向かって、彼はささやいた。

「ロバート——」アニーは小さくあえいだ。

「今はチェイスだ。あの爆破事件の一時間前、僕たちは情熱的に愛し合った。アメリカに帰国する日と結婚式の日取りを決めたのも、あの朝だった」

「ええ、覚えているわ」

「僕も覚えている。何もかも。あのあと、僕は寝坊した君を残して、一人で仕事場へ向かった。僕の頭の中は、将来と君のことでいっぱいだった。だから、二台の見慣れないトラックが現場に近づいてきたことにも気づかなかった。そして次の瞬間、すべてが無になった」

アニーの唇からうめき声が漏れた。

「思っていたよりも時間がかかってしまったが、僕はなんとか君のもとへ戻ってきた。だから、僕を拒絶しないでくれ、アニー」

アニーはたくましい腕の中に引き寄せられ、唇を塞がれた。もはや逃げ場はなかった。十年の月日が過ぎても、彼女の体は覚えていた。一時間前に愛し合ったばかりのように反応していた。

チェイスはキスを続けた。どれだけ味わっても足りないかのように。カウンターに押しつけられたアニーは、無意識のうちに無事なほうの手を使っていた。その手はチェイスの胸を這いのぼり、首の後ろへ回り込んだ。やがて、彼女の指がTシャツの下にある筋やこぶを感じ取った。それは十年前にはなかったものだった。

シド・マニングが置いていった写真のイメージが脳裏によみがえる。アニーは思わず息をのみ、彼の抱擁から身を引いた。傷跡をじかに見てみたい。アニーは黒いTシャツをめくろうとした。しかし、チェイスは彼女の手首をつかんでそれを止めた。

「だめだ、アニー。今はまだ」

アニーは灰色の瞳をのぞき込んだ。「〝まだ〟ってどういう意味なの?」

「今の君には見せられない」チェイスは視線を逸ら

した。

「でも、写真ならもう見たわ」

「あれは十年前の写真だ。今とは違う」

「ばかばかしい。私が写真で見た男性は血まみれだった。爆弾の破片があちこちに刺さっていて、いつ死んでもおかしくない状態だった。でも、今のあなたは生きているじゃない！」

チェイスがうなじをさすった。これは不安の表れだろう。アニーは虚を突かれた。不安？　あのチェイスが？

「今の僕は残骸だ」

アニーは手を拳に握った。「あなたがそんなに見栄っ張りだとは思わなかったわ」

「確かに昔は外見なんてどうでもいいと思っていたよ。姿見の前に立って、自分がフランケンシュタイン博士の怪物になったことを知るまでは」

「そんな言い方はやめて！　二度と言わないで」アニーの全身が激しく震えた。支えを求めて、彼女はシンクにしがみついた。「あなたの傷跡なんて誰も気づかないわ」

チェイスは薄く笑った。「服を着ていればね」

「泳ぐときはどうしているの？」

「泳がない」

アニーは唇を噛んだ。「あれ以来、女性との付き合いはなかったの？」

「なかったとは言わない」

「レイチェルとは？」彼女はつい口走った。

チェイスが動じることはなかった。「レイチェルは僕に興味を示さなかった。最初からバンス一筋だった。もし君が彼女から違う話を聞いたのなら、それは作り話だ」

「彼女は本当のことを話してくれたわ。でも、あなたは？　レイチェルに関心があったんじゃない？」

灰色の瞳が細くなった。「そんなに気になるのか。

だったら教えてやるよ。レイチェルは優しさの中に強さを持った女性だ。僕は彼女のそういうところに惹かれた。彼女が君と似ていると思ったからだ。でも、彼女の心にはすでにバンスがいた。僕の不戦敗だった。これで満足か？」

アニーは目を逸らした。レイチェルの名前を持ち出した自分が恥ずかしかった。

「じゃあ、次はこの十年間に君に言い寄ってきた男たちの話をしようか。ロバータから聞いたよ。グレッグとかいう男のことを。君の両親が紹介した男で、〈ペニントン投資信託〉の神童と呼ばれていたらしいな。ロバータが言っていたぞ。サンフランシスコのベイエリアに彼のヨットが係留されていて、君と一緒に何度か招待されたと。ラッキー・ソレンソンとかいうプロゴルファーから全米オープンに招待された話も聞いたな。そのときはカーメルにある彼の家に泊まったんだって？」

こんな話、始めるんじゃなかった。「もうやめて、チェイス。そこまでにして」

「君はそいつらと寝たのか？」

嘘をついてやりたい。でも、私にはできない。アニーはぼそぼそと答えた。「いいえ。でも、あなたはほかの女性たちには傷跡を見せてきたわけね」

「受け止められる女性たちにはね」

「それなのに、私には見せられないの？」

「君にだけは見せられない」

アニーの頬が赤く染まった。「なぜ？」

「君の記憶の中では、昔のままの僕でいたいから」

「それは死んでいた場合の話でしょう。あなたは生きているのよ！」

チェイスは暗いまなざしになった。「わかっている」

悲憤が叫びとなって、アニーの口から飛び出した。

「あなたは昔からそうだった。私を手のかかるプリンセスのように、現実を受け止められない世間知らずのように扱った」

チェイスの表情がこわばる。「遠い昔、僕は君にプロポーズした。君はイエスと答えた。その答えが今も変わらないか試してみるか？」彼はTシャツとジーンズを脱ぎ、ボクサーショーツ一枚の姿になった。「よく見てくれ。かつて君が夢のプリンスと呼んだ男のなれの果てを」

まるでカーニバルで撮られた写真みたい。彼は昔から男性美の権化のような人だった。それは今も変わらなかった。

「これは正面から見た姿にすぎない」チェイスは向きを変えて背中を見せた。その背中は傷跡で覆い尽くされていた。「さらに整形手術を重ねれば、もう少しましな見た目になるかもしれない。でも、すべての夢を失った僕にそれだけの気力はなかった」彼はアニーに向き直り、片方の眉を下げた。「君の意見は？　僕は君への結婚の贈り物として手術を受けたほうがいいかな？」

アニーは何も言えなかった。チェイスの痛みと苦しみの日々を物語る大きな傷跡のせいではない。この十年の間に彼の心に忍び込んだ闇のせいだ。彼の笑顔は威嚇するかのように歪んでいた。

「僕は答えを待っているんだよ、マイ・ラブ。もし僕たちの夢が壊れたとしても、僕たちの娘の夢はかなえてやれる。君にそれだけの覚悟はあるか？」

アニーは娘が水泳を習いはじめたときのことを思い出した。ほかの子供たちはプールに飛び込めるようになった。でも、ロバータはプールから後ずさった。教師に促されても、言うことを聞かなかった。あの子は、怖いんじゃない、今は飛び込む気分じゃないのと言った。あのときのロバータの目つきは、今のチェイスと同じだった。怯えと開き直りが入り交じっていた。

チェイスは今も私が欲しいと言った。私と結婚したいと言った。今夜の彼のキスにも限りない情熱が感じられた。もし結婚することで彼の心の闇を追い払えるのなら、結婚によって私の心の傷も癒えるのかもしれない。何より大切なのは、彼が私の人生に戻ってきたことよ。恐怖に打ちのめされながらも、それを乗り越えてきた男性として。

アニーは顎をそびやかした。「あなたにその覚悟があるなら、私にだってあるわ。傷跡があっても何も変わらない。チェイス、私はあなたを愛しているの。結婚式はいつがいい？」

「アニー――」チェイスは彼女のほうへ手を伸ばした。その瞬間、彼の携帯電話が鳴った。

チェイスは邪魔が入ったことにいらだっているようだった。それでも電話を無視するわけにはいかない。彼はアニーに片腕を回したまま、カウンターに置いてあった携帯電話をつかんだ。電話に出たとたん、彼の様子が一変した。アニーに回していた腕から力が抜けた。

チェイスの顔から血の気が引いた。喜びの表情も消えた。アニーは胸騒ぎを覚えた。

チェイスが携帯電話を手で覆った。「これは時間がかかりそうだ」彼はつぶやいた。アニーが聞いたことのないざらついた声だった。

「私は帰ったほうがいい？」

チェイスの顔が苦悩に歪んだ。「本当は君を帰したくない。でも状況的には、それがベストの選択だろう。あとで君の家に行くよ」

彼はアニーに素早くキスをした。椅子に置いてあったパーカーをつかんで、アニーはキッチンを出た。自宅へ戻る間、彼女はギプスを胸に押し当てて、心臓の轟きを静めようとした。いやな予感がするわ。私はまた幸せを失うことになるのかしら。

9

そろそろと家の中へ入ったアニーは、誰も起きていないとわかって胸を撫で下ろした。今は両親や娘と顔を合わせたくなかった。今夜、彼女はチェイスの腕の中で熱い喜びを味わった。しかし、彼女がプロポーズを承諾した直後に、チェイスは電話で呼び出された。彼女はそのことにショックを受けていた。身のすくむような恐怖を感じていた。

前にも一度、彼が私を残して仕事に行ったことがあった。そして、彼は戻ってこなかった。こんな夜遅くに呼び出されるなんて、よほどの問題が起きたのだろう。これが些細なことなら、彼はあんなに動揺しなかったたし、私を追い払うこともなかったはずよ。

でも、彼はあとでこの家に来ると言った。

アニーは腕時計に目をやった。あれからかなり時間がたったけど、何がどうなっているのかしら？

あと五分。五分待ってもチェイスが来なかったら、もう一度彼の家へ行ってみよう。アニーはリビングを歩き回りはじめた。そのとき、携帯電話が鳴った。

彼女は椅子に置いてあったバッグへ突進し、中から携帯電話を取り出した。

「チェイス？」

「バンスだ」

「ああ、ごめんなさい。私、チェイスを待っていたものだから」

「僕が電話したのもその件だ。チェイスは今、公園内の別の地区で起きた緊急事態の対応に追われている。どれくらい時間がかかるか、現時点ではわからない。彼は君のことを気にしていた。君が心配して

「今夜もニッキーに言われた。あと三日だよって」

アニーは小さく笑った。「どこの家も同じね」

「当日はみんなで楽しもう。ニッキーには内緒だが、実は僕もあの子と同じくらい興奮しているんだ。じゃあ、おやすみ、アニー」

「おやすみなさい」

電話を切ったアニーは、寝支度をして娘のベッドに潜り込んだ。しかしなかなか眠ることができず、一時間後には長椅子へ移動して、そこで夜を明かすことになった。

翌朝、ロバータは起きるとすぐに学校へ行く支度を始めた。昨夜アニーがチェイスの家へ行ったことには、まったく気づいていなかった。アニーが朝食を用意する頃には、彼女の両親も起きてきた。

母親が彼女に探るような視線を向けてきた。昨夜の結果が知りたくてうずうずしているのだろう。しかし、孫娘の前では何も言わなかった。


いるだろうと。だから、僕が代わりに電話することにした」

アニーは携帯電話を握りしめた。バンスは淡々と説明したけど、本当はもっと深刻な状況に違いない。でなければ、チェイス本人が電話をしてきたはずだ。キャンプが熊に襲われたとか、発砲事件が起きたとか。バンスから詳しい話を聞きたい。いいえ、それは厚かましすぎるわ。バンスは私を安心させるためにわざわざ電話をくれたのよ。それだけでもありがたいと思わなくては。夫が緊急事態で呼び出されるたびに取り乱していたら、パークレンジャーの妻は務まらないわ。

「あなたのおかげで落ち着いたわ。ありがとう、バンス」

「どういたしまして。じきにみんなと会えるな。ニッキーはすでにハロウィーンで頭がいっぱいだ」

「ロバータもそうよ」

「トーストはもう食べないの？」

「そんなにおなかが減ってないのよ、ママ」ロバータは祖父母へ視線を移した。「どうしても今日サンフランシスコに帰らなきゃならないの？」

「大丈夫。来週にはまた来るよ」祖父が断言した。

「わかった」ロバータは椅子を降りた。祖父母にキスをしてから、リビングに置いてあったバックパックをつかんだ。

アニーはあとを追い、娘を抱擁した。「いってらっしゃい」

「パパから学校から帰る途中で本部に寄っていいと言われたの。ニッキーと私にルートビアをご馳走してくれるって」

「それは楽しそうね」アニーは話を合わせた。チェイスがすでに自宅へ戻っていることを祈りながら。

「いってきます！」

大人たちはポーチに出て見送った。ロバータの姿が角の向こうに消えてから、家の中へ入った。

「私たちもそろそろ出発するか」アニーの父親がつぶやいた。

「その前に、二人に大切な話があるの」アニーは切り出した。「昨夜、チェイスにプロポーズされて、私はイエスと答えたわ」両親の瞳が輝いた。次の瞬間には、彼らは娘を抱擁していた。

アニーの母親が涙を拭った。「最高のニュースよ。なぜ今朝のうちにロバータに話さなかったの？」

「チェイスと二人で伝えたかったから」彼は今まで娘の人生の節目に立ち会うことができなかった。このチャンスを彼から奪うわけにはいかないわ。

父親が彼女の頰にキスをした。「それで、結婚式はいつ挙げるつもりだ？」

「なるべく早いうちに」

「あまり待たせないでくれよ」

「日取りを決めたら、すぐに電話で知らせるわ」

「チェイスに伝えてくれ。私たちが、家族へようこそと言っていたと」

アニーはうなずいた。早くチェイスに伝えたい。早く彼に会いたい!

両親を送り出すと、彼女は皿洗いとシャワーをすませた。あれから私は十年分老けた。その事実は変えられないけど、できるだけおしゃれをしよう。チェイスのために。

支度をすませたアニーはまず本部に電話をかけ、チェイスがオフィスにいないことを確かめた。通信指令係のデイビス隊員は、チェイスは来ていない、いつ出勤するかもわからないと答えた。

アニーがチェイスの家に着いたのはそれから五分後のことだった。私道に彼のトラックはなかった。ノックへの返事もなかった。もしチェイスが熟睡しているのなら、無理に起こすような真似はしたくない。アニーは仕方なく自宅へ引き返した。

彼女は自分の仕事をしながらチェイスからの電話を待った。しかし数分が過ぎ、数時間が過ぎても、チェイスは電話をかけてこなかった。彼女は再び本部に電話を入れた。結果は朝と同じだった。四時まであと十五分というところで、彼女はバンスに電話してみようと考えた。そのとき、ロバータが家へ駆け込んできた。

「ママ?」

アニーは仕事部屋から飛び出した。「おかえり、ハニー。今日の学校はどうだった?」

「学校は問題なしよ。でも、パパが本部にいなかったの。これからパパの家に行ってみてもいい?」

「もちろんよ」アニーは即答した。「ただ、彼が家にいるとは限らないけど」

「わかってる。もしいなかったらすぐに戻るわ」バックパックを椅子へ放ると、ロバータは玄関から出ていった。

お願いだから家にいて、チェイス。

　十五分が過ぎても、ロバータは戻ってこなかった。

よかった。チェイスは家にいたのね。ほっとしたアニーが自分も娘のあとを追おうと決めたそのとき、ロバータが玄関から入ってきた。

「ママの言うとおりだったわ。パパは家にいなかった。パパから電話はあった？」

「いいえ、まだ。でも、手が空いたらすぐに電話をくれるはずよ。昨夜バンスが言っていたわ。彼は緊急事態で呼び出されて、いつ戻れるかわからないって。フルーツかサンドイッチでもどう？」

「ストリング・チーズがいいかな」

　アニーは娘の答えに安堵した。ものを食べられるのは、そこまで動揺していない証拠だわ。私も何があっても動じないようにしよう。「カーリーを家に呼んだら？　ママも彼女に会ってみたいわ」

「でも私、カーリーの電話番号を知らないの」

「だったら、ママがシムズ隊員に連絡してみましょうか」アニーは仕事部屋からペンと紙を取ってきた。シムズ家の電話番号を訊くついでに、チェイスの居場所についても尋ねてみるつもりだった。

　ロバータが我が子と遊びたがっていると知って、マーク・シムズは喜んでいるようだった。彼は自宅の番号を教えたが、チェイスに関しては曖昧な情報しか持っていなかった。

「公園では以前からマリファナの違法栽培が問題になっていてね。チェイスはその件でＦＢＩに協力しているんだ。今回もそれで呼び出されたんじゃないかな」

「きっとそうね。ありがとう、マーク」

　電話を切っても、アニーの不安は消えなかった。マークは何か隠している気がする。だって、私は昨夜この目で見たのよ。チェイスの顔から血の気が引くのを。

「はい、これが番号よ」彼女は子供部屋へ行き、番号をメモした紙と携帯電話を差し出した。「ママはもう少し仕事をするわ」

「オーケー。もしカーリーが来たら、一緒にポップコーンを作ってもいい？」

「いいわよ」アニーは答えた。チェイスの緊急事態は公園の仕事とは関係ないのかもしれない。そう思うと気持ちが沈んだ。

「まだ支度が終わらないの、ハニー？」

「パパがいないハロウィーンなんてつまんない」ロバータが子供部屋から叫んだ。「パパに何かあったの？」

「何もないと思うけど」

「でも、もう三日も帰ってこないのよ」ロバータは悲しげな声で訴えた。

「彼はパークレンジャーで、連邦政府の自然保護官よ。私たちには言えない仕事で出かけなければならないこともあるわ。だから、私たちが慣れるしかないの」アニーは娘に――そして自分自身にも言い聞かせた。「あなたが一晩中部屋にこもっていたら、ニッキーががっかりするわよ。あなた自身も惨めな思いをすることになる。そんなことをして、あなたのパパが喜ぶと思う？」

しばらく沈黙してからロバータは答えた。「思わない」

「だったら、どうするの？」

「オーケー。行くわ」

「カーラーはもう外した？」

「うん。髪をふわふわにしてから、ママのヘアスプレーで固めたわ」

「言うことなしね。早く魔法使いになったあなたとニッキーが見たいわ」

「ニッキーはカツラと眼鏡を買ってもらったの。映画のハリーみたいに歩く練習もしたのよ」

アニーはくすくす笑った。「今夜の主役はあなたたちで決まりね」

「パパから魔法の杖を借りる約束だったのに」

今はチェイスのことは考えないで。「杖はないほうがいいかもしれないわ。ほかの子たちに貸してほしいと言われそうだから」

「そうね。ニッキーは自分の杖を持ってくるって」

子供部屋のドアが開いた。中から現れたのは澄まし顔のハーマイオニーだった。黒いローブに白いブラウス。ブラウスの尖った襟まで完全に再現されている。

「まあ、ハニー。本当に彼女そっくりよ！」

ロバータはハーマイオニーを気取って、母親の全身を眺め回した。「あなたは先住民のプリンセスかしら。お名前は？」

「それはまだ内緒にしておくわ。あなたのパパが当てられるかどうか知りたいから」

「私の父は頭がいいの」ロバータは横柄な口調で切り返した。「もちろん、彼なら当てられるわ。彼がここにいればの話だけど」

二人は同時に噴き出した。それで緊張がほぐれた気がした。こんなに元気なロバータを見るのは、チェイスが姿を消して以来だわ。せめて今夜だけでも、この元気が続きますように。アニーは祈るような気持ちで娘を抱擁した。

アニー自身は濃いアイライナーと暗色のファンデーションでアワニー族の伝説の乙女に扮していた。衣装はロン・サドラーが友人から借りてくれたものだ。できればギフトショップで買ったモカシンも履きたかったが、雪が降りはじめたため、トリック・オア・トリートのあとにシムズ家で開かれるパーティまで取っておくことにした。

チャイムが鳴った。「私が出る！」ロバータが玄関へ走った。

アニーも娘のあとを追った。玄関のドアを開けると、寒風が吹き込んできた。戸口に立っていたのは、カボチャ型のキャンディ入れを抱えたハリー・ポッターだった。彼は魔女と二メートルを超える長身の死に神を従えていた。

「わあ、すごい！」ロバータが叫んだ。

アニーは雪を被った三人に促した。「中に入って、ドアを閉めてちょうだい。まあまあ、ミスター・ポッター。まるでホグワーツに来たみたい」

ニッキーはくすくす笑った。「ありがとう。アニーもすてきだよ」

「ありがとう。ロバータ？　ニッキーにキャンディをあげて。それがすんだら、私たちもトリック・オア・トリートを始めるわよ」

「やった！」キャンディを二個受け取ると、ニッキーは先頭を切って外へ飛び出した。

「残りのキャンディはポーチに置いておきましょう。あとから来るほかの子供たちのために」

「オーケー」

ほどなく全員が外へ出た。アニーはパーカーを肩にかけ、ドアをロックしてから彼らと合流した。外は銀世界と化していた。まるでおとぎの国に来たかのようだった。

今なら魔法が使える気がするわ。どんな夢もかなう気がする。でも、チェイスはどこにいるの？　いつになったら戻ってくるの？

彼らはあちこちの家に立ち寄った。それから、キャンディでいっぱいになったカボチャを抱えて、シムズ家へ向かった。そこには優に三十名を超える人々が集まっていた。用意された料理と賞品を前にして、皆が盛り上がっていた。

賞は数々あったが、〝怖すぎるで賞〟に選ばれたのはバンスだった。レイチェルには〝魅力的な魔女で賞〟が与えられた。ニッキーとロバータは〝映画の登場人物にそっくりで賞〟に輝いた。カーリーはティンカーベルの扮装で〝かわいいで賞〟を獲得した。吸血鬼に扮した子供が三人いたが、ブロディには〝血なまぐさいで賞〟が、ほかの二人には〝ぞっとするで賞〟と〝おっかないで賞〟が授与された。誰もが何かの賞をもらった。アニーは〝歴史上の人物にそっくりで賞〟に選ばれた。

賞品である映画の無料レンタル券を受け取ったあと、アニーはパンチのボウルへ向かった。パンチをよそっていると、死に神が彼女の隣に現れた。

「やめてよ、バンス。また私を怖がらせる気？」

「僕はただ感想を言いたかっただけだよ。アワニー族の乙女が君のように美しかったら、伝説になるのも当然だと」

「チェイス！」アニーは叫んだ。驚きと喜びのあまり、パンチを床にこぼしそうになった。

チェイスはパンチの容器を受け取り、テーブルへ戻した。「こっちだ」それだけ言って、彼女をキッチンとガレージの間にある洗濯室へ連れていった。洗濯室のドアを閉めると、彼らは二人きりになった。

「何をするにしても、まずはこれから始めないと」

作り物の頭部が外された。その下から現れたチェイスの瞳には銀色の輝きがあった。そして、彼はアニーにキスをした。十年前、発掘現場から戻ってくるたびにそうしていたように。

彼らはただ互いの唇を求めた。三日間の空白を埋めるために。時がたつのも忘れて。

アニーがようやく息をつけたのは数分後のことだった。「私、死ぬほど心配したのよ、ダーリン」

「わかっている」彼女の唇に向かって、チェイスはささやいた。「僕を許してくれ」

「許すも何も――」アニーは涙声で反論した。「こうしてまたあなたを抱擁することができた。それだけで私は幸せよ」

「僕だって君から離れたくはなかった。この前の電話はシド・マニングからだったんだ。僕が証人保護プログラムを適用されていることはバンスも知っている。だから、シドが三人の間で使う緊急コードを考案した。僕たちの電話が他者から監視されている場合に備えての安全策で、使わずにすむことを願っていたんだが……それが使われたんだ」

アニーはさらに強く彼に抱きついた。

「君が帰った直後、僕はバンスの車でヘリポートへ向かった。バンスは僕にシドがビショップで待っていると言った。でも、ヘリのパイロットにはパークレンジャーとしての急用だと説明していた」

「バンスはほかにも何か言ったの？」

チェイスは顔をしかめた。「ああ。彼はシドに言われたそうだ。新しい副隊長が必要になるかもしれないと」

アニーは鋭く息を吸った。

「それを聞いて、僕はいったん引き返すよう頼んだ。ロバータと君も連れていきたい。僕は地獄を味わった。あんな苦しみは二度とごめんだと。でも、バンスは僕よりもはるか先まで考えていた。彼が言ったんだ。シドは僕に会いたいだけだ。すでに守りは固めてある。僕がいない間も君たちは安全だ。心配するなと」チェイスは彼女の両肩を強く握った。「心配しないわけがないだろう。ようやく君からプロポーズの返事をもらったばかりなのに」

「あなたの顔、真っ青だったわ」アニーはつぶやいた。「あのときは本当に怖かった」

二人の視線がぶつかった。「あのあと、僕は防諜機関の男たちに隔離され、十年前の爆破事件に関わる傍受通信の録音テープを聴かされた」

「なぜ今さら？　私たちは再会したばかりなのに。もしかして、それが理由なの？」

「いいや、ダーリン」チェイスは唇で彼女を黙らせた。「今回の件はロン・ワイズマンがらみだった」

「彼のことなら私も覚えているわ。イスラエルの大学から発掘に参加していた人よね」

チェイスはうなずいた。「僕以外にあの爆破事件を生き延びた唯一の男、それがロンだった。最近、傍受通信に彼の名前が出てきた。どうやら彼はイスラエルに潜伏していて、テロリストたちがついにその証拠をつかんだらしい。連中はずっとロンと僕を捜していたんだよ。僕の潜伏場所に関しては情報が錯綜していて、まだ結論が出ていないようだが」

「じゃあ、テロリストは今もあなたを追っているのね」

チェイスは彼女を自分の胸に引き寄せた。「テロリストは絶対にあきらめない。ある諜報部員の話では、軍隊で僕の正体を見破った二重スパイは、僕が中国の友人に匿われていると信じているらしい。別のスパイはパキスタン説を主張している。僕はアメリカへ戻ったと言い張る奴もいる。いずれにしても、連中は僕がすでにアメリカ軍を離れたことすら把握していない」

「つまり、彼らはまだ何も知らないということね」

「ああ、そのようだ。でも、連中の追跡能力は侮れない。この三年間は公園で無事に過ごしてきたが、何かのきっかけで連中がヨセミテに来る可能性もある。狙った獲物は執拗に追いかける。それがアルカイダだ。だから、こっちも積極的に備える必要がある」

アニーは灰色の瞳をのぞき込んだ。「具体的にはどうするの？」

「ロバータに結婚のことを伝えるとき、僕たちが置かれている状況についても説明する。場合によっては急な引っ越しもあることを。そもそもヨセミテに住みつづけていいのかどうか。そのあたりも話し合うべきだな」

「ほかの人たちを危険に巻き込まないために？」

「ああ。友人たちのことも心配だが、君の両親も心配だ」

「ああ、チェイス！」アニーはたくましい胸に顔を埋め、静かに涙を流した。

チェイスは彼女を揺すった。「どうやって僕たち全員を守るか。それが問題だ」

アニーは鼻をすすり、ようやく顔を上げた。「私たちはまた一緒になれた。そうよね？」

「ああ」

「それが何より大切なんじゃない？　これからのことは二人で考えればいいわ」

「そうだね。そのとおりだ」チェイスの瞳が銀色に光った。「君は強いな、アニー。君と一緒ならきっとうまくいく」

再び唇を重ねようとしたそのとき、彼らは誰かがドアを開けようとしていることに気づいた。

チェイスはしぶしぶ抱擁を解いた。「続きは君の家に戻ってからだ。今はパーティを楽しもう」

死に神の被り物を再び頭にのせてから、彼はドアのロックを解除した。外のキッチンにいたのは、吸血鬼の格好をしたマーク・シムズの妻だった。

アニーは後ろめたそうに彼女を見やった。「あの、ごめんなさい」

マークの妻はにんまり笑った。「気にしないで。はい、これ」そう言って、彼女はナプキンを差し出した。「メイクが全部落ちているわよ」

チェイスは笑いながらナプキンを受け取り、アニーの化粧を拭った。パーティ会場へ戻ると、彼はささやいた。「ねえ、気づいているかい？　ここにいる男たち全員が僕を羨ましがっていることに？」

チェイスとバンスは同じ扮装をしようとあらかじめ決めていたようだった。今やシムズ家は双子の死に神に占拠されていた。

「お世辞でも嬉しいわ。あなたのことも賞賛したいけど、〝怖すぎるで賞〟はもうバンスに決まっちゃったのよ。そもそも死に神は嫌われ者だし」

チェイスが笑った。そのハスキーな笑い声が彼女のみぞおちをざわつかせ、膝から力を奪った。そこへロバータが駆け寄ってきた。すぐ後ろにニッキーも続いている。子供たちは死に神が二人になったことに戸惑っているようだった。

「ハイ、スウィートハート」チェイスは自分の娘を抱き上げた。

「パパ！」ロバータは歓声をあげ、父親に抱きついた。「いつここに来たの？」

「少し前だ。ガレージから中に入った」

ニッキーが目を丸くした。「パパに教えてあげなきゃ！　おじさんがいるよって！」

チェイスの登場によって、パーティはさらに盛り上がった。それから三十分ほど過ぎた頃、隊員たちの一部が任務のために帰りはじめた。バンスも自分と親友の家族を呼び集め、ホストのシムズ夫妻に挨拶をしてから帰途に就いた。途中まではハロウィーンの話題が続いたが、アニーとレイチェルが明日の学校のことを口にすると、子供たちはうなった。二つの家族は曲がり角で別れた。

「じゃあね、ロバータ。明日はキャンディを持ってきて。僕も持っていくから」

「それは無理だろうな」バンスが口を挟んだ。

「なんで？」

「チェイスおじさんとパパが仕事中に全部食べちゃうからさ」

チェイスは噴き出した。死に神が大笑いしているのは奇妙な光景だったが、ニッキーはにこりともしなかった。

「ねえ、ママ？　パパは仕事中にキャンディを食べていいの？」

「どうもそうらしいわね。あなたのパパはパークレンジャーの隊長だから」

「でも、私たちのキャンディを食べる権利はないわよね？」ロバータが小声で母親に問いかける。彼女は常に公正さを重んじるのだ。

「あれはただの冗談よ」

「そうなの？」ロバータはまだ半信半疑のようだった。彼女は肩ごしに叫んだ。「じゃあね、ニッキー」

遠ざかる間もニッキーの楽しそうな笑い声が聞こえていた。「ほらね？　バンスはニッキーがかわいくて仕方ないのよ」

ロバータはうなずいた。

「二人でこそこそ何を話しているんだ？」チェイスが尋ねた。

アニーは彼にウィンクを返した。「あなたが家に来てくれたら、暖炉に火を入れて『スヌーピーとかぼちゃ大王』を観ようかって」

思いがけない話の流れに、ロバータの顔が喜びに輝いた。チェイスの顔は見えなかったが、彼がどう感じているか、アニーにはわかっていた。

「チャーリー・ブラウンのアニメか。もう何年も観ていないな。よし、みんなで観よう」チェイスは先に玄関ポーチへ上がり、アニーが子供たちのために置いていたボウルを回収した。ボウルの中にはキャンディが一個残っていた。

家に入ると、アニーは切り出した。「私は服を着替えてくるわ」

チェイスは死に神の被り物を取り、彼女の全身に熱い視線を注いだ。「僕は今の君も好きだけどね」

ロバータが笑顔で彼を見上げた。「当ててみてよ、パパ。ママが誰の扮装をしたか」

「アワニー族の伝説の乙女だろう？」

「どうしてわかったの？」

「ニッキーが言っていたわ。ロストアローは滝を登ったところにあるって。私たちもいつか行ってみない？」

「そうだな、スウィートハート。三人で行こう」

「ロバータ？　あなたも映画を観る前にパジャマに着替えたら？」

「オーケー。待っててね、パパ。すぐに戻るから、どこにも行かないで」

「ああ。僕はどこにも行かないよ」

「僕は物知りだからね」チェイスは軽口をたたいた。「アワニー族の偉大な部族長には娘が何人もいた。その中で最も美しかったのが彼女だ。ヨセミテ渓谷の若き部族長たちは皆、彼女に心を奪われていた。伝説によると、彼女はモミの木のように姿勢がよく、カラマツのようにしなやかだった。漆黒の髪はトウワタの綿毛のように柔らかで、その動きは子鹿のように優雅だった。彼女は毎朝、恋人と会うために秘密の場所へ出かけていた。ところが、ある朝そこへ行ってみると、恋人は自分が矢を射かけた花崗岩から落ちてきた岩に当たって死んでいた。彼女は恋人のかたわらにひざまづき、目を覚ましてと呼びかけた。恋人が死んだことを知り、彼女も息絶えた。二人の上にそびえていた巨岩はそのときからロストアローと呼ばれるようになった」

まるで私たちの物語のようだわ、とアニーは考えた。ロバータも感銘を受けたようだった。

10

数分後、アニーは青いベロアのローブ姿で戻ってきた。チェイスの心臓がどきりと鳴った。それは彼が十年前に贈ったものだった。スタンドのほの暗い光がアニーの美しい顔を照らす。化粧を落とした彼女は先住民の乙女ではなくなっていたが、チェイスはどちらの彼女にも欲望を刺激された。

「アニー？」チェイスは彼女の手をつかみ、長椅子に腰かけた。自分の膝に彼女を座らせ、柔らかな喉と唇にキスをした。「ロバータが戻ってくる前に、君に話しておくことがある」

アニーの全身が震えた。苦悩のまなざしで彼女はチェイスの瞳をのぞき込んだ。「まだあるの？」

「僕の健康状態に関することだ」

「中東で病気にでもかかったの？」

当たらずとも遠からずだ。「僕は今でも君を愛することができる。でも医者の話によれば、もう子供を作ることはできないらしい。もし君がもっと子供が欲しいと考えているのなら、ロバータと話をする前に、君の気持ちを聞かせてくれ」

アニーは彼の首に両腕を巻きつけ、自らキスをした。「私たちにはすでに世界一すばらしい娘がいるわ。家族を増やしたいなら、養子を取るという手もある。あなたの意見は？」

チェイスは彼女の首筋に顔を埋めた。「信じられない気分だ。これは本当に現実なのかな？」彼は募る欲望とともにキスをした。「アニー、君は言葉では表せないくらい美しい。僕は君が欲しい」

「私もあなたが欲しいわ」アニーはささやき、彼の顔にキスの雨を降らせた。

「二人とも、映画を観たくないの？」

チェイスははっとして顔を上げた。いつの間にリビングへ戻ってきたのか、ピンクのパジャマを着た彼の娘がテレビの横に立っていた。

「ＤＶＤをセットしてくれ、スウィートハート。それから僕の横に座るんだ」

アニーは彼の膝から立ち上がった。「私はポップコーンを作るわ」

「いいプランだ」

チェイスにもプランがあった。娘をびっくりさせるプランが。彼は腕時計に目をやった。十時十五分か。十分だな。それ以上は待てない。十分後に発表しよう。

準備はすべてロバータがやった。チェイスはただ長椅子に座っているだけでよかった。彼は娘のポニーテールをもてあそんだ。愉快なキャラクターたちの活躍ぶりに、娘と一緒になって笑った。

ほどなくアニーがポップコーンを運んできた。彼女は娘を挟んでチェイスの反対側に腰を下ろした。

これこそ天国だ。僕が夢見ていた世界だ。

「ママ、私もスヌーピーみたいな犬が欲しい」

「この映画を観る子はみんなそう思うでしょうね」

チェイスは停止ボタンを押した。「僕たちも犬を飼おうか？」

ロバータが長椅子から立ち上がった。「この家で飼うってこと？」

「みんなでここに住むことになればね」

「でも、パパは別の家に住んでいるわ」

「そうだね。でも、君たちの家と僕の家を行ったり来たりするのは面倒だ。みんなで暮らすとしたら、どっちの家がいいと思う？」

ロバータは驚きに声を失った。不安げな表情で母親を見つめた。「ママは？　それでいいの？」

「ママもそれが一番だと思うわ」

「本当に？」ロバータは歓声をあげ、母親に抱きついた。
「君のママと僕はできるだけ早く結婚したいと考え
ている」チェイスはズボンのポケットから指輪を取
り出した。「最初にサンタローザの君たちの家を訪
ねたときから、ずっとこれを渡したいと思っていた
んだ」彼は真っ直ぐにアニーを見つめた。「爆破事
件の前に、僕は君にプロポーズをした。君はイエス
と答えてくれた。今度は僕たちの娘の前で正式に申
し込む。一生続くことだから、よく考えて答えてほ
しい」
「イエスと言って、ママ！」
「イエス」アニーは震える声で答えた。
「僕は感謝祭の週末から二週間の休暇を取るつもり
だ。結婚式とハネムーンのために」
「じゃあ、あと三週間ね！」ロバータは今度は父親
に抱きついた。

「その頃には君のママのギプスも取れるだろう」
「結婚式はどこでやるの？」
「この公園の中で。少数の隊員たちに立ち会っても
らって、ささやかな式を挙げる。本当は教会で式を
挙げて、三人でハネムーン旅行へ行きたいが、目立
つことはしないほうがいいと思う」
「だったら、どうするの？」
チェイスは娘の額にキスをした。「式はこの家で
挙げる。ハネムーンもここでやる。君のママと僕は
僕の家で過ごすから、その間はお祖母ちゃんたちに
ここに泊まってもらおう。三人で暮らす場所につい
ては、休暇が終わってからみんなで決めればいい」
アニーは娘を抱擁した。「結婚式で着る服が必要
ね。サンフランシスコへショッピングに行きましょ
う。お祖母ちゃんならいい店を知っているはずよ」
ロバータは母親に抱きつき、喜びの涙を流した。
アニーはチェイスと視線を合わせた。青い瞳には不

安も迷いもなかった。

チェイスは彼女に歩み寄り、薬指にダイヤモンドの指輪をはめた。僕の大切な人。僕の特別な人。ロバータがベッドに入ったら、アニーにこの思いを伝えよう。早く映画が終わればいいのに。

「ダーリン」アニーが彼の唇に熱烈なキスをした。

「この子が寝たら、二人でお祝いをしよう」チェイスは小声で耳打ちした。

三人はまた長椅子に腰を下ろした。チェイスがリモコンを握って停止ボタンを解除した。その直後に雷鳴のような音が響き渡り、地面が揺れた。ロバータが悲鳴とともに跳び上がった。

アニーは目を丸くしてチェイスを見つめた。「今のは地震？」

チェイスはすでに立ち上がり、パーカーに袖を通していた。「いや。岩石の崩落だ。音でわかる。カリー・ビレッジのほうから聞こえた」

「この前、崩落が起きたのと同じ場所？」

チェイスはうなずいた。「また起きそうな予感はしていたが、今回のほうがはるかに規模が大きそうだ。二人とも、数時間は外へ出ないように。岩石が崩落すると、花崗岩の粉塵が舞い上がる。あれは吸い込まないほうがいい」

「あなたはどうなの？」

「僕はトラックにマスクを常備している。映画の続きは明日の夜、ロシター家と一緒に観よう。いい子でいろよ」

「気をつけて、パパ」

「わかっている」チェイスは娘を抱擁した。さらにアニーに熱いキスをしてから、家の外へ出た。

カリー・ビレッジまでの道のりはそれほど長くはなかった。現場にはすでに複数の隊員が駆けつけていた。バンスは壊れたキャビンから観光客を助け出していた。チェイスもマスクをして、仲間たちのもとへ走った。

救助活動は夜のうちに終了した。四百名を超える観光客が別の宿泊施設へ移された。医療支援が必要だった観光客は二名のみで、それもたいした怪我ではなかった。チェイスがトラックに乗り込もうとしたところへバンスがやってきた。

「先日閉鎖したキャビンの被害状況を見たか？」

チェイスはうなずいた。「危ないところだったな。前回の崩落がなかったら、死者が出ていた」

「ああ」バンスは口についた粉塵を拭った。「そろそろ家に帰るか。この姿で帰ったら、ニッキーに出来損ないの雪だるまと間違えられそうだが」

チェイスは小さく笑った。

バンスの瞳が光った。「でも、今夜の前半はとても楽しかった。君はどうだ？」

「楽しかったよ。最高に。明日の夜、三人でアニーの家に来てくれ。いや、明日じゃなく今日の夜か。みんなで『スヌーピーとかぼちゃ大王』を観よう」

「ニッキーが喜ぶな。レイチェルに話しておくよ」

チェイスは自分の家へとトラックを走らせた。体は疲れ切っていたが、気分は高揚していた。今頃アニーはロバータを学校へ送り出す準備をしているだろうか。今すぐにでも彼女に会いたい。でも、まずは食事とシャワーと睡眠だ。

「ママ？」ロバータがリビングから叫んだ。「お祖母ちゃんがママと話したいって」

アニーの母親が電話をかけてきたのは今日二度目だ。母親も父親もうろたえた様子はないが、やはり岩石崩落の件が心配なのだろう。アニー自身はチェイスの仕事の大変さを理解しつつあった。それでも彼女の決意は揺るがなかった。チェイスを心から愛しているからだ。

「電話をキッチンまで持ってきてくれる？」

アニーは今夜のためにご馳走を準備していた。今はオーブンで子羊のローストとポテトと人参を焼いているところだ。学校から戻ったロバータも野菜の皮むきを手伝った。その間にアニーはロールパン作りに取りかかった。

「はい、これ」

「ありがとう」アニーは携帯電話をつかんだ。「ハイ、ママ」

「テレビは岩石崩落のニュースで大騒ぎよ」

「そうみたいね。私も買い物へ行くついでに現場を見てきたの。あんなに大きな岩が特に理由もなく落ちてくるなんて、ちょっと恐怖だわ」

「チェイスはなんて言っているの？」

チェイスの名前を聞いただけで胸が高鳴った。アニーは薬指のダイヤモンドを見つめた。「わからないわ。彼とは昨夜から話していないから。でも、レンジャーたちは今朝まで働いていたようだから、彼はまだ眠っているんじゃないかしら」

今日はビル・テルフォードからも電話があった。明晩の食事の約束を確認するための電話が。もしビルが仕事を超えた関係に持ち込もうとしたら、結婚することを伝えよう。ただし、今はまだ内緒だ。アニーは娘のために時間を早めてもらえないかと頼んだ。ビルは同意し、食事は六時からに変更された。

明日の夜はロバータをチェイスに預けられるかしら。もし彼が仕事でだめだったら、レイチェルにお願いしよう。ロシター家にはニッキーという遊び相手がいるもの。

「声が弾んでいるわね、ダーリン」

「ええ、ママ。私は幸せよ。ロバータとチェイスがいるから」

「その幸せを大切になさい。何かわかったら、私たちにも教えてね」

「チェイスから連絡があったら、ママに電話するわ。

約束する」

「お願いね」

「ママ？」電話が終わるのを待って、ロバータが声をあげた。「パパに電話して、いつここに来られるか訊いていい？」

「いいわよ。食事の準備も終わったから」アニーは子羊のローストをオーブンから取り出し、続いて発酵させたロールパンの種を焼きはじめた。

「何度鳴らしても出ないわ。パパは家にいないのかな」

「だったら、本部に電話してみたら？　本部のスタッフなら彼の居場所を知っているんじゃない？」

「そうね」一分後、ロバータは報告した。「パパは明日までお休みだって」

「だとすると、家で眠っているのね。そうだわ。料理を容器に詰めて、彼の家に持っていきましょう。ロールパンが焼けたら、すぐに出発できるわよ」

ロバータはその提案に飛びついた。「じゃあ、私はパパからもらった鍵を取ってくる」

「『スヌーピーとかぼちゃ大王』も忘れないで」

「オーケー」

数分後、アニーたちは車でチェイスの家へ向かった。私道の雪が溶けていたため、彼の車がガレージにあるかどうかはわからなかった。

二人はまたチェイスに電話をかけた。チャイムも鳴らした。しかし、返事はなかった。

ロバータが母親を見上げた。「私、鍵を使ってもいい？」

「いいと思うわ。帰ってきた家でご馳走が待っていたら、あなたのパパは大喜びするはずよ」アニーは娘と一緒に料理をキッチンへ運んだ。「あなたはテーブルの準備をして。ママは忍び足で寝室まで行って、彼が眠っているかどうか確認するわ」

「パパはまだ寝ていると思う？」

起きてシャワーを浴びている可能性もあるわね。すぐに戻るわ」ロバータにはチェイスの傷跡を見せたくない。ショックが大きすぎるもの。いつかは見せるにしても、そのタイミングはチェイスが決めるべきだ。

アニーはそろそろと寝室をのぞき込んだ。チェイスはベッドに突っ伏すようにして眠っていた。シーツが彼の長い脚に絡まり、傷だらけの背中は腰のあたりまでむき出しになっていた。

閉じたドアにもたれかかって、アニーは小声で呼びかけた。「チェイス？」その声が届いたのか、チェイスは片腕を投げ出した。「ダーリン？」

チェイスが目を覚ました。シーツをつかんで上体を起こした。「アニー？」

「起こしてごめんなさい。でも、もう六時よ。あなたに夕食を持ってきたわ。もし寝足りないようなら、私たちは帰るけど」

チェイスは髪をかき上げた。「嘘だろう？　僕は十一時間も眠っていたのか？」

「それだけ疲れていたのよ」

「ロバータも一緒？」

「ええ。あなたと昨夜の映画の続きを観るんですって。今はテーブルの準備をさせているわ。あの子にあなたの様子を見てきてとは言えなくて」

チェイスは彼女の視線を受け止めた。わかっていると言うかのように。そして、顎をさすった。「すぐに行くよ。髭を剃ったら」

できれば寝室に留《とど》まって、チェイスを眺めていたい。カブールにいた頃、私たちは寝ることも忘れて愛し合っていた。彼はいつもベッドで私が戻ってくるのを待っていた。もう一度愛し合うために。うめき声をのみ込んで、アニーは廊下へ出た。

「あなたのパパは眠っていたわ」

ロバータは安堵の表情を浮かべた。「きっとすぐく疲れていたのね」

「一晩中働いたあとだもの。ねえ、ロールパンに塗るバターを見つけてきてくれない？」

「もう見つけたわ。ジャムも」

「さすがね、ハニー」

まるで王のための宴だ。

それがキッチンに入ってきたチェイスが最初に考えたことだった。彼はカーキのズボンにスポーツシャツを着ていた。たっぷり眠ったおかげで、生まれ変わったような気分だった。

子羊のローストと生のミントの香りが、アニーの記憶を呼び覚ました。カブール時代はよく焚き火で炙った子羊のケバブを食べたわ。ロバートは子羊の肉が大好きだった。

数分後、チェイスが娘の手を握った。「今まで食べた中で一番のご馳走だ」

ロバータは無邪気な笑みを浮かべた。「野菜の皮は私がむいたのよ」

「うん、完璧だね。すべて言うことなしだ」チェイスはアニーに視線を投げた。「君たち二人も」

アニーはその視線を受け止めた。「あなたもね」

「私、昨夜の映画を持ってきたの」

「そうか」アニーに視線を据えたまま、チェイスは答えた。「ロバータ？」

「何？」

「僕の代わりにニッキーに電話してくれないか？僕の携帯電話は寝室にある。二を押せばつながるよ。彼らには君たちの家でスヌーピーを観ようと言ったから、会場がこっちに変更になったと伝えてくれ」

ロバータは喜びの声をあげ、父親の寝室へと駆けていった。

「アニー、ここに来て。二人きりになれるのは今だけだ」

二人は同時に互いへ歩み寄った。チェイスは何も言わなかった。アニーを腕の中へ引き寄せ、唇と体で自分の思いを伝えようとした。

彼らはリビングの長椅子へ行き着いた。灰色のパンツに紺色のブラウスを着たアニーには、洗練された美しさがあった。チェイスは彼女を味わった。しかし、どれだけ味わっても満足できなかった。

ほどなく玄関から話し声が聞こえてきた。現実に引き戻されたチェイスは、なんとかキスをやめようとした。

「わあ」ニッキーの明るい声がリビングに響き渡った。「チェイスおじさんたちがキスしてるよ。なんで？」

チェイスの体が笑いで震えはじめた。アニーの体も震えていた。彼はゆっくり顔を上げた。友人たちを振り返り、ニッキーにほほ笑みかけた。「君のパパはなんで君のママにキスをするんだ？」

「パパがママを愛してるからだよ！」

「じゃあ、君のママが君のパパにキスをするのはなんでだ？」

「ママがパパを愛してるから」

アニーは助け船を出すことにした。「私もチェイスおじさんを心から愛しているの。だから、結婚することにしたのよ。おじさんからダイヤモンドをもらったんだけど、見てみる？」

駆け寄ってきたニッキーが、指輪をしげしげと眺めた。

「結婚式にはあなたも出てくれる？」アニーは問いかけた。

ニッキーは歓声をあげ、両親に向き直った。「僕、出てもいいの？」

大騒ぎが始まった。バンスがチェイスをつかまえてハグをした。どんな言葉を交わしているかはわからなかったが、二人とも、とても幸せそうだった。

アニーはレイチェルと密かに視線を交わした。短い間に、彼女たちはいい友人になっていた。レイチエルが指輪を見るために近づいてきた。その瞳は涙で潤んでいた。

「あなたたちが再会できて本当によかった。今夜のチェイスは私が初めて会った頃の彼とはまるで別人だわ。あなたたちも前とは変わったわよね」

アニーはうなずいた。「色々な問題が解決したからかしら」問題はまだ残っている。チェイスはこれからも過去に追われることになるけれど、今の彼には私がいる。たとえ何があっても、私の愛情は変わらないわ。

「私にも結婚式のお手伝いをさせて」

「僕にもね」バンスがアニーを抱擁した。「おめでとう。君が結婚しようとしている相手は、僕が知る中で最も偉大な男だ」妻に片腕を回して、彼は続けた。「でも、人目を引くような真似はできないんだったな。だったら、僕たちの家で結婚式を挙げないか？　牧師はオークハーストから来てもらって？」

アニーはチェイスの反応をうかがった。彼は満面の笑みを浮かべていた。「すばらしいアイデアだわ。ありがとう、バンス」

「式が楽しみだな。でも、当日までは内緒にしておこう。わかったか、そこのお調子者？」

ロールパンを食べていたニッキーが父親を振り返った。「今なんか言った？」

「結婚式のことは内緒にしておこうと言ったんだ」

「わかった。僕、誰にも言わないよ。ねえ、僕、タキシードを着てもいいかな？　僕たちの結婚式のときみたいに？」

チェイスは少年の頭を撫でた。「僕もそうしてほしいな。君とロバータの写真をたくさん撮るつもりだから」

「聞いてよ、ニッキー」ロバータが叫んだ。「パパがね、犬を飼おうって言っているの」

「どんな犬？」

「スヌーピー」

ニッキーは目を丸くした。「ねえ、パパ――」

バンスは笑った。「ああ、聞いたよ。そのときは僕たちも一緒に行って、君の犬を選ぼうか」

「ニッキーはどんな犬種がいいの？」ロバータが問いかけた。

「雑種。パパも昔、雑種を飼ってたんだ」

「それは犬種とは言えないわ」

「雑種はミックスという意味よ。様々な犬種を組み合わせたものなの」ニッキーの気持ちに配慮して、アニーは説明した。

「そうだよ」

ロバータは母親の配慮に気づき、話題を変えた。

「『スヌーピーとかぼちゃ大王』を観たくない？」

「名案だね、スウィートハート。みんなで映画を楽しもう」チェイスは照明を消した。すかさずアニーを自分の膝に引き寄せ、首筋にキスをしながらささやいた。「天国にいるみたいだ」

映画が終わるまで自制心を保つのは至難の業だった。チェイスはなんとか持ちこたえたが、アニーはぎりぎりの状態だった。レイチェルがニッキーの寝る時間だと宣言したときは、遅すぎるとさえ思った。

アニーはおぼつかない足取りでロシター一家を送り出した。玄関までついてきたチェイスは、ドアが閉まるやいなや、彼女を抱き寄せてキスをした。熱いキスはじきに別の何かに変わった。

「君を食べてしまいたい」

「だめよ。ロバータがいるもの。今は長椅子で半分眠っているけど、いつ目を覚ますかわからないわ」

チェイスはうなった。「そうだな。結婚するまで二人きりにはなれないか。あと三週間と半分の我慢だ。僕は本物の初夜にしたい。初めてのつもりで君と愛し合いたい」

アニーは唇を噛んだ。あと三週間と半分は拷問が続くのね。「私もそのほうがいいわ」

チェイスは彼女に長々とキスをした。「おいで。君たちを家まで送っていくよ」

「でも、食器が――」

「それは僕が片付ける。君の家から戻ったら、過剰なエネルギーを発散しないとならないから。なんとかして気を紛らすよ。僕が本当に望むことをできるようになるまでは」

チェイスが言いたいことはアニーにもよくわかった。彼女自身も同じ気持ちだったからだ。

それから三週間後、医師がギプスを外し、慎重な手つきでアニーの腕を洗浄した。「よし、これでいい。気分はどうだね？」

アニーは微笑した。「体の半分だけが急に軽くなったみたい」

「その感覚は一日もたてばなくなるだろう。X線でも確認したとおり、君の骨折は完治している」

「それを聞いて、ほっとしました」

そばで見守っていたロバータが問いかけた。「ママ、ギプスがなくなって嬉しい？」

「もちろんよ」ギプスをしている間は、チェイスとの間に壁が立ちはだかっているみたいだった。でも今にして思えば、それでよかったのかもしれない。あと四十八時間で私は彼の花嫁になる。そのことを考えただけで体が熱くなるわ。「何か注意すべき点はありますか？」

医師はウィンクを返した。「心置きなくハネムーンを楽しみなさい」アニーが赤面するのを見て、彼は続けた。「今のは冗談だよ」

アニーはくすくす笑った。「わかっています」

この医師とは初対面だった。ドレス選びにサンフランシスコまで来たついでに、アニーの父親がお勧めだという整形外科医の診察を受けることにしたのだ。

「普通に生活する分には何も問題ないからね」医師はロバータにほほ笑みかけた。「結婚式はいつ？」

「明後日よ」

「君もきれいなドレスを買ってもらったのかな？」ロバータはうなずいた。「白いロングドレスで、青いサッシュベルトがついているの」

「新しいパパができて嬉しい？」

ロバータは母親にこっそり視線を送った。「嬉しいわ。私は彼が大好きだから」

「そうか。彼は世界一幸運な男だね」そう言いながら、医師はアニーへ視線を移した。

「ありがとう、ドクター。急なお願いを聞いてくださって、本当に感謝しています」

「どういたしまして。結婚おめでとう」

「ありがとう」アニーは椅子から立ち上がった。重荷が消えて、鳥のように自由になった気分だった。

「そろそろ失礼しましょうか？　お祖母ちゃんたちが外で待っているわ」

「バイバイ」ロバータが医師に手を振った。

車で待っていたアニーの両親は、近づいてくる娘の腕にギプスがないのを見て相好を崩した。これで用件はすべて片付いた。あとは公園へ戻るだけだ。アニーはチェイスに伝えていた。今日は帰りが遅くなるし、式が始まる明後日の十一時までは会わないつもりだと。そのほうがいいのだ。彼女は自分の自制心を信じていなかった。

今回の買い物ツアーで、アニーはチェイスへ贈る結婚指輪と特別なプレゼントを購入した。レイチェルとバンスの友情に感謝を表すためのお礼の品も用意した。ロバータはニッキーが喜びそうなユニークなお土産を選んだ。結婚式後の一週間は、アニーの両親に泊まり込みで孫の世話をしてもらうので、車にはそのために必要な荷物も積まれていた。

チェイスと二人きりの一週間。考えただけで息が止まりそうだ。


暖炉の前の床にダブルサイズのエアマットレスを広げると、バンスは古い自転車の空気入れを使って、それを膨らましはじめた。

「そんなぼろい空気入れで膨らむか？」

「とにかく試してみよう」

チェイスの疑念は払拭され、古い空気入れは立派に任務を全うした。

バンスが視線を上げた。「この作戦がアニーに通じたら、ちゃんと教えろよ。君たちが冬眠から目覚めたら、次は僕とレイチェルが自宅ハネムーンを楽しむから」

チェイスは昼からずっと薪割りに励んでいた。今はできた薪を暖炉に積み上げているところだ。「前みたいにホテルに泊まるほうがいいんじゃないか。ホテルなら食事を作らなくてすむし、メイドのサービスもある」

バンスはいったん作業の手を止めた。「真実を知りたいか？」

「もちろん」

「僕も君たちのように自宅にいたかった。イギリスへ行ったのはニッキーのためだ」

「それはわかっている。でも、いい思い出ができただろう」チェイスは薪の山の上に最後の一本を置いた。「僕も家族をどこかへ連れていかないとな」

バンスはまじまじと友人を見つめた。「アニーは十年も君のいない日々に耐えてきたんだぞ。どこにも行けなくても、君と一緒にいられるだけでいい。アニーもロバータもそう思っているはずだ。そろそろビールの出番じゃないか。独身の君と飲む最後のビールだ」

「わかったよ、隊長」

「神に与えられし権限により、私は今、マーガレット・アン・バウアーとチェイス・ジャービスが夫婦となったことを宣言する。では、花嫁にキスを」

チェイスの花嫁は白いハイヒールを履いていた。ギプスはすでになく、白いレースのスーツを着て、真珠のネックレスをつけていた。チェイスはその姿に見とれた。まるで繊細な砂糖菓子だ。僕が触れても大丈夫なのだろうか。

「自分を抑えきれなかったらどうしよう」彼はささやいた。「君への思いが爆発してしまったら」

アニーは驚きの表情で彼を見つめた。そこにニッキーのつぶやき声が聞こえてきた。

「チェイスおじさんはキスしないの？」

押し殺した笑い声が部屋全体に広がった。牧師も笑っている。

おかげで、チェイスは花嫁に適切なキスをすることができた。もしニッキーの助けがなかったら、彼は招待客たちの前で醜態をさらし、延々とからかわれることになっていただろう。

最初に歩み出て、新郎新婦を抱擁したのはロバータだった。黒いタキシードを着たニッキーがあとに続いた。お約束の儀式がすむと、子供たちは料理とウエディングケーキが用意されたダイニングルームへ走っていった。

花で飾られたロシター家のリビングは、人で満杯だった。ささやかな式にするつもりが、かなりの規模になってしまったのだ。アニーの両親がいた。脚のギプスがまだ取れていないトム・フラーも、家族連れで来ていた。アニーの同僚のロンも招待され、ほかの客たちと談笑していた。

隊長秘書のベスも家族連れで出席していた。隊員たちの家族に交じって、レイチェルの両親の姿もある。その仲間意識の強さをチェイスはありがたく思った。ただし、ここには一つだけ欠けているものがあった。彼の両親だ。

父さんと母さんにもここにいてほしかった。二人はアニーを実の娘のようにかわいがっていた。きっと孫娘のこともかわいがってくれたはずだ。

アニーが彼の手を握りしめた。「私もあなたのご両親が恋しいわ。でも、彼らはどこにいても私たちのことを見守っている。私はそう思うの」

僕たちは一心同体だ。チェイスは花嫁を腕の中に引き寄せ、軽く揺すった。「あとどれくらいでここを出られるかな？」

「あなたが望むなら、今すぐにでも」

「無作法だと思われないか？」

「ええ、とても無作法だと思うわ」

チェイスは花嫁を抱きしめ、ギプスが消えた喜びを味わった。「あと二十分、我慢しよう」

「だったら、私たちの娘を捜して、お別れの挨拶をしておかないと」

「ロバータに留守番ができるかな？」

「大丈夫よ。角を曲がれば、私たちに会えるんだから。それより、あなたのほうが心配だわ」

「さすがはアニー。僕のことがよくわかっている」

「娘に電話するなというルールはないわよ」

「ハネムーン中に我が子に電話する男がどれくらいいると思う？」

「一人、心当たりがあるわ。この公園の隊長よ。ハネムーンに子供を連れていったくらいだもの。今はにやにや笑いながら私たちのほうを見ているけど」

「ほかの連中もこっちを見ている。早くここから逃げ出さないと。その前に僕たちの娘を捜すぞ」

11

暖炉で薪が燃えていた。チェイスはその前に横たわり、アニーが来るのを待っていた。彼らは寝室で時間を忘れて愛し合った。気がつくと日が暮れ、夜になっていた。

二人でシャワーを浴びたあと、チェイスは先に寝室を出て、披露パーティから持ち帰った料理を温めた。これから数時間は動かなくてすむように、すべての準備を整えた。

外では風が吹きはじめていた。今夜は雪が予想されている。冬の到来を感じさせる夜。かつての彼はこういう夜が苦痛だった。言い尽くせぬ孤独感に苛まれた。自分が失った伴侶を捜して森をさまよう狼になった気がした。そして、ヨセミテから遠く離れた場所へ行きたいと思った。

だが、それは過去の話だ。今は違う。

「ダーリン？　待ちくたびれた？」

チェイスは青いローブに包まれた妻の体に視線を注いだ。「そのローブ、まだ持っていたのか」

アニーはひざまずき、彼の唇にキスをした。それから、カニサラダを詰めた小さなロールパンへ手を伸ばした。「このローブは私たちの思い出の品だもの。これに袖を通すと、あなたに抱かれている気分になるの。そして、あなたがバザールでこれを買ってきた日のことを思い出すのよ」

彼女のぬくもりを感じるために、チェイスはローブの袖の中へ手を差し入れた。「これを見た瞬間、君を連想したんだ。柔らかくて、はかなげで」

アニーは笑顔で彼を見下ろした。「私はこういう親密なプレゼントをもらったことがなかった。だから、あのときは本当に感激したわ。私は全身全霊でロバート・マイヤーズを愛していた。恋を知らない多感な娘にとって、彼は夢のような存在だった。でも、私は彼を永遠に失った。そう思っていたけど」アニーの声が詰まった。「彼はチェイス・ジャービスとなって再び私の前に現れた。苦難に立ち向かい、さらに成長した男性として。献身的な父親として。私は今の彼が大好きよ。心から愛しているわ」

「僕も同じ気持ちだ、マイ・ラブ」チェイスは人差し指で彼女の顎の輪郭をたどった。「僕にも思い出の品があればよかったんだが。あいにく、所持品はすべて没収されてしまってね」

青い瞳が曇った。「あなたと再会して以来、私はずっと悩んでいたの。新しいあなたにどう接すればいいのか。あなたのアイデンティティはすべて消し去られた。何もかもなくなってしまった」アニーは大きく息を吸った。「ここで待ってて」


彼女は立ち上がり、姿を消した。衣擦れの音がチェイスの欲望を刺激する。彼は期待を胸に横たわっていた。ロールパンとフルーツを食べながら。

「目を閉じて、ダーリン」チェイスは言われたとおりにした。衣擦れの音が近づいてきた。「もう開けてもいいわ」

チェイスの前にあったのは、額に入った大きな油彩画だった。そこには亡くなる数週間前の彼の両親の姿が描かれていた。チェイスの喉から嗚咽が漏れ、灰色の瞳から涙があふれた。

「ママとパパの知り合いの画家が、私が持っていた写真を元に描いてくれたの。私、ロバータと一緒にあなたのための特別なスクラップブックを作ったのよ。私がカブールから持ち帰った写真はすべてそこにまとめてあるの。あとでロバータがあなたに渡すと思うけど、これだけは先に渡しておきたくて」

チェイスはスウェットパンツを穿き、肖像画を長椅子へ運んだ。額の下部には両親の名前を刻んだ銘板がついていた。彼は二人の顔を見つめた。まるで生きているみたいだ。アニーが僕の両親をよみがえらせてくれた。

チェイスは声を失っていた。だから、無言でアニーへ手を伸ばした。彼らはまたキスを始めた。短いキス、長いキス。様々なキスを交わしながら、マットレスへとたどり着いた。

やがてチェイスは立ち上がり、暖炉に薪をくべた。アニーはキルトの下から彼を見上げた。

「私はとても幸せよ。あなたなしで十年も生きてきたことが信じられないくらい」

「そのことについては考えたくないな。大切なのは今、僕たちがここにいることだ」

アニーは手を差し伸べた。「こっちに来て、ダーリン。いつでもあなたに触れられるように」

チェイスは彼女の柔らかな喉に唇を押しつけた。

「しかし、君の名前がマーガレットだったとはね。なぜ僕に言わなかった？　墜落したヘリの乗客がマーガレット・アン・バウアーだと聞いたときは、似た名前の別人だと思った。君であるはずがないと」

アニーは彼の日に焼けた首筋に顔を埋めた。「母方の祖母がマーガレットだったの。若い頃はその名前で呼ばれるのがいやだったわ。なんだか古くさい感じがして。それで、アニーと名乗っていたのよ」

チェイスは彼女の唇にキスをした。「僕は君のことならなんでも知っているつもりでいた。だから、茂みの中で横たわる君を見るまでは、何がなんだかわからない気分だった」

アニーは何度もキスを返した。「あなたの声が聞こえたときはカブールに戻ったのかと思ったわ。爆発のあと、私は必死にあなたを捜したのよ」

「わかっている」チェイスの声が震えた。「君は僕をロバートと呼んだ。でも、僕は現実を受け止めきれなかった。あそこで死んだように横たわっていた君の姿を思い出すと、今でも胸が潰れそうになる」

「チェイス？」アニーは彼の顔を両手でとらえた。「ヨセミテに来たのはあなたの希望だったの？」

「いや。証人保護プログラムで決まったことだ。あのときの僕に発言権はなかった。問題は僕たちがどうするべきかということだ。僕なりにずっと考えてきたんだが」

「私も考えたわ」

チェイスは彼女の美しい顔を、弧を描く赤い唇を見つめた。「それで君の結論は？」

「私たちはここに留《とど》まるべきよ」

「ああ、アニー。でも、君はそれでいいのか？」

「もちろん」青い瞳に涙が光った。「私たちの人生はここにある。そう信じて、慎重に身を守っていきましょう。これが私たちの運命なんだから」

運命。僕もそう思う。僕たちが再会できたのも運命のおかげだと。でも、これから先は？　僕の心臓には爆弾の破片が残っている。だから、いつまで生きられるかわからない。

アニーは彼の眉間の皺を撫でた。「何かいやなことでも思い出したの？」

チェイスは彼女の手を取り、ギプスが取れたばかりの腕に唇を這わせた。「僕がどれくらい君を愛しているかわかるか？」

「ええ」アニーは思いを込めてささやいた。「でも、あなたは私の質問に答えていないわ」

チェイスは二人の脚を絡ませた。「なんでもないよ、マイ・ラブ。おしゃべりはここまでにしよう。君と語らう方法はほかにもあるんだから」

チェイスは切実にアニーを求めていた。その切実さが新たな不安をもたらした。彼は夜通しアニーを愛しつづけた。体と心で彼女を崇めながら、時が止まることを願いつづけた。

八日後、チェイスがアニーの家の玄関ドアを開けた。先に飛び込んだのはアニーだった。

「ロバータ?」

「今はいないわ」廊下から声がした。「いるのは私だけよ」アニーの母親がくすりと笑った。「あなたが戻ってきたと知ったら、あの子は飛び跳ねて喜ぶでしょうね」

アニーは駆け寄り、母親を抱きしめた。「ママには助けてもらってばかりね。どれだけ感謝しても足りないくらいだわ」

母親は涙ぐんだ。「感謝なんていらないわ。幸せそうなあなたたちを見られただけで十分よ」

「僕たちが安心してハネムーンを過ごせたのはお二人のおかげです」そう言いながら、チェイスもアニーの母親を抱擁した。

「それで、ロバータはどこへ行ったの?」アニーが問いかけた。

「お祖父ちゃんと一緒にロシター家へ行ったわ。オークハーストから来たレイチェルのご両親に会うために。私もオーブンからパイを出して、これから向こうへ行くつもりだったの」

「それで玄関から入ったときに天国みたいな匂いがしたのか」

アニーの母親はチェイスにほほ笑みかけた。「ロバータから聞いたわ。あなたは林檎が好きなのよね。だから、あなたが戻ってきたときに食べられるものを用意しておこうと思ったの」

チェイスは改めて義理の母親を抱擁した。「僕は世界一の幸せ者だ。せっかくだから焼き立てをいただこうかな」

彼はさっそくキッチンへ向かった。空腹だからと本人は言ったが、真の目的は母と娘をしばらく二人きりにすることだった。

母親は心得顔で娘と視線を交わした。「あなたは彼を別人に変えたようね」

「私の夫は最高にすばらしい人よ」

「私の夫もそうよ。私たちはラッキーね」

「ええ、本当にラッキーだわ！」アニーは衝動的に母親に抱きついた。「ロバータはどんなふうに過ごしていたの？」

「予想していたよりもずっと落ち着いていたわ。両親がすぐ近くにいるとわかっていたからかしら。この一週間でニッキーともすっかり仲良しになって。あの子、お祖父ちゃんに言ったのよ。小さな弟ならいてもいいかもって」

「ママ、チェイスは爆破事件のせいで子供が作れないの」

「まあ、ハニー。残念だわ」

「私も残念よ。チェイスは本当にいい父親だもの。でも、彼が私たちのところへ戻ってきただけでもありがたいと思わなきゃ。それに、養子を取るという選択肢もあるし」

「それはそうだけど」母親は頭を傾げた。「あなたも大人になったわね」

自分の夫がいつ死ぬかわからないのよ。現実的にならざるをえないわ。「私は彼と再会できたのは奇跡だと思っているの。それ以上を望むつもりはないわ」

チェイスがキッチンから戻ってきた。彼は義理の母親に後ろめたそうなまなざしを向けた。「申し訳ない。パイは半分消えました。あまりにおいしかったので」

「気に入ってもらえてよかったわ」

「僕たちもバンスの家へ行きますよ。うちの娘を回収しないと。あなたのパーカーはどこです？」

「クローゼットの中よ」

「僕が取ってきます」

アニーの母親がパーカーに袖を通すと、彼らは揃って家を出た。数日前に降った雪が今も白く輝いている。角を曲がったところで、アニーは子供たちの姿に気づいた。バンスやレイチェルも一緒だ。彼らは前庭で雪だるまを作っていた。

最初にアニーたちを見つけたのは、やはりニッキーだった。「あっ！　チェイスおじさん！」少年はぴょんぴょん飛び跳ね、彼らのほうへ駆け出した。

ロバータがその横を追い越した。チェイスも彼女に駆け寄った。娘を抱き上げてからアニーのそばへ戻り、三人で抱擁し合った。そこにニッキーも加わった。

チェイスはロバータにキスをした。「パパたちがいない間に、少し重くなったんじゃないか」

「八日いなかっただけじゃない、パパ」

「八日も？　そんなに長かったかな？」

「そうよ」ロバータは父親の首に抱きついた。

ニッキーが無視されまいとして叫んだ。「ハネムーンは楽しかった？」

「僕もそれが知りたいね」あとから来たバンスが口を挟んだ。

アニーはニッキーを抱き上げてハグをした。「信じられないくらい楽しかったわ」

「おじさんたちは何をしてたの？」

チェイスは娘を地面に下ろし、アニーの腕からニッキーを抱き取った。「モノポリーをして遊んでいたんだ。あと、本の朗読もしたな」

「ほんと？どんな本？」

「その前にあなたたちが作った雪だるまを見せてくれない？」玄関から出てきた父親を見つけて、アニーが話を遮った。レイチェルの両親のミニーとテッドも一緒だ。彼女はロバータの手をつかみ、父親たちのほうへ向かった。

「おなかの部分はロバータと僕が作ったんだよ」

「上出来だ。いや、ちょっと待て」チェイスは声をあげた。「雪だるまがレンジャーの帽子を被っている。これは僕の帽子じゃないか？」

ニッキーが笑った。「それはパパのお古だよ！」

ロバータがアニーを見上げてほほ笑んだ。

まさに最高の一日ね。だからアニー、最高じゃないことは考えちゃだめよ。今日だけは。

ロバータが風呂に浸かっている間に、アニーは仕事へ向かう夫を送り出した。チェイスはガレージでトラックに乗り込んだ。窓から身を乗り出して、彼女にキスをした。

「あなたを仕事に行かせたくないわ。私はロバータより子供ね」

「この日が来ることはわかっていただろう」

「でも、こんなにつらいとは思わなかった」

「僕も同じだ」かすれ声でつぶやくと、チェイスはトラックのドアを開けた。もう一度アニーを腕の中に感じるために。

「私たちは情けない大人ね」

「情けないじゃすまないぞ。僕はもう一時間も遅刻している」

「みんな理解してくれるわよ」

「そこが問題なんだよ。当分の間は新婚ジョークのネタにされそうだ」

青い瞳がきらめいた。「私はそれくらい耐えられるわ。だから、あなたも耐えて」

帰り着いた家にアニーがいるなら、僕はどんなことでも耐えられる。「緊急事態さえなければ、七時には戻れると思う」

「気をつけて、ダーリン」彼の唇に熱いキスをしてから、アニーは後ろへ下がった。

チェイスはエンジンをかけた。リモコンでガレージの扉を開け、バックでトラックを出した。扉を閉めたときも、アニーはまだそこに立っていた。

実を言うと、彼は昨夜マークに電話して、休暇を一日延長していた。ロバータと密かに話し合い、心臓を診てもらっているマーセドの医師に相談しようと決めたからだ。

ロバータはレイチェルの父親のテッドから心臓手術の話を聞いていた。テッドは担当医から今の技術では治せないと言われていたが、その後の技術革新によって心臓病から解放されたのだ。

ロバータはチェイスに訴えた。ニッキーのお祖父ちゃんのドクターがマイアミにいるの。パパのドクターからその人に連絡するようお願いして。何か方法があるかもしれないわ。

この一週間は天国にいる気分だった。できればこの日々が続いてほしい。僕の心臓のためにやれることがあるのなら、僕はそのチャンスに賭けよう。愛する娘の言葉に後押しされて、チェイスはマーセドのクリニックへ向かった。

クリニックのスタッフは予約なしでもなんとかしようと言ってくれた。チェイスが診察室へ通されたのは一時間後のことだった。入ってきたドクター・ウィンダーに、彼は事情を説明した。

ドクターは改めてX線写真を撮った。爆発物の破片は今も以前と同じ場所にあった。

「変化がないのはいい兆候だね。でも、別の医師に相談してみたいという君の気持ちもよくわかる。もちろん、かまわんよ。私の秘書に連絡先を残してくれたら、君の記録を先方へ送らせよう。そのうえで彼と協議し、君に結果を伝えるよ」

そこまでしてもらえれば十分だ。チェイスは医師に礼を言い、公園へ戻って職場に復帰した。四時前になると、ロバータがオフィスにやってきた。チェイスは娘にルートビアをふるまい、今日のクリニックでの出来事を報告した。

こうして新たな日々が始まった。かつてのチェイスは既婚の同僚たちを羨ましく思っていたが、今は彼自身が既婚者となった。三人はチェイスの家で暮らすことに決め、アニーの家の荷物を移しはじめた。仕事終わりの仲間たちも協力してくれた。

ほどなくチェイスの家は家具店のような有様になった。それでも、チェイスはこのうえなく幸せだった。引っ越し作業が完了すると、彼らはロシター一家とともにオークハーストへ車を走らせた。そこに犬を入手できる場所があったからだ。

まさに最高の人生だ、とチェイスは思った。否定的なことは極力考えないようにしていた。そして迎えた木曜日の朝、ドクター・ウィンダーのオフィスから電話がかかってきた。隊員たちとミーティング中だったチェイスは、バンスに断りを入れて、自分のオフィスへ戻った。

「チェイス？　ドクター・ウィンダーだ。協議の結果についてだが」詳しい状況を説明してから、医師は言った。「まずはよく考えてくれ。返事は急がなくていいから」

「わかりました。感謝します」

チェイスは呆然と座っていた。そこにバンスがやってきた。ドアを閉めてから、彼は問いかけた。

「どうした？　様子が変だぞ。アニーに何かあったのか？　ロバータのほうか？」

チェイスは重いため息をついた。「二人とも無事だよ。これは僕に関わる問題だ」

「どういうことだ？」

「先週、ロバータに言われたんだ。僕の心臓についてセカンド・オピニオンを求めるようにと。それで、マーセドへ検査を受けに行ったんだが」

「休みを延長したのはそのためだったのか」

チェイスはうなずいた。「新たなX線写真では変化は見られなかった。それでも、ドクターはマイアミにいるテッドの心臓外科医と協議することに同意してくれた」

　バンスの動きが止まった。「それで結果は？」

「テッドの心臓外科医は、僕と同じタイプの症例で六度の手術を成功させていた」

　バンスは低く口笛を吹いた。「失敗率は？」

「まだ実験段階だからな。もし僕の手術が失敗したら、ペースメーカーを植え込むことになるだろう。もちろん、どんな手術にも死の危険はある」

「じゃあ、君自身が決めるしかないな。今日が人生最後の日になるかもしれないと考えながら、現状維持で生きていくか――」

「あるいは、一か八かで手術を受けるか。少なくとも、ペースメーカーをつければ、いきなり心臓が止まる心配はなくなるはずだ」

「アニーはこのことを知っているのか？」

「いや。彼女には今夜話すつもりだ」

　バンスは頭を仰け反らせた。「これからは愉快な毎日が続くと思っていたのに」

　僕もそうだよ。チェイスは心の中で同意した。

　その夜、ロバータにおやすみのキスをすると、チェイスは妻をリビングへ誘った。「少し話をしてもいいかな？」

　アニーはにっこり笑った。「何か困り事でもあるの？　妻が情熱的に求めてくるとか？」

「それは困り事じゃないよ」チェイスは彼女を腕の中に引き寄せ、長椅子に腰を下ろした。

「でも、何か気になることがあるんでしょう？」

「実は君に黙っていたことがある」そして、チェイスはすべてを打ち明けた。黙り込んでしまった妻の手を取り、指先にキスをした。「君の意見は？」

　長い沈黙の末にアニーは口を開いた。「あなたは手術を受けるべきだわ。私たちみんなのために。私たち家族が安心して日々を過ごせるように」

マーセドの総合病院の心臓外科待合室は六階にあった。アニーはもう十時間以上もそこに座り、娘のために気丈にふるまいつづけていた。ロバータはニッキーとアニメを観ていた。チェイスは昨日入院した。バンスとレイチェルも昨日のうちにマーセドへ移動し、アニーに寄り添いながら、交代で子供たちの相手をしていた。

チェイスは保護された証人なので、表立って動くことができない。そのため、テッドの心臓外科医にはマイアミからマーセドまで来てもらった。

今朝、麻酔の投与が始まる前に、アニーはもう一度夫にキスをした。「子供は神の耳を持つというわ。神様が今の私たちを、私たちの娘を見捨てるわけがないでしょう」

チェイスの瞳は嵐雲の色をしていた。「君は僕の妻だ。君がそう言うなら、僕もそう信じるよ」

「だったら、信じて。私も信じているから」

「アニー？」

「何？」

「愛している」

「私もよ。愛しているわ、ダーリン。午後にまた会いましょう」

しかし時間は刻々と過ぎ、すでに日も暮れた。アニーの頭の中では今朝の会話が何度も繰り返されていた。レイチェルがサンドイッチと飲み物を持ってきてくれたが、アニーが口にできたのはほんの少しだけだった。

何か問題があるんだわ。そう確信したアニーは立ち上がり、ナースステーションへ向かった。そのとき、立ち入り禁止のドアからドクター・ウィンダーが現れた。

「ミセス・ジャービス？　ちょうどあなたに伝えに行こうとしていたところだ。爆発物の破片は除去できた。チェイスは長生きするだろう。多量の出血が始まったときは手術室に緊張が走ったがね。想定していたことだったから、すぐに対処できたよ」

あふれ出た涙がアニーの頬を伝った。「いつ彼に会えますか？」

「何も問題がなければ、じきに個室へ移されるだろう。九時にナースステーションに問い合わせてごらん。一分くらいなら面会できるかもしれない」

アニーはうなずいた。「なんてお礼を言ったらいいのか」

ドクターは手を振って、その言葉を一蹴した。アニーは待合室へ続く廊下を駆け抜けた。飛び込んできた彼女を見て、全員が立ち上がった。

「手術は成功よ！　チェイスは長生きするって！」

レイチェルが歓声をあげた。ロバータは母親に抱きつき、喜びの涙を流した。

「神よ、感謝します」バンスがつぶやいた。

アニーも心の中で同じ祈りを唱えた。

「ミスター・ジャービス？」

チェイスは病室へ入ってきた看護師のほうへ顔を向けた。

「面会希望の方が二人いるんですけど、お会いになります？」

お会いになります、だと？　僕の家族だぞ。会うに決まっている。「ああ」

「無理をされては困るので、面会時間は一分までとします」

チェイスはじりじりしながら待った。やがて、彼の大切な娘がベッドに近づいてきた。すぐ後ろにアニーの姿もあった。

「君は目の保養になるね、スウィートハート」

「ハイ、パパ。気分はどう？」

「最高だ」

「ママから聞いたわ。パパの心臓はもう大丈夫なのよね」

「ああ。君のおかげでね」

「私のおかげ？」

「僕が進むべき道を示してくれただろう」

「パパが帰ってくるのが待ちきれないわ」

「すぐに帰るよ」

「看護師さんが面会は終わりだって。愛しているわ、パパ」

「パパも君を愛している。明日また会おう」

　娘が看護師に促されて出ていくと、アニーはチェイスとの距離を縮めた。二人は視線を合わせ、言葉にできない思いを語り合った。

「あなたはもう心臓の心配をしなくていいのね。本当はあなたに触れたい。一緒にそのことを喜びたい。でも、今はあなたに触れないようにと言われているの」

「僕も君に触れるなと言われた。興奮しすぎるとまずいからだそうだ」

「疲れたでしょう、チェイス？　私たちはホテルへ引き揚げるわね。ホテルの電話番号はナースステーションに聞いて。すぐ近くだから、一分で戻ってこられるわ。帰る前にしてほしいことはない？　何か必要なものは？」

「君以外に？」

　アニーは笑いと涙が入り交じった声を漏らした。

「ええ、私以外に」

「隊長に伝えてくれ。これから愉快な毎日が始まると。それで彼には通じるはずだ」

「大好きよ、チェイス。いい夢を、ダーリン」

　いい夢か。チェイスは密かに考えた。悪夢のような日々は終わった。僕はようやくいい夢が見られるようになったんだ。

幸せを呼ぶ王子

レベッカ・ウインターズ

主要登場人物

クリスティン・レンメン……………語学教師。
ソニア・アンデルセン…………クリスティンの姪。
ブルース・ハンコック…………クリスティンの元婚約者。
エリック・トーヴァルセン………フリージアの王子。海洋学者。
マレン王女…………………………エリックの姉。
クヌーテ王…………………………エリックの兄。
ビー…………………………………エリックのガールフレンド。

1

「エリック？　ごめんなさいね、こんな時間に電話して」

「マレン？」

エリックはベッドから跳ね起きた。彼の足もとに横たわる黒いラブラドール犬のトールが頭をもたげ、それからまた下ろした。

三十歳になるエリック・トーヴァルセンはフリージア国の王位継承者のひとりとはいえ、継承順位は四番目で、まもなく五番目になる。彼が国を率いる可能性はほとんどなく、当人はその状態を非常に好ましく感じていた。

エリックは素早く時計に目をやった。四時で、まだ夜は明けていない。「ぼくを叔父さんにしてくれたのかい？」姉は初めての子を身ごもっている。

「それはまだよ。おなかが痛くて、シュタインに病院へ連れていってもらったんだけど、結局、痛みはおさまったわ。いずれにしても早く生まれることは間違いなさそうよ。でも、お医者さまの話では、一週間はもつでしょうって。だから、ベッドで安静にしているように言われたわ」

「あと四日でクリスマスじゃないか！」

「一年でいちばんすばらしい日が我が子の誕生日になったら、どんなにすてきでしょうね」

もしそうなったら、甥《おい》となる赤ん坊は気の毒だ。祭日と一緒になってしまい、自分の特別な誕生日をだまし取られたような気分になるだろう。エリックはそう思ったが、口にはしなかった。

「いつ生まれてもすてきだよ」

「ええ。待ちきれないわ。そんなわけで、わたしはベッドにいなくちゃいけないから、あなたにお願いするしかないの。どうか、話を最後まで聞いてね。とても大切なことなの！」

思いやりにあふれたマレンから見れば、何もかもが大切になってしまう。彼女はいくつもの福祉活動を支援している。その対象は、ホームレス、病人、高齢者、孤児、虐待された動物……。数えあげればきりがない。

「クヌーテかお母さまに頼んでもよかったんだけど、クヌーテはハンブルクの経済会議に出席していて、あと数日は帰国できないでしょう。お母さまも同行して買い物を楽しんでいるわ。残るはあなたしかいないのよ」

昨年、父王の病死により、兄のクヌーテが王位に就いた。マレンがクヌーテの名を出した以上、この頼みは公的なものを意味する。そして、可能な限り、エリックは〝公的なもの〟を避けてきた。

「エリック？　今、身をすくめているでしょう」

彼はくすくす笑った。「ぼくの公務嫌いはそんなにひどいかな？」

「嫌いなんてものじゃないわ！　まじめな話、とても大切なことなの。あなたが聞いてくれないのなら、わたしが早産の危険を冒してでも自分でやります」

エリックは驚きのあまり目をしばたたいた。「そうなると……いよいよ断れなくなってきたね」物憂げに言う。

「あなたが大好きよ」

「ぼくもだよ」

長女のマレンと次男のエリックは一歳しか年が離れていないため、二人は双子のようなものだった。

エリックより七歳年上のクヌーテは、自分の務めを人一倍心得ている。この先、万一のことがあった場合、彼の跡を継ぐ息子が二人もいる。さらに、マレンと、まもなく生まれる彼女の息子が三番目、四番目の王位継承者として控えているので、エリックはなんの束縛もなく、海洋学者としての仕事に打ちこめるのだ。

「それじゃ、ぼくは宮殿に行かなくてはならないのかい？」宮殿のあるトルスビクはエリックの家から三十分の道のりだ。

「いいえ。そのまま、ブロバクにいていいのよ」

「得した気分だな」

エリックは町で仕事をしたり、各国の海洋学研究会に参加するとき以外は、首都南部の小さな村ブロバクにある自宅で過ごすのを好んでいた。人のほとんど寄りつかない険しい丘の上から、オスロのフィヨルドを見下ろすのはきわめて爽快《そうかい》だった。

「使いを立てて、朝のうちにあなたの礼服を届けさせるわ」

エリックは顔をしかめた。クヌーテが王位に就いた際に一族で写真を撮って以来、礼装とは無縁だった。

「すると、明日はそういう公式行事に臨まなくてはいけないんだね」

「ええ、説明させて。一年前、市の立つ広場にあるチョコレート・バーンのお店がクリスマス用の輸出品にホット・チョコレートを加えることにしたの。それで、パッケージに伝統的な小人の絵をのせる代わりに、缶のラベルにフリージアの女の子を使うことになって、コンテストを開いたのよ。その女の子が店の看板となって世界じゅうに知られたらいいと思って。優勝したのは、フリージアの血を引くアメリカ人の子どもなの。ご褒美に、その子はクリスマス前に家族同伴で招待され――」

「その目玉として、チョコレート・バーンでマレン王女の謁見をたまわる。さらに、一年ぶんのおいしいチョコレートをおみやげにもらうんだろう」エリックが口を挟んだ。

「そんなところね」マレンはつぶやいた。「これは一年も前に頼まれて、承諾したことなの。女の子は二時にチョコレート・バーンであなたと会うことになっているわ」

「なんであれ、姉さんは今までに人の頼みを断ったことがあるかな？」

「意義があることなら、断らないようにしているわ。チョコレート・バーンはこの新製品の売り上げの一部を、わたしが携わっている動物救済事業に寄付してくれるのよ」

「店のオーナーも女の子の家族も、王女がこれから赤ちゃんを産むと知ったら、謁見は無理だとわかってくれるさ」

「それはそうだけど。でも、今、話しているのは小さな女の子のことなのよ。五歳か六歳のかわいい盛りで、おとぎの国の王女さまやお城や魔法をまだ信じているわ。きっと、明日が来るのを首を長くして待っているでしょうね」

エリックは笑い声ともうなり声ともつかない声をもらした。「だとしたらぼくは適任じゃないよ、マレン」

「あなたは純粋な王家の一員よ。戴冠式《たいかん》に出るような格好をしたら、それこそ夢の王子さまに見えるわ。女の子はたちまちあなたにひと目ぼれ。わたしに会いたいと思ったことなど、忘れてしまうでしょう。宮殿専属のカメラマンがあなたたちの記念写真を撮って、女の子に送ってあげる手はずになっているの。それがすんだら、あなたは晴れて楽しい休暇に出かけられるわ」

「いいね。仕事のほうは一月までないし、クリスマス前の明日、ビーとクビットフィエルまで飛んで一日スキーに興じる予定なんだ」

「よかったわ。ある筋から聞いたところでは、その女性はあなたに恋をしているそうね」

「マスコミはあることないこと書くんだよ、マレン。確かにぼくらは楽しい時間を過ごしてきたが、だからといって深読みしないでほしいな」

「あなたと一緒に写っている写真を新聞で見たことがあるの。美人で、とても聡明《そうめい》だと聞いているわ。彼女のような女性と一緒なら、あなたも悪さはできないでしょうね」

「まったくだ」

「もしよければ、スキーから戻ったら、宮殿にお連れしたら?」

「それはどうかな」

「エリック……」マレンはもどかしげな声をあげた。「それまでにぼくが彼女に恋をしたら、みんなに紹介するよ」

マレンはお手上げとばかりにうなった。

「間違ったことはしたくないんだ、マレン」

この数年エリックは、パパラッチと呼ばれるフリーのカメラマンたちから、ヨーロッパ一のプレイボーイというレッテルを貼《は》られていた。新聞の売り上げを伸ばすために絶えず繰り返されるデマだが、彼はそんなことに煩わされるのはごめんだった。

ひと呼吸おいてからマレンは言った。「わたしも望まないわ。そうよ、あなたに間違ったことはしてほしくない」

姉の愛情は、どんなときも彼を裏切らなかった。クヌーテとマレンはそのどちらか、あるいは彼らの子どもが国を治める場合に備えて、王家の血を引く相手と結婚した。それに対し、エリックは自分で選んだ女性と結婚できる。相手が一般庶民であってもかまわない。父親が健在なときにそういう約束を取りつけたのだ。

ところが奇妙なことに、一般の人たちと同じように最愛の相手を探せるとなると、結婚を急がなくなった。一度の結婚で生涯を終えたいと望み、離婚という結果は避けたかった。

先日、結婚したばかりの親友、オラフに釘《くぎ》を刺されてもいた。結婚というのはおそろしく長丁場だから、取り返しのつかない一歩を踏みだす前によく考えたほうがいい、と。

最もつき合いの長い友人が本音を言っているのか、あるいはからかっているのか、今度ばかりははっきりしなかった。その助言を聞いて以来、オラフの結婚は早くも暗礁に乗りあげているという印象が濃くなった。

それがエリックの心に不安の種をまいた。

「明日のことは心配しなくていいよ。精いっぱい姉さんの代理を務めるから。姉さんは、今は自分の体とおなかの赤ちゃんを大事にすることがいちばんだ」

「ありがとう、エリック。あなたは最高よ」

いいや、それは違う。クヌーテなら二つ返事で代理を引き受けただろう。フリージアのためになることなら、なんでも。エリックは高潔な心の持ち主である兄を敬愛していた。

公務に消極的なことで感じる後ろめたさを少しでもやわらげようとして、エリックは言った。「スキー旅行に出かける前に、明日の会見の様子を報告するよ」

「ありがたいわ。どうか約束して、足の骨を折ったりして休暇の残りが台なしにならないように」

「ありそうにないことだな」

「あなたのようなスキーの名人でも、万が一ということがあるわ、エリック。今年の特別なクリスマスにわたしたちみんなが集まるのを、お母さまがどんなに楽しみにしているか知っているでしょう」

母親がまだ前国王の死から充分に立ち直れず、なるべく家族に囲まれて過ごしたいと思っていることは、エリックにもよくわかっていた。今回、クヌーテの計らいで母親はドイツに同行した。旅行中、悲しんでいる暇などないといいのだが、と彼は思った。ほどなく、溺愛《できあい》の対象となる孫を姉がもうひとり母にプレゼントしてくれるのはありがたいことだ。

「心配ご無用。スキーに行くと言っても、二日間だけだからね。そちらこそ、医者に言われたとおりにしているんだよ、マレン。おやすみ」


「少しだけじっとしていてね、スイートハート」

クリスティン・レンメンは、姪《めい》のソニアの豊かで輝かしい茶色の巻き毛に、ピンを二個使って刺繍《ししゅう》入りの赤い帽子を留めた。愛する姉夫婦の死後、クリスティンはソニアを引き取り、面倒を見ていた。

「さあ、これでいつでも出ていけるわ」

「王女さま、もう来ているかな、クリスティン叔母ちゃん？」マレン王女との会見に対する期待と興奮で、ソニアはそわそわと足を踏み替えた。


クリスティンは五歳半の姪を見つめた。茶色い瞳は何も映さないが、それでも星のようにきらめいている。この一カ月間、ソニアの頭の中はフリージア国のマレン王女に会うことでいっぱいだった。クリスティン自身も、この日が訪れるのを待ちわびていた。

「どうかしらね。お店のオーナー夫妻からお呼びがかかるまでここで待つようにとのことだから」

セベリード夫妻は、世界的に知られるチョコレート・バーンの店の奥にある従業員用談話室を二人のために提供し、身支度ができるよう取り計らってくれた。

店から一ブロック離れたところにある古風で趣のあるホテルで、一応の準備はすませてきた。この日に備え、クリスティンは襟もとから裾《すそ》まで金ボタンが並ぶ赤いウールのコートドレスを新調した。かっちりとした仕立てなので、身長百六十五センチの曲線美を誇る体形は目立たなくなっている。

マレン王女の謁見に、カメラマンやテレビの報道陣が群がるのは避けられないだろう。クリスティンとしても最高の姿でこの晴れがましい場に臨みたかった。蜂蜜《はちみつ》色の髪は結いあげ、クリスマス・ツリーに飾る玉の形をした小さな金のイヤリングをつけていた。

この企画全体がクリスマスと結びついていて、ヨーロッパだけでなく、世界じゅうのニュースに心温まる話題として華々しくとりあげられるに違いなかった。

「曾々《ひいひい》お祖母《ばあ》ちゃんが生きていたら、あなたの姿を見てとても誇りに思ったでしょうね。その服は曾々お祖母ちゃんが我が子に着せてフリージアから持ってきたものだから」

レンメン家の歴史によれば、フリージアのバーランド・フィヨルド沿いの農場で働いていたアントン・レンメンは、一九〇〇年に妻と息子、それに娘のソーニャを連れてアメリカに渡った。ソニアの名前もソーニャからとられたものだ。

ソニアが身に着けている赤のベストと黒のスカートは、フリージアのバーランド地方に伝わる民族衣装で、白い麻のブラウスとエプロンには、有名なバーランド・レースがほどこされている。赤いストッキングに銀色のバックル付きの黒い民族衣装の靴を履いたソニアは、フリージアの昔の子どもそのものだった。

そして今、ソニアの写真が、ブロバクのチョコレート・バーンで製造されるホット・チョコレートの缶や箱のラベルを飾っている。

ソニアは人を引きつけずにはおかない笑みとえくぼに恵まれているだけではない。冬季オリンピックのスケート競技の金メダリスト、ソーニャ・ヘニエを覚えている年輩者に言わせれば、ソニアはこの有名な曾祖母《そう》に生き写しだという。

二人の顔立ちが似ていることは、クリスティンにもわかる。確かに、この姪には人の心をとりこにする生き生きとした魅力があるようだ。

写真写りがよく、曾祖母ソーニャの民族衣装を着た姿が愛らしかったので、フリージアを始め、ヨーロッパ、アメリカから送られてきた数百枚の写真の中から、セベリード夫妻はソニアを選んだのだった。

「エリングお祖父《じい》ちゃん、テレビであたしを見てくれるかな？」

「何があっても見逃さないでしょうね」

クリスティンは顔を伏せた。父親のことを思うと、胸が痛む。悪性のインフルエンザにかかった父親はフリージアのブロバクやそのまわりの町を見てまわる三日間の旅行に来られなかった。

ソニアの両親がまだ生きていれば、クリスティンではなく、彼らがこの子を連れてきたに違いない。

そして、親子三人で祖先の美しい国の土を踏み、いろいろなものを見る喜びを味わったことだろう。

「ミズ・レンメン？」

ミセス・セベリードの声に、クリスティンは振り向いた。

「ちょっとお話しできるかしら？」夫人はフリージア語で尋ねた。クリスティンはフリージア語に堪能《たんのう》で、シカゴのアメリカ・フリージア文化交流会で教師を務めている。

「王女さまが来たの？」ソニアが興奮した声できいた。

「この椅子に座って少し待っててね、スイートハート。確かめてくるから」

クリスティンはそわそわして落ち着かない姪を残し、戸口に向かった。

「なんでしょう、ミセス・セベリード？」

「予定が変わりました」年輩の女性はささやいた。

「今しがた宮殿のほうから連絡があり、マレン王女は初めてのお子さまがいつお生まれになってもいい時期で、ベッドで安静になさっているそうなの。それで、弟のエリック王子が代わりにおいでになるんですって。殿下が公の場に姿をお見せになるのはめったにないから、とてもわくわくするわ。お迎えするわたしどもも本当に名誉なことだと思っています。姪御さんにも前もってこのことを知らせたほうがいいでしょうね。準備が整ったらお呼びしますから」

「ありがとうございます」礼を述べたものの、クリスティンの心は暗く沈んでいた。不安なまなざしを姪のほうに走らせる。ソニアはコンテストに優勝したと聞いたときから、王女に会うのをひたすら楽しみにしていたのだ。

実際、クリスティンがソニアをフリージアに連れてきたいちばんの目的は、姪をマレン王女に会わせることにあった。これはよほど慎重に説明しなければ、とクリスティンは警戒した。踵《きびす》を返し、ソニアの傍らにひざまずく。「スイートハート？　たった今、わかったことだけど、なんだと思う？」

「なあに？」ソニアは息を弾ませてきいた。興奮しすぎて、椅子から落ちそうだ。

「マレン王女さまはもうすぐ赤ちゃんを産むんですって」

「赤ちゃん」ソニアの目が見開かれる。「今からここで産むの？」

「いいえ、スイートハート。産むのは病院でよ。今のところはおうちのベッドでお休みなの」

「病気なの？」

「いいえ。でも、お医者さまは、赤ちゃんが生まれるまで、王女さまにゆっくり休んでいてほしいんですって」

「じゃあ、あたしたち、これから王女さまに会いに宮殿へ行くの？」

クリスティンは姪を抱きしめ、何か名案がひらめくことを祈った。「残念だけど、そうじゃないの。でも、王女さまは代わりにわたしたちに会ってくださる人をここへおよこしになったのよ」

ソニアの下唇が震え始めた。いい徴候ではない。

「代わりの人になんか、会いたくない！」

「王女さまの弟でも？」

「だってその人、王女さまじゃないんでしょう」控え室の外にまで聞こえそうな、涙ながらの訴えだった。

クリスティンは心の中でうなった。「ええ、スイートハート。でも、王女さまの弟は王子さまよ。とても特別な人なの。エリック王子とおっしゃって、王女さまと同じくらい有名な方よ」

というより、悪名高いと言ったほうが正しいかもしれない。

クリスティンは何年も前から、フリージア王室のハンサムな次男の写真は、テレビや雑誌、文化交流会が出している新聞でもよく目にしていた。その新聞で、チョコレート・バーンのコンテストのことが宣伝され、優勝者はマレン王女に会えるとうたわれていたのだ。

マレン王女の弟、エリック王子は現在の国王である兄以上に見た目がいい。適齢期のプレイボーイとして、王室の誰よりも頻繁にマスコミに登場する。ヨーロッパの絶世の美女たちとの噂《うわさ》も絶えず、泣かせた女性は数えきれないという。

「でも、あたしはマレン王女さまに会いたいの！」店じゅうの人にまで聞こえるくらいの大声でソニアは叫んだ。

「それはわかるけど、仕方がないのよ。エリングお祖父ちゃんもご病気でわたしたちと一緒に来られなかったでしょう？　ねえ、マレン王女さまも同じことなのよ」

「でも、王女さまは病気じゃないもん。お休みしてなくちゃいけないだけだもん」ソニアは子どもらしい理屈をこね、それから泣きだしてクリスティンにしがみついた。「叔母ちゃん、お願い、王女さまに電話して」

少女はすっかり抑えがきかなくなっていた。

「あたしがすごく会いたがってるって王女さまに話したら、宮殿に呼んでくれるよ。きっと」

泣き濡《ぬ》れた頬に涙が滝のようにこぼれている。クリスティンは狼狽《ろうばい》した。姪のこんな姿を見たのは、病院で意識を取り戻して両親が天国に召されたと知ったとき以来だ。

「あ、あたし、約束する。さ、騒いだり、い、いたずらだってしないもん。クリスティン叔母ちゃん。おと、とってもいい子にしてるよ。お、王女さまに言って。お、お行儀よくするからって」

ソニアがヒステリックにしゃくりあげるのは、本物の生きている王女さまに会えなくてがっかりしたせいだけではなく、もっと深いところに根ざしている。母親と父親を失ってから、少女の心は今なおもろい状態にあるのだ。

クリスティンはおろおろするばかりだった。こうしている間にも、エリック王子が到着し、テレビの報道陣やカメラマンに囲まれて、チョコレート・バーンのコンテストに優勝した小さなラッキー・ガールの登場を店の中で待っているかもしれない。まさしく悪夢に等しい展開だった。

「ぼくでお役に立てるかな」

英語で話しかける男性の低い、説得力のある声には、わずかななまりが聞き取れた。

2

クリスティンはドアのほうを振り返った。華やかな礼装に身を包んだ王子の姿がライトブルーの瞳に映った瞬間、彼女は驚きの声をもらし、慌てて立ちあがった。

王子の髪と目の色はソニアに似ていて、どちらもダークブラウンだ。百九十センチ近くある長身とたくましい体つきは、現国王の兄と同じく父親の血を引いていて、全身から貴族的な雰囲気を漂わせている。

濃紺の礼装にはロイヤルレッドの幅広の帯がかけられ、肩から広い胸を斜めに横切って腰まで下がっている。ソニアに彼の姿が見えたなら、きっと畏敬《いけい》の念に打たれたことだろう。

クリスティンが王子を観察している間に、王子のほうも彼女をじっと眺めていた。その視線は間違いなく男性としての興味を帯びている。クリスティンはごくりと喉を鳴らし、彼から目をそらした。

王子が二人のほうへやってきて、ソニアの隣にかがみこんだ。だが、ソニアは今まで以上に泣きじゃくり、クリスティンのどんな慰めも受けつけない。

「きみがソニアだね」王子が声をかけた。「アメリカからはるばる、ぼくの姉に会いに来てくれた女の子だね」

王子の言葉はいっそうソニアの涙をあふれさせただけだった。礼装の下の引き締まった筋肉が動くのが見て取れる。どうにもならない事態に別の角度から取り組もうと知恵を絞っている様子がうかがえた。

「ぼくの名前はエリック。きみとお話しする間だけ、泣きやんでくれないかな？」

ソニアは涙に濡《ぬ》れた目を拳《こぶし》でこすった。「だ、誰ともお話しなんかしたくない。お、王女さまじゃなくちゃいやだもん」

「きみの気持ちはよくわかるよ。ぼくも小さいとき、何か困ったことがあると、いつも姉のところへ走っていった。いちばんの仲よしで、ぼくの知っている誰よりも優しい人だからね。きみに弟はいるのかい？」

「ううん」ソニアはしゃくりあげた。「お、弟ができる前にマ、ママとパパは死んじゃったから」

王子はその言葉を噛《か》みしめているようだった。王家のこの独身プレイボーイを気の毒に思うだけの優しさがクリスティンにはあった。こういう難局に出くわしたのは、王子にとって初めての経験だろう。

「姉が来られないので、ぼくが代わりを頼まれたんだ。きみが本物の王女に会いたいのはわかるよ。だけど、ぼくは王女の弟だ」エリックはソニアの頬の涙を指でぬぐった。「今日のところは王子で我慢してもらえないかな？」

老いも若きもない。男性からのこれほど謙虚な、心に響く頼みを無視できる女性はいないだろう。ソニアといえども例外ではなく、泣き濡れた顔をようやく上げた。

「お、王子さまなら、か、冠かぶってる？」ソニアは震える声できいた。

王子の知的な瞳に明らかにとまどいの色が浮かんだのを見て、クリスティンはようやく気づいた。ミセス・セベリードがソニアの目のことを王子に教える時間もないうちに、こんな騒ぎになってしまったのだ、と。

「わたしの姪《めい》は目が見えません」クリスティンは王子の肩にそっと触れ、静かに伝えた。

王子がこの痛ましい事実を受け止めようとする間、二人はずっと視線を交わしていた。そしてクリステインを見つめるうちに、王子の表情は劇的に変化した。どうしてそんなことにというように、しわが刻まれて表情が陰り、そのせいで何歳も年をとったように見えた。

ダークブラウンの瞳が苦しげな色を帯び、王子はソニアに視線を戻した。力強く男らしい両手が伸びて、ソニアの小さな指を包みこむ。

「冠をかぶる時間がなかったんだ」王子はおごそかに言った。

「ど、どうして？」ソニアは知りたがった。体が小さく震えているものの、奇跡中の奇跡といおうか、ヒステリックな涙はおさまりつつあった。

「別の町にあるからだよ」

「どこ？」

「ミッドガルドの大聖堂に、王家のほかの冠と一緒に置いてあるんだ」

「どうして？　あたしが冠を持ってたら、自分のお部屋のドレッサーの上に置いておくのに」

クリスティンはきつく目を閉じた。この子の〝どうして？〟が始まると、きりがないのだ。

「ぼくの冠は重すぎて、いつもかぶってはいられないんだ。それで安全な教会に鍵《かぎ》をかけてしまってあるんだよ」

「冠をかぶると、頭が痛くなるの？」

いかにも心配そうな言い方がおかしくて、ソニアが失明していると知ってショックの渦中にあるにもかかわらず、王子はクリスティンに親しげな笑みを投げかけた。彼女の姪が持っている個性豊かな魅力に早くも気づいたのだ。クリスティンの婚約者だったブルースがソニアに何も感じなかったのは、不思議というほかない。

王子のおかげでソニアは落ち着きを取り戻しつつある。クリスティンは思わぬ展開に励まされ、笑みを返さずにいられなかった。

「長い間かぶっていると、やっぱり痛くなるよ」どうしても目を離せないというように今もクリスティンを見つめながら、王子は答えた。

「王女さまも、冠をかぶると頭が痛くなる？」

王子の視線がようやくソニアに移った。「いや。姉の冠はもっと小さくて軽いからね」

「王女さまの冠も、その教会にあるの？」

「いや。姉の家にあると思うよ」

「王子さまも、王女さまと一緒に、きゅ、宮殿に住んでいるの？」またしゃくりあげる。

「大人になってからは一緒に住んでいないよ」

「い、いつ大人になったの？」

ソニアの無邪気な質問に、クリスティンは笑いをこらえた。

エリックは今度はかすかにいたずらっぽい笑みをクリスティンに投げたあと、ソニアに目を向け、つぶやいた。「はっきりとはわからないけどね。二十三歳になったとき、自分の家を持つことに決めたんだ」

「クリスティン叔母ちゃんは二十三歳よ。王子さまはいくつ？」

「この前の誕生日で三十歳になった」

「あたしのパパはね、三十のときに死んじゃったの。王子さまは自分の宮殿に住んでるの？」

「いや。昔の船長の家に住んでいるんだ」

「王子さまだと思ったのに！」

エリックがもらしたくぐもった笑い声に、クリスティンは胸がときめいた。

「本物の王子だよ。ただ、ぼくは海が大好きなんだ。家は丘の上にあって、船がいっぱい出入りする港が全部見下ろせる」

ソニアは身を震わせた。「あたし、水は嫌い」

王子は眉を寄せた。「なぜ？」

「だって、ママとパパとあたしの三人でヨットに乗ってたとき、二人ともおぼれたから。今、あたしはクリスティン叔母ちゃんと住んでいるの」

この知らせに、王子はもう一度強い、だが厳粛なまなざしをクリスティンに注ぎ、それからソニアに語りかけた。「こんな叔母さんがいて、きみも運がいいね」

「エリングお祖父《じい》ちゃんもそう言ってるよ。王女さまと離れて暮らして寂しくない？」

「寂しいよ」王子はささやいた。「だけど、姉には夫がいて、もうすぐ男の子も生まれる。だから二人とも自分の家が必要なんだよ」

「王子さまはひとりで住んでるの？」ソニアの声が震えた。

「いや。犬がいるよ」

ソニアの表情が輝いた。「大きい？」

「ああ、大きい」

「名前はなんていうの？」

「トール」

「雷のことね！」

王子はそっと笑った。

その笑い声は小さくとも、クリスティンの体の奥深くに響いた。

「当たりだよ」

「怖い犬？」

「ぼくの姉と同じくらい、優しいよ」

「叔母ちゃんのアパートでは、犬を飼っちゃいけないの」

「それは残念だね。どの女の子にも、一匹くらいかわいい犬がいてもいいのにな。ぼくの犬に会ってみたいかい？」

なんですって？　クリスティンの心臓が大きく跳ねた。

「会えるの？」ソニアはうれしそうな声をあげた。

王子が自分のほうを向いたとき、クリスティンはかぶりを振った。「どうか……その必要はありませんので」小声で訴えたが、すでに王子は力強い腕でソニアを椅子から抱きあげていた。

「こうしよう。まず、店の前に出ていってセベリード夫妻と一緒に写真を撮ってもらう。それから、広場の先にあるサンタの郵便局まで歩くんだ。そのあとで、トールのところに行こう」

ソニアは王子の首に抱きつき、頬にキスをした。姪がブルースにそんな親しみを見せたことは一度たりともなかった。

エリックはとても自然な感じで抱擁を返し、まるで娘をいつくしむ父親のようだった。

「ぼくの手を握っていなさい。離しちゃだめだよ」ソニアを下ろしてから王子は言った。

「うん、絶対。行こうよ、クリスティン叔母ちゃん」

今のところ、王女さまのことは忘れ去られているが、それとは別の問題がいくつか持ちあがりそうでクリスティンは不安だった。この旅が終わるころには、はるかに解決しにくいものになっているかもしれない。

「わたしはすぐ後ろにいますからね、スイートハート」

これが実際に起こっていることだとは信じられない気がした。本当に、現実離れしている。民族衣装をまとったソニア、おとぎばなしから抜け出たようなハンサムな王子。人の目を魅了する二人であることを、クリスティンは認めざるをえなかった。

護衛を含め、誰もがそう思ったに違いない。地元の人たちや報道陣の群れが急に静まり返った。チョコレート・バーン特製のチョコレートでできた五メートル大のサンタ像のまわりに集まった人たちは、王子がオーナー夫妻のそばに来るのを待っている。

「殿下」ミセス・セベリードが声高らかに言った。「本日、当店のコンテストの優勝者でアメリカのイリノイ州シカゴから来たソニア・アンデルセンのために、こうしてお越しいただいたことは、まことに光栄の至りです」ひと呼吸おいて続ける。「このお嬢ちゃんはフリージア人の血を引いています。チョコレート・バーンが世界に向けて新たに生産しておりますホット・チョコレートの缶や箱にこの子の写真をのせられたことを誇りに思います。ちなみに、このコンテストのために、五百枚のお子さんたちの写真が世界じゅうからフリージアに送られてきました。その中でソニアの写真に、わたしたちはいちばん強く感銘を受けました」

五百枚？　それほど競争が激しかったことを初めて知り、クリスティンは驚いた。

ミセス・セベリードは身をかがめ、ソニアにマイクを向けた。「あなたが着ているバーランド・レースの衣装のことを、みんなにお話ししてくれる、ソニア？」

「ずうっと前、あたしのお祖母《ばあ》ちゃんのお母さんが、家族と一緒にフリージアからアメリカに渡ったとき、これを着ていたの」

「とてもかわいいわ。今、見ている人にお話しできるかしら？　あなたの写真がどうして送られてきたか」

どうしよう。ソニアはおませな子だ。これから姪の口から飛びだすかもしれない話に恐れをいだき、クリスティンは息を凝らした。

「エリングお祖父ちゃんが写真を送ったの。あたしのこと大好きだから」

「お祖父ちゃんがこのコンテストにあなたの写真を出したことは知っていたの？」

ソニアは首を横に振った。「ううん。王女さまに会えるって、クリスティン叔母ちゃんが言うまで知らなかった。でも、王女さまはお休みしていなくちゃいけないの。もうすぐ、男の子を産むから」

だめよ、ソニア……。

「それでね、代わりに行ってきてって王女さまが弟に頼んだの。いちばんの仲よしだから。王子さまが冠をかぶれなかったのは、教会に置いてあるからなんだって。それにね、かぶると頭が痛くなるの。でも、犬に会わせてくれるんだよ。王子さまと一緒に船長の家に住んでいる犬なの。トールは怖くないんだって。エリック王子が言ってたけど、王女さまと同じくらい優しいんだって」

やめて……。

マスコミはこのおいしい話に飛びつくだろう。とりわけ、王女がもうひとりの王位継承者となる男の子を産むことに。まだ生まれていない王女の子どもの性別は、国民の知るところとはなっていないはずだ。


クリスティンが両手に顔をうずめる間、このひと幕に見とれる人々からあがる興奮の声や笑い声が波のように広がり、ビデオカメラがまわり、いくつもフラッシュがたかれた。

彼女が指の隙間《すきま》からのぞくと、王子はソニアを再び腕に抱いていた。驚いたことに、王子の目も口も、クリスティンに向かってほほ笑みかけている。内心困惑しているとしても、顔には表れていない。

「見てのとおり、マレン王女の代わりにこの喜ばしい席に臨むよう頼まれたのは、幸せなことでした。きっと全世界がぼくと同じように、ソニアに魅せられているでしょう。ぼくが思うに、みなさんも、ソニアをここまで連れてきてくれた女性に会うべきです」そう言って、彼は人ごみの中にいるクリスティンと目を合わせた。「どうぞ、こちらへ」

王子に招かれたからには、クリスティンも壇上にのぼるほかなかった。もっとも、足はゴムと化している。マイクがあるところまで行く間につまずいたりして恥をかかないよう祈った。

「ソニア？」王子が声をかけた。「きみの叔母さんを紹介してくれないかな？」

「クリスティン叔母ちゃんっていうの。あたし、叔母ちゃんが大好き。だって、あたしのお世話をしてくれるし、フリージアに連れてきてくれたから。エリングお祖父ちゃんも大好きだよ」

自分に注がれる王子のまなざしはあまりにも親しげで、クリスティンは目をそらすどころか、息をすることさえままならなかった。彼女の顔をさまよう王子の視線はどうやら唇にとどまっているようだ。

「フリージアとアメリカ両国の関係にとって今日はすばらしい日です。そう思いませんか？」エリックは低くゆったりとした声で尋ねた。

クリスティンは舌がもつれた女学生のようにうなずいてから、なんとか心を落ち着かせた。「この経験は、ソニアにとって一生の宝物になるでしょう。わたしの父、エリング・レンメンに代わって、一生に一度の機会をくださった殿下とセベリードご夫妻に感謝申しあげます」

さらにフラッシュがたかれ、クリスティンは横にいるオーナー夫妻と握手を交わした。

うれしそうな笑顔で、ミスター・セベリードがマイクを引き取った。「次の一年間、当店のチョコレート菓子を毎月、ソニアに送ることにします。これでわたしどものことを忘れずにいてくれるでしょう。また、ソニアをたたえて、彼女の顔の流し型をつくりました。ソニア自身の形をしたチョコレートをこれから本人に贈ります。シカゴの家のクリスマス・ツリーにつるせるようにね」

それは、セベリード夫妻が今まで内緒にしていたプレゼントだった。クリスティンは心温まる思いがした。父が見たら、大喜びするだろう、と彼女は思った。かわいい孫娘がこんな栄誉を受けたのだから。ソニアは父の誇りであり、喜びなのだ。

いっせいに拍手と歓声があがり、店のオーナーは長さ十センチほどのチョコレートの飾りをソニアに手渡した。透明な包み紙には、チョコレート・バーンのものだとひと目でわかる青と赤と金色のリボンがついている。

ソニアは片手でそれを受け取った。

「お礼を言いなさい」クリスティンは姪にささやいた。

「みなさん、ありがとう。クリスマスが終わったら、これ、食べてもいい？」

「なんでもきみのしたいようにしていいんだよ」オーナーはソニアの目が見えないことを知っている。目にはすでに同情の涙があふれていた。

「なくさないように、この飾りはわたしのバッグにしまっておくわね」クリスティンは姪に再びささやいた。そして、ソニアを王子から引き取ろうとした。

ところが王子は、まだ手放すつもりはないとでも言うように、今まで以上にぴったりと少女を抱き寄せ、おもむろに言った。

「では、これからサンタの郵便局に行こうか？」

3

いったん店内に戻り、店員のひとりにコートを着せてもらったソニアを、エリックは腕に抱いた。護衛に囲まれながらチョコレート・バーンを出ると、大勢の人が待ち受けている。王子が広場に現れるという噂《うわさ》が広まっていたのだ。

クリスティンは二人と並んで歩きながら、王子とソニアの間でとぎれなく交わされる会話に耳をそばだてていた。姪《めい》は王子の腕の中にあり、どちらも顔を寄せ合っているので、聞き取りにくい。

かなりの興奮状態にあるため、クリスティンはあまり寒さを感じなかった。郵便局の屋外温度計の目盛は、ゼロから数度上を指しているにすぎない。

赤で縁取られたサンタの郵便局の標識は、大きな袋にプレゼントを詰めている格好をした、まるまる太った人形のそばに立っている。その後ろにあるかわいい木造のクリスマスの家は、バルコニーととんがり屋根付きの三階建てだった。

この店のことは、ブロバクまで案内してくれたツアーガイドから聞いていた。サンタクロースの郵便局として、フリージアの外務省から正式に認定されているという。

店内はさながらおとぎの国だった。人形の家やおもちゃ、かごに入ったフリージアのサンタクロース〝ニッセ〟の手づくり人形であふれている。そのどれもソニアには見えないと思うと、クリスティンの胸は痛んだ。しかし、王子は目に入るものが少女の頭に生き生きと浮かぶように、ひとつひとつ熱心に説明している。その一方で、彼は心を見透かすような視線をときおりクリスティンのほうに投げかけ、楽しんでいるという合図を送っていた。

クリスティンも楽しかった。

そして、彼女の姪も！

ソニアは瞳を輝かせ、店のものを指差しては親しげに語りかける王子の男らしい声に聞き入っている。腕の中の少女だけでなく、クリスティンもまた、彼に魅せられていた。

エリック王子のこうした一面は、パパラッチが世の人々に知らしめたことのないものだった。ゴシップ誌は、驚くほど慈愛に満ちた彼の一面をとらえ損なってきたのだ。王子のおかげで、今日はソニアにとって魔法の一日になろうとしている。クリスティンはそれだけでも彼が大好きになった。もっとも、王子が彼女のほうを見るたびに、心臓が早鐘を打つのには手を焼いていたが。

王子はカウンターに移り、ソニアがサンタに願い事の手紙を出すのを手伝った。


「きみがこの世でいちばん欲しいものは？」

このころには、ソニアは王子の肩にある房飾りを発見してもてあそんでいた。「盲導犬。怖くないから」

クリスティンは唇を噛《か》んだ。姪のひそかな願いについては何も知らなかった。病院の誰かが、クリスティンの知らないところで、盲導犬の話をしたに違いない。

「そのとおりだよ。盲導犬のようにすばらしい犬は一生の友だちになる」請け合う王子の声はかすれていた。「ぼくが代わりに書いてあげよう」

カウンターの奥の店員が急いで紙とペンを王子に渡した。

「サンタさん、届けてくれるかな？　先生が言ってたよ。お金がかかるって」

どうやら、幼稚園で盲導犬の話を聞いたらしい。

「その心配はサンタさんにしてもらったらどうだ

い？」王子はもう一度、ソニアの額にキスして言った。「さあ」手紙の入った封筒をソニアに渡して促す。「ポストに入れてごらん」

ソニアはぎゅっと目をつぶり、封筒を投函《とうかん》した。

「よし、これで北極まで届くよ」王子が言う。

ソニアはうれしそうな声をあげた。「王子さまも願い事をして」

「いくつか考えてあるんだ」王子はもう一枚の紙に何かを書き、封筒に入れた。

「ぼくのもポストに入れたいかい？」

「うん」

「よし。手から離して」ソニアが投函し終えるなり、王子は言った。「きみのプレゼントを選ぼうか」

だめ。クリスティンは心の中で叫び、首を横に振った。そこまでしてもらうわけにはいかない。だが、王子はただ優しい笑みを返しただけで、子どもなら誰でも喜びそうなおもちゃが並んでいるほうへ足を向けた。

「ねずみは好き？」

「シンデレラのお話に出てくるみたいな太ったのが大好き」

「ぼくもだよ」王子はくすくす笑った。「今、ぼくが見ているのは、最高にかわいいねずみのぬいぐるみのセットだ。パン屋にろうそく職人、煙突掃除夫、看護師さん、編み棒を持ったおばあさんもいる」

「おばあさんのをもらってもいい？　去年、アストリッドお祖母《ばあ》ちゃんが死んじゃったから。エリングお祖父《じい》ちゃんにあげたら、きっと元気になるよ」

再び、王子がクリスティンのほうを向いた。明らかに、ソニアの優しさに打たれているのだ。王子は女性の店員にフリージア語で何か話しかけたが、声が低いうえに早口だったため、クリスティンには聞き取れなかった。

店員はそのねずみのぬいぐるみを箱に入れ、ソニアをかたどったチョコレート飾りについていたのと同じ青と赤と金色の縞《しま》柄のリボンをかけた。

「これからぼくの家に行ってトールに会うかい？」

「うん、お願い」お礼に、ソニアは王子の頬にまたキスをした。

王家の紋章とマジックミラーのついた黒いリムジンが町の狭い道をのぼり、眼下に息をのむような景色が広がった。

午後四時十分、太陽はすでに一時間前に沈んでいた。フィヨルドの入口を守るニフルヘイムの要塞《ようさい》から明かりがこぼれ、水面にきらめいている。その先にはグラテシマ島の影が見えた。

クリスティンは窓の外に視線を向けたまま、王子を見たいという誘惑に負けまいとしていた。彼はソニアを膝にのせ、向かい側に座っている。ひっきりなしにおしゃべりをしている姪は、両親が健在なころに戻ったかのようだ。

エリック王子は聞き手にならざるをえないが、ソニアの質問にうんざりした様子はない。辛抱強く、ときには笑いながらひとつひとつに答えている。見たところ、心から楽しんでいるらしい。ソニアに対する王子の態度は、ブルースのそれとは昼と夜ほどにも違っていた。

王子がマレン王女の代わりにチョコレート・バーンでの謁見に応じたことさえ、人々の期待をはるかに超えるものだったに違いない、とクリスティンは考えていた。

それにしても、ソニアの目が見えないとはいえ、なぜこれほどの関心と気遣いを示してくれるのか、クリスティンにはわからない。王子が姉から頼まれた以上のことをすると、誰が想像しただろう。

王家の一員に会い、その日のうちに王子の家に一緒に行くなど、現実にはありえないことだ。けれども今、それが起こっていた。

犬に会いたいかと王子がソニアにきいたときから、クリスティンの意志ではどうにもならない展開になっていた。

彼女の姪は、楽しいことが好きだった父親といるような態度で王子に接している。それは、怖いくらいの光景だ。そして何より奇遇なのは、どちらの男性もエリックという名前であることだった。

二カ月前のヨット事故以来、ソニアは暗い子どもになり、祖父のエリングでさえもめったに笑わせることができなくなった。

その祖父が病気になり、孫との旅行が不可能になると、彼は娘のクリスティンにソニアをフリージアに連れていってくれと強く頼んだ。旅行して王女に会えば、たとえ目は見えなくても、元の明るく楽しい子どもに戻るのではないかと考えたのだ。

エリングは霊感でもあったに違いない。王子が話して聞かせる三人のいたずらニッセの物語にくすくすと笑っている少女は、祖父の目にも別人のように映るだろう。

姪の変化を見てうれしいのは確かだ。しかし、王子が町のホテルに二人を送り返し、ソニアが彼にさよならを言わなくてはならないときのことを思うと、クリスティンの胸の中で不安がふくらんだ。考えただけで震えがくるほどだ。

「大丈夫かい？」王子が小声できいた。

クリスティンははっとして、窓から王子のほうへ視線を移した。今まで彼に見られていたことに気づかなかった。

「もちろんです」クリスティンは嘘《うそ》をついた。大丈夫なわけがない。何しろ、フリージアのエリック王子の車に同乗しているのだ。こんなことが現実に起こるなんて！

王子ほど魅力的な男性に出会ったことはない。しかも彼は、しっかりとした大人の男性だ。ソニアは早くも彼を慕っている。何もかも完璧《かんぺき》だわ！　このすべてがずっと続くように願っているのは姪だけではない。

ただ、終わるとしたら、できるだけ早いほうがいい。そのほうがみんなのためだ。

「わくわくしすぎて、すてきな夢の中にいるみたいね、ソニア？」

それに尽きる。すてきな夢。それしかありえない。だからこそ、犬に会う以上のことは許されないのだ。

姪の顔が暗くなったことに、クリスティンはショックを受けた。

ソニアは王子の首に抱きついた。「夢じゃないよね？」

王子はクリスティンに目を細めてみせ、自分にしがみつく愛らしい少女を抱きしめた。「そうだよ、いとしい子《エルスクリング》。これは現実そのものだ」

フリージア語で〝いとしい子〟と呼びかける王子の目の表情、深い抑揚を帯びた声に、クリスティンは心の底まで揺さぶられた。再び窓の外に目をやったのは、知らず知らず彼に惹《ひ》かれていることを見抜かれるのが怖かったからだ。

「きみのクリスティン叔母ちゃんは、どうしてフリージアにボーイフレンドを連れてこなかったのかな？」

クリスティンの喉からあえぎ声がもれた。ボーイフレンドがいるのかどうかも王子は知らない。ソニアがどう答えるか、試しにきいてみたのだろう。ソニアは彼の期待を裏切らなかった。

「あたしが叔母ちゃんと一緒に住むことがわかって、けんかしちゃったの。エリングお祖父ちゃんが言ってたけど、ブルースはやきもちを焼いてるんだって――」

「もうそのへんでいいわ」クリスティンは顔をほて

らせて遮った。ごく私的なことを王子に聞かれてしまったと思い、ぞっとした。

仕事の時間を割けないので旅行には一緒に行けないと婚約者は言っていたが、それだけならまだしも、どうせ何も見えないのになぜわざわざソニアをフリージアに連れていくのか、ときいたのだ。

この問いかけにクリスティンは大きなショックを受け、目を開かされる思いがした。姉一家の悲惨な事故が起こる二週間前に婚約指輪をはめてくれた男性の本質を、わたしは何も知らなかったのだ、と。

そして、結婚してからソニアを引き取るのは気が重いと打ち明けられたとき、クリスティンは彼と別れる覚悟を決め、婚約指輪を返したのだ。

こういう類《たぐい》の話は人の耳に入れるものではないが、あいにく、エリック王子はプレイボーイとして評判が高く、女性から知りたい情報を聞きだすことにかけてはプロ中のプロだ。すでになついている幼い少女が相手なら、なおさら造作もないだろう。

周囲の注目を集めて得意にならない子どもがいるだろうか？

王子に興味を持たれているという思いあがりは、クリスティンにはなかった。そうよ、彼はただ、時間つぶしにソニアと話しているにすぎない。

「王子さまにはガールフレンドいないの？」

ああ、ソニア……。

この無邪気な質問で立場は逆転した。クリスティンは息をのんで彼の答えを待った。

「何人かいるよ」

「どうしてまだ結婚しないの？」

「ぼくの母もしょっちゅう同じことをきくな」

「結婚したくないの？」

「ひとつには、ぼくの選ぶ女性をトールも大好きにならないといけないからだよ」

「トールが大好きなガールフレンドはいないの？」

「今のところはね。だけどきみのことは大好きになるはずだ。大きさも同じくらいだし、誰よりも抱きしめるのが上手だから」

ソニアの顔じゅうが輝いた。「ほんと?」

「ああ。ここでもう一回やってみてくれないかな」

愛情を交わし合う二人から、クリスティンは目をそらした。

カメラの前で王子がソニアに優しさと気遣いを見せたのはわかる。だが、こうしてリムジンの中にいるときでもソニアをかわいがるのは、クリスティンには不可解だった。彼女は自問した。本当のところ、王子はなぜ家に招待するという前代未聞のふるまいに出たのだろう、と。

少しでも二人きりで話せる時間ができたら、姪には充分すぎるほどしていただいたと王子に礼を言おう。一緒に過ごす時間がこれ以上長くなれば、明日の朝、シカゴに発《た》つのがつらくなる。

ソニアが失意の底から抜けだすのに、今度のフリージア訪問がどんな突破口になったか、王子は気づいていない。もっとも、一時的なものではあるけれど。王子に会ったあとで、彼と、この魔法のような一日に別れを告げるときがきたら、ソニアは前以上にひどい鬱《うつ》状態になるだろう。

クリスティンはその瞬間を恐れていた。ソニアはヒステリックになり、鎮静剤でも与えない限り落ち着かせることができないのではないかという気がしてならなかった。

「もうすぐぼくの家に着くよ。木と石でできた大きな長方形の家で、屋根の端っこが持ちあがっている。今はどこもかしこも雪で覆われていて、家の後ろには森がある。トールは森の中を駆けまわるのが大好きなんだ」

リムジンは警備員のいる門を通り抜け、深い木立が続く曲がりくねった道をたどった。すると不意に、すばらしい景色の中に建物がかいま見えた。それはクリスティンがこれまで見たこともない形をしていた。

とても頑丈そうな建物で、風景の一部にすっかり溶けこんでいる。フリージアに古くから伝わるヴァイキングのイメージが浮かぶ。王室の人間でもない限り、フィヨルドを見下ろすこんなすばらしい場所に立ち、手のこんだ家に住むゆとりはないだろう。

ソニアには想像もつかない家……。

リムジンから降り、王子のあとから家の中に入っていくとき、クリスティンはおとぎばなしの世界に入りこんだ気がした。

4

黒い立派なラブラドール犬が、家政婦に先立って玄関ホールに現れた。

犬は王子のもとに駆け寄り、うれしそうなうなり声をあげてズボンに頭をこすりつけた。

「トール、とても大事なお客さんに会ってもらいたいんだ」王子はソニアを腕から下ろした。「前足を上げて、この子と握手しなさい」

行儀のいい犬はすんなりと従った。王子はソニアの手を導いた。

ソニアは犬の前足をつかんで、上下に振った。そして茶色の瞳を明るく輝かせ、笑って犬の首に抱きついた。「トール、大好き！」少女は声をあげた。

辛抱強い犬はしっぽを振りながらじっと立ち、ソニアの好きなようにさせてから、舌でなめて少女をくすくす笑わせた。

王子がクリスティンの視線をとらえた。「ぼくの犬はバイリンガルでね。フリージアとアメリカの友好関係に大いに役立つんじゃないかな？」

「ええ」クリスティンはそっとうなずいた。あまりにできすぎていて、怖いくらいだ。

「コートを脱ごうね、いとしい子《エルスクリング》」王子はソニアのフード付きコートのジッパーを下げて脱がせ、家政婦に渡した。「エバ、こちらはソニア・アンデルセンとその叔母のミズ・レンメンだ。このかわいいレディはチョコレート・バーンのコンテストで優勝したんだ。二人ともイリノイ州のシカゴからはるばるフリージアに来てくれた」

「お会いできてうれしいです」年輩の女性はクリスティンと握手をして、ソニアに目を移した。「なぜお嬢ちゃんが優勝したのかわかりますよ。本当にかわいらしい」

クリスティンが返事を促すより先に、姪《めい》は言った。「ありがとう。どうぞよろしく」片手を上げたが、高さが足りない。

家政婦が困惑して眉を寄せると、王子が耳もとで何かささやいた。たちまち年輩女性の目に涙がにじむ。ソニアの手を求めて握手をしてから、そうせずにはいられないというように少女を抱きしめた。

「寒くておなかもすいてるでしょう。何か食べたいものはある？」

「ホット・チョコレートとサンドイッチをもらってもいい？」

「すぐにできますよ」

「では、居間に行こう」王子がクリスティンとソニアを促した。

家政婦はフリージア語で、ビーという女性から急ぎの電話があったことを王子に伝え、それからソニアのコートを手に下がった。

　電話の女性は、王子と連絡をとりたがっているガールフレンドのひとりだろう。クリスティンはそんな気がしてならなかった。マレン王女の頼みを聞いたために、王子は自分の予定を先に延ばさなくてはならなかったに違いない。そうまでしてなぜ、わたしとソニアを家に招いてくれたのだろう？

　王子は早くもソニアに注意を戻していた。「トールの首輪につかまってごらん。この家の中を案内してくれるよ。どの部屋に行きたいか、トールに言うだけでいいんだ」

　ソニアは甲高い喜びの声をあげた。「トール……最初はダイニングルームよ！」

　犬は再び低くうめき、ゆっくりと慎重な足どりで左手にある両開きのドアを通っていった。動物特有のすばらしい本能で、ソニアが助けを必要としていることを感じ取り、相手のペースに合わせているのだ。

　眼前の感動的な光景に、クリスティンの瞳は涙で曇った。

　王子の目のほうは、驚くばかりの優しさをたたえている。「さて、二人きりになれたことだし、きみが友だちになんと呼ばれているか知りたいね」低く男らしい声だった。

　クリスティンは咳《せき》払いをした。「クリスティンです」

「ぼくの名前はエリック。きみにもそう呼んでほしいな」

　彼の視線を避け、クリスティンは言った。「でも、すぐにおいとましますので、殿下」

「ぼくの友人でそんな呼び方をする者はいないよ。姉が今日、ソニアに会えていたら、マレンと呼んでほしいと言っていただろうね」

ようやくクリスティンは困惑したライトブルーの目を上げ、王子を見やった。「これは全部、王女さまがお頼みになったことですか？」

「これとは？」

「わたし……よくわかっているんです。チョコレート・バーンを出たあとでソニアにしていただいたことは何もかも、お務めの範囲を超えていると」

ダークブラウンの瞳は心の奥まで見通すようだった。「姉はこう言っていたよ。〝今、話しているのは小さな女の子のことなのよ。五歳か六歳のかわいい盛りで、おとぎの国の王女さまやお城や魔法をまだ信じているわ。きっと、明日が来るのを首を長くして待っているでしょうね〟」

クリスティンは唇を噛《か》んだ。「それほどのご理解があるのなら、王女さまはすばらしいお母さまになられるでしょうね」

「まったく同感だ。マレンは美しい心の持ち主として知られている。そんな姉をがっかりさせるなんてとてもできないよ」

「王子さまは充分すぎるほどお役目を果たしてくださいました。ソニアの今の様子は、フリージアに連れてきたときと同じ子どもとはとても思えないくらいです」声が震える。「とても明るくなって、また笑うようになりました。それまで、あの子を自分の殻から引きだすことは誰にもできなかったんです。うれしそうなあの子を見ているだけで、感動しました」

クリスティンは喉をふさがれ、間をおいた。

「王女さまがおいでにならないというのでチョコレート・バーンの従業員用談話室で泣きわめいていた子がどんなにみじめな思いをしたか、もうおわかりかもしれません。でも、王子さまとさよならをするときは、あんなものではなくなります」

王子は薄く開けたまぶたの奥からクリスティンを

じっと見ていた。「ぼくがさよならをすると言ったかな？」

クリスティンは自分を励まそうと息を吸いこんだ。「ソニアとわたしは明日の朝、シカゴに帰ります。その前にたっぷり寝かせておかないといけませんから。王子さまとこれ以上ご一緒させていただいたら、あの子は帰りたがらなくなるでしょう」

「今、その心配はしないでおこう」その声には、おそらく本人も気づいていない威厳がこもっていた。「ソニアの視力を奪った事故のことをもっと聞かせてもらいたいな。手術できる状態なら、ぼくの知り合いに専門医がいる。喜んで診察と手術をしてくれるよ。経済的な問題なら――」

「そうではありません」クリスティンは首を横に振った。「ご親切と寛大なお心はとてもありがたいのですが、ソニアの目が見えないのは、精神的なショックのせいなのです」

クリスティンの言葉を王子はしばらくじっと考えていた。「すると、あの子がその気になれば、見えるようになるということか？」

「はい。あの子を担当した精神科の先生の見解では、両親の死のことでなんらかの罪悪感をいだいているとのことです。自分を許せないから、潜在意識が目を見えなくさせているのだそうです。姪は自分で自分を罰しているようなものなんです」

王子の魅力的な顔にしわが刻まれた。「まだほんの小さな子どもなのに。五歳か六歳で罪悪感を感じるとは、どういうことだろう？」

「わかりません」その声は悲鳴に近かった。

「事故が起きたときの様子を、あの子は覚えているのかな？」

「覚えているかもしれませんが、話そうとはしません。だから、なんらかの罪悪感があって打ち明けられずにいる、と精神科の先生も考えているのです」

「事故があったのはいつ？」

クリスティンはつかの間、目を閉じた。「二カ月前です」

「そんな最近のことなのか」

そのつぶやきは、どこか遠くから聞こえてくるようだった。

王子はクリスティンの腕に手を置いた。「震えているね。火のそばに行って暖をとろう」

王子と触れ合っただけで、クリスティンの体じゅうの血が熱を帯びた。王子は手を引っこめず、そのまま彼女を促して、廊下の右手にある両開きのドアに向かった。

居間には巨大な暖炉があり、二人はその傍らにあるカウチのひとつへと歩いた。刺激的なにおいを放つ松材から上がる熱い炎が、今度は外から内へとクリスティンの体にぬくもりを与えた。

この男性的な部屋に鎮座していた荒々しいヴァイキングの子孫が目に浮かぶようだ。もっとも、数百年前からの木をはめこんである床といい、手彫りの木の天井といい、王族でなければこれほど立派な環境には住めないだろう。

凝った彫刻をほどこした家具が、暖炉の火に照らされて輝いている。部屋にある船乗り用の備品は、フリージアの歴史がもたらす独特の雰囲気をかもしだしている。王子が窓辺の望遠鏡を幾度となくのぞき、天上の星だけでなく、フィヨルドに入ってくる船を観察する光景が彼女の頭をよぎった。

「ただいま」

かわいい声にクリスティンが戸口のほうを見やると、ソニアとトールの姿があった。続いてエバがトレイを手にして現れ、暖炉の前のコーヒーテーブルに置いた。

「ありがとう」王子は家政婦のエバに言った。彼のかけ声で、犬が足もとにやってきて腹這《ば》いになる。

「ぼくの家の感想は、ソニア？」今度は子どもを抱きあげ、クリスティンの向かいのカウチに一緒に座って尋ねた。

「エリングお祖父《じい》ちゃんの家よりうんと大きいわ。でも、どうして絨毯《じゅうたん》を敷いてないの？」

「木の床に特別な模様が入っているからよ」王子より先にクリスティンが答えた。「それを隠すのはもったいないでしょう。さあ、エバがつくってくださったサンドイッチをいただきましょう。ハムやいろいろなものが挟んであって、とてもおいしそうよ」

王子が皿に取ってソニアに渡し、クリスティンはホット・チョコレートをクリスマス用のマグカップに注いだ。

「あなたの飲み物よ。ちょうどいい熱さだから、舌をやけどしないわ。マグカップには、とてもかわいいニッセが納屋のドアからのぞいている絵が描《か》かれているのよ」クリスティンはカップをソニアの手に持たせた。「食事がすんだら、クリスマス用のクッキーもあるわ」

「おいしい」

みんなで食べ始めると、部屋の中は静まり返った。誰もがおなかをすかしていたようだ。とりわけ王子は全種類のサンドイッチを一気に平らげた。

「申しわけないが、ちょっと席を外させてもらうよ。すぐ戻るからね。トール」王子は立ちあがって言った。「ソニアのそばにいなさい」

「どこへ行くの？」

「おききするのは失礼よ」

クリスティンが注意すると、ソニアはすぐに謝った。「ごめんなさい」

「かまわないよ。大事な電話をかけないといけないんだ」

「じゃあ、急いでね」ソニアが促した。

クリスティンが恥ずかしくなってうつむく前に、

王子の魅力的な顔に笑みがこぼれるのが見えた。

「きみがクッキーを食べ始めるころには戻るよ」

「トールにも一個あげていい？」

「それよりサンドイッチのかけらをあげたらどうかな？　トールはハムが大好きなんだ」

「わかった」

「まずあなたが食べ終えなければだめよ」ソニアが早くも半分残そうとしているのを見て、クリスティンはたしなめた。

「王子さま、早く戻ってこないかな」彼が出ていったあと、ソニアはサンドイッチを食べながら言った。

「本当ね」

この子だけでなく、わたしのためにも。できるだけ早くいとまを告げて、フリージアを去らなくては。

「マレン？　どうにか持ちこたえてるかい？」

「あなたが電話をくれたから、もう大丈夫よ。連絡を待っていたけど、もうクピットフィエルに発《た》ったかと思ったわ」

「いや、まだソニアと一緒に家にいるよ」

「ビーとスキーに行くはずだったでしょう！」

ビー……。エリックは彼女のことをすっかり忘れていた。「誤解だよ。ソニアというのは、チョコレート・バーンのコンテストに優勝した女の子だ」

長い沈黙のあとで、姉はようやくショックに打たれたような声をあげた。「その子をあなたの家に連れてきたの？」

自分が前例にないふるまいをしたのはわかっていた。「そうだよ」

「何があったの？　わたしに会えないとわかって、その子がだだをこねたのかしら？」

「最初はね。だけどすぐに落ち着いて、とてもいい子になった。六時のニュースで全部見られるよ。マレン……頼みがあるんだ」

「どうぞ」姉はさっきより静かな声になった。「なんなりと――」

「ソニアとクリスティンに会ってくれないかな。今からここを出れば、四十五分以内に宮殿に着く」

「クリスティンって？」

「女の子の叔母さんだ。今は詳しく話している時間がない。一緒にテレビを見よう。ぼくらが着いたときには、冠をかぶっているようにね」

「でもエリック……」王女は思わず言った。「ビーとの旅行はどうするの？」

「中止になったよ」少なくとも、姉との電話がすみ次第、そうなるのだ。「じゃあ、すぐに」

王子は電話を切り、ビーにかけた。相手が出るのを待つ間に、ソニアのフード付きコートが椅子にかかっているのに気づいた。

「エリック？　連絡がないから、何かあったんじゃないかと心配になってきたところだったわ」

「悪かった。マレンの頼みを聞いたら、それが思った以上に手間どってね。申しわけないが、クピットフィエルには行けそうにないんだ」

「今夜がだめってことなら、そうじゃないかと思っていたわ。明日の朝、行けばいいでしょう」

「スキーはまたの機会にしなくてはならないと思うよ」

「でもエリック――」

「すまない、ビー。きみをがっかりさせることだけは避けたかったんだが、最後まで見届けなくてはならない事態になってね。そのために数日かそれ以上かかるかもしれない。そのころにはマレンの赤ちゃんも生まれているだろうから、スキー旅行どころじゃないと思う」

「せめて、クリスマス・イブには二人きりで会えるでしょう？」

ビーの声がとがっているのに気づいた。しかし、今日の彼はどうかしていた。自分でも説明がつかない。わかっているのはただ、ソニアにもその叔母にも彼の前から消えてほしくないということだけだった。今はまだ……。

「もしかしたらね」

「それがあなた流のお別れの仕方？」

本当にわからないんだ、ぼくにも。エリックは深呼吸した。「ビー……これは、深刻な心の病を抱えた、目の見えない女の子にかかわることなんだ」

「目が見えないの？」

「ああ。あとで話す。今夜のニュースを見てくれたら、その子がわかるよ。また電話する」

しばしためらったあと、彼女は言った。「待ってるわ」

電話を切るなり、エリックは寝室に急いで普段着に着替えた。それからソニアのコートを手にして、大股で居間へと向かった。

居間では、暖炉の火がクリスティンの優美な横顔を浮き彫りにしていた。エリックはその光景に息をのんだ。彼の視線は下に向かい、はっとするような赤のウールのドレスをまとったすばらしい体の上で留まった。目を上に戻すと、彼女の髪は金糸のように輝いていた。

子どもも大人も、レンメン家の女性は信じられないほど魅力的だ。ソニアがチョコレート・バーン最新の輸出品のトレードマークに選ばれた理由もそこにある。

クリスティンがけんかしている相手がどんなにくだらない男か、エリックには想像もつかなかった。

「二人とも食べ終わったようだね。それじゃあ行こうか」

トールの耳をさすっていたソニアは、エリックの声を聞きつけ、驚いて顔を上げた。「どこへ行くの？」

クリスティンをわざと見ないようにして、王子はソニアの横に座り、コートを着せてやった。「王女さまに会いに行くんだよ」

「宮殿に？」ソニアは有頂天で叫んだ。

「そうだよ。王女がぼくたちを待っている」

「トールも行っていい？」

「だめな理由はないね」

「殿下のご親切はありがたいのですが、もうわたしたちはホテルに戻らなければ」エリックの予想どおり、クリスティンは異を唱えた。

王女さまに会いたいと、ソニアがたちまち泣きだした。

エリックはぎゅっと少女を抱きしめた。「ここで待っているんだよ、ソニア」王子は腰を上げ、ソニアの叔母の不安げな目と視線を合わせた。「玄関ホールで少し話せないか？」ささやき声で尋ねる。

クリスティンが断りたがっているのが感じられたが、礼儀が勝ったようで、彼女は王子のあとから廊下へ出た。

「まず先に言っておくと」王子はきりだした。「姉に会えるようにしたのは、そうすればソニアも満足するし、アメリカまでの帰途が楽になると思ったからだよ」

今のところ、言い訳として思いつくのはそれがせいぜいだった。クリスティンが受け入れてくれるといいのだが、とエリックは祈った。彼女とソニアを手放す心構えは、まだできていなかった。

クリスティンの整った顔に苦しげな表情が浮かんだ。「今までしていただいたことを感謝していないというのではないのです。殿下――」

「エリックだよ」彼が口を差し挟んだ。

「エ……エリック」クリスティンは口ごもった。死んでも離すまいとするようにバッグをつかむ指が白くなっている。「でも、王女さまにご無理をさせてはいけません。いつ赤ちゃんが生まれてもいい状態なのに」

不安に満ちた瞳を、エリックはじっとのぞきこんだ。「クリスティン」彼はあえてファーストネームで呼んだ。彼女が望むかどうかは別にして、二人の親しさが増すのはいい気分だった。「マレンがソニアに会いたがっているんだよ。ぼくに代理を頼んだとき、姉はこう言っていた。ぼくにできないなら、自分が医者の指示にそむいてでもソニアとの約束を守る。早産の危険を冒してもいい、それほど大切なことなのだ、とね。姉はきみの姪に会うのが待ちきれないんだ」

クリスティンの息遣いは急に浅くなった。「時間はどのくらいかかるんですか?」

王子の知り合いで、彼から逃げようとする女性は初めてだった。何もかもが今までとは違う。エリックには新鮮な体験だった。

ソニアにとって別れがつらくなるというただそれだけの理由で、クリスティンがこれ以上一緒に過ごすのをためらっているのか、彼にはわからない。王子としての立場を利用してでも、彼女の本心を突き止めるつもりだった。

「今すぐ出れば、八時までにはきみたちのホテルに送り届けられる。ソニアは王女に会うのが夢だったんだろう。その夢をあの子から奪う気はないよ。ぼくの姉にしても同じだ。だから、宮殿に向かうか、ホテルに向かうか、きみの決心次第だ」

5

「お願い、王女さまに会いに行ってもいいでしょ？いい子にしてるって約束するから」

クリスティンが見やると、ソニアがトールの首輪をつかんで立っていた。切々と訴える目には、どう努力しても逆らえない。

「王女さまにお会いしたら、ホテルに戻らないといけないけど、そのときは泣かないって約束してくれる？」

ソニアはうなずいた。

今は本気で誓ったにせよ、エリック王子にさよならを言うときが訪れたら、これまで以上にヒステリックに泣きわめくだろう。

「わかったわ」クリスティンの声は震えた。「こうしましょう。あなたが王子さまと出かけている間に、わたしはホテルに残って荷物のお片づけをしておくわね」彼女は自分のために提案した。

「でも、叔母ちゃんと一緒じゃなきゃいや！」ソニアが大慌てで叫んだ。

暗く眉を寄せたエリックの表情も、同じようにクリスティンの心をかき乱した。王子と子どもの気持ちをあと押しするかのように、トールが低くうなった。

「今すぐここを出ないと、王女と一緒にテレビ放送を見られなくなるよ」エリックは言い張った。もうすでにソニアを腕に抱いている。

「王女さまがあたしたちを待ってるんだよ、クリスティン叔母ちゃん」

クリスティンの口の中が乾いた。「わたしもついていくことを、王女さまはご存じですか？」

光の加減かもしれないが、エリックの瞳はダークブラウンというより黒に見えた。それだけは避けたかったのに、王子を怒らせてしまったのだ。

「もちろんだ」

クリスティンは深く息をついた。「それなら早く行かないと、王女さまを必要以上にお待たせすることになりますね。わたしのせいで早めに陣痛が始まったりしたら困りますから」

エリックは満足そうな笑みを浮かべて二人を玄関の外に促し、待機しているリムジンまで行った。トールが最後に乗りこみ、主人の隣に腹這《ば》いになった。ソニアは彼の膝に抱かれ、その向かいにクリスティンが座って、むやみに窓の外を眺めていた。

トルスビクまでは三十分しかかからなかった。

エリックはソニアに注意を傾けながらツアーガイドの役も果たし、王族しか知りえない事実をいくつも披露して聞き手を魅了した。

ソニアにとってはまさに天国だった。けれど、この夢心地は数時間後に終わり、二度と繰り返されることはない。ソニアのことを思うと、クリスティンの胸は痛んだ。シカゴに戻ったら、王子やトールとは縁のない世界になる。姪《めい》はきっと打ちひしがれるだろう。

クリスティンから見て、唯一の救いとなりそうなものがあるとすれば、ソニアにペットを買ってやることだった。盲導犬はソニアの将来に役立つ。それには時間とお金がかかるけれど。

当面はトールのような献身的な犬がいればいい。ソニアがかわいがるほど、なついてくれるだろう。トールと姪の交流を見るにつけ、犬を飼うのはすばらしい考えだと思えてきた。

クリスティンの住むアパートの管理人は、ペットの飼育を許してくれない。ブルースに婚約指輪を返したとき、ソニアを連れて父親のところに引っ越すのがいちばんいいと心に決めていた。来年の秋にはソニアは盲学校に入る。それまでには、子どもや動物が住みやすいアパートを探せるはずだ。

長年の伴侶《はんりょ》を亡くして、父親が寂しがっているのはわかっていた。加えて、長女の死による心痛もある。しばらくの間、クリスティンとソニアが、おまけに犬も一緒に暮らすようになれば、父親も喜ぶだろう。

将来のことを夢中で考えている間に、いつしか町の中心部に着いていた。黄色と白の巨大な三階建ての宮殿は、十九世紀の半ばに、トルスビクの目抜き通りの突き当たりにある丘の上に建てられたものだ。

黒いベルベットのような空を背に、宮殿の明かりがこの個性的な建物をくっきりと浮かびあがらせている。それは昼間見たときと同じ、まさに夢の世界だった。

意志の力よりも強い衝動に促され、クリスティンは向かいにいるすばらしい男性を眺めた。今はソニアに子どものころの話をして聞かせているところだ。彼の生い立ちは、小さなアパートにしか住めない両親のもとに生まれついたソニアとはかけ離れている。彼は王族の一員として、この荘厳な宮殿で生まれ育ったのだ。

もっとも、チャコールグレーのズボンに淡いグレーのニットのセーターを着てリムジンの中に座っている限り、小さな女の子の失明に同情するひとりの男性だと思いこむこともできる。彼は忙しい合間を縫って姉を助け、ひとりの少女の人生を明るい方向に向けてくれた優しい弟でもあるのだ。

クリスティンが新聞の見出しを書くとすれば、こうなる。〝プレイボーイの評判や王子の称号があろうとなかろうと、エリックは理想の男性そのもの〟

「着いたよ、ソニア。ぼくらは脇《わき》の入口から宮殿に入る。階段をのぼった二階にぼくの姉の住まいがあるんだ。用意はいいかい？」

「うん」ソニアははちきれんばかりに興奮している。本物の王女さまに会えるとあって、大喜びしない子どもがいるだろうか？

　エリックはクリスティンの胸中を読み取ろうとするように、彼女の視線をとらえた。クリスティンは心臓がどきりとし、すぐに目をそらした。

「抱っこしてほしいかい、それとも自分で歩いていきたい？」

　ソニアはすかさず王子の首に腕を巻きつけた。

「抱っこしてくれる？」

　エリックはほほ笑んだ。「そう言われるといいなと思っていたんだ。おいで、トール」二人と一匹が最初にリムジンを降りた。

　背後のもう一台のリムジンには護衛が何人か乗っていた。そのひとりに手を差しだされてクリスティンは車を降り、番人の立つ宮殿の階段をのぼった。

　中はクリスティンの想像以上に豪華だった。ただし、姪の目が見えていたとしても、その目に映るのは、おとぎの国の王女さまのように扱ってくれる男性ただひとりだろう。

　二階の金箔《きんぱく》のほどこされた廊下を三分の一ほど歩いたところで、王子は両開きのドアのひとつを開けた。迎えに出たダークブロンドの髪の男性は、マレン王女の夫、シュタイン・ヨハンセンだ。クリスティンは写真で見たことがあり、すぐにわかった。

　紹介がすんだあと、一行はこぢんまりとした居間に移った。そこは、近代的な設備の整った私用の部屋だった。

　テレビセットの前のカウチに半ば横たわっている黒髪の美しい王女の姿が、クリスティンの目に留まった。王女はマタニティのナイトガウンを着て、キルトの上掛けをかけている。

　王女の顔立ちは、不思議なくらい、エリックとよく似ていた。

　その頭にティアラがのっているのを見て、クリスティンは驚いた。ソニアのためにエリックが頼んだに違いない。

　彼を思う気持ちは、刻々とふくらむばかりだった。

　エリックは彼女がそばに来るまで待っていた。ソニアを片腕に抱き、もう一方の手をクリスティンの背中に添えて前に促す。

　そのしぐさには親しみがこもっていた。敏感になった体に彼の手が熱い火をともした。けれどもクリスティンは離れる勇気がなかった。まして、彼の家族の前では。

「マレン？　こちらがソニア・アンデルセン、チョコレート・バーンの新しいポスターガールだよ。こちらは、ソニアの叔母さんで、クリスティン・レンメン」

　二人の女性は握手をし、目を見交わした。さすがの王女も、どうなっているのだろうと思っているに違いない。

「はじめまして、妃殿下。お目にかかれてとても光栄です。ご迷惑をどうぞお許しください」

「迷惑どころか、わくわくしているのよ。お会いできてよかったわ、クリスティン。どうかマレンと呼んでくださいね」

「ありがとうございます」

　弟に似て、この王女も飾らない温かな人柄だ。

　王女は今度はソニアに注意を向けた。「こちらへいらっしゃい、ダーリン」王女は両手を差し伸べた。会話が交わされているあたりの床は東洋の段通に覆われている。エリックはそこにソニアを下ろし、コートを脱がせた。

「ソニアは二カ月前に事故に遭って失明したんだ」

　王女の表情は、ソニアの目が見えないことを知ったときの弟と同じ変化を遂げた。

王女は身を起こし、ソニアの両手を取って引き寄せた。赤みを帯びた頬には涙が伝っている。「あなたに会えてとてもうれしいわ、ソニア」かすれた声で言う。「今日、チョコレート・バーンのお店に行けなかったことを許してね」

「うん。エリックが言ってたけど、王女さまは男の子を産むから、お休みしていないといけないんでしょう」

「そのとおりよ。赤ちゃんをあなたの手で感じたい？」

「できるの？」ソニアの瞳が不思議そうに輝いた。

「ここよ」王女はソニアの手をふくらんだ腹部に当て、撫《な》でさせた。「あなたのために蹴《け》ってくれるかもしれないわね」

王女の予言どおり、小さな足が自分の手に向かって突きだすと、ソニアはびくっとした。「この中に赤ちゃんの王子さまがいるの？」信じられないといった声をあげた。

「ええ、ダーリン」マレンはつぶやいた。

「名前はなんていうの？」

「まだ決めていないわ」

「エリックってつけたらいいのに。あたしのパパもその名前だったの」

思いがけないことを聞かされて、エリックはクリスティンに鋭いまなざしを向けた。父親と名前が同じせいもあってソニアは王子に親しみをいだいていることに、クリスティンは最初から気づいていた。

「この赤ちゃんも冠を持ってるの？」

王女は笑い声をもらした。ソニアにはみんなを朗らかな気分にしてしまう魅力がある。「まだよ。わたしは自分のをつけているけど。あなたもつけてみたい？」

「いいの？」

「まず、きみの帽子を脱ごう」

エリックが言った。手慣れたことのようにピンを外して帽子を取る。クリスティンが彼の手から帽子も全部受け取り、バッグにしまった。

「さあ」ソニアにほほ笑みかけながらエリックは促した。「冠をのせる用意はできたかな？」

ソニアはくすくす笑った。「うん！」

王子は姉の髪からソニアの頭にティアラを移した。少女はしばらく手で感じてから、満面の笑みでクリスティンのほうを向いた。

「あたし、どんなふうに見える、クリスティン叔母ちゃん？」

「王女さまみたいよ。写真があれば、お祖父《じい》ちゃんに見せてあげられるのに」

「大丈夫」マレンの夫が言葉を挟み、続けざまに数回フラッシュをたいた。

エリックはソニアのそばにかがみこんだ。「痛いかい？」からかってきく。

「ううん」いらだたしげにソニアは答えた。「でも、頭からずり落ちそう」

エリックが人を引きこむ男らしい笑い声をあげ、クリスティンの神経を心地よく震わせた。

さらにもう一度、フラッシュがたかれた。

宝石をちりばめたティアラがソニアの鼻に落ちてくる前に、クリスティンが受け止めた。「これは王女さま用にできているからよ。そろそろお返ししましょうね？」

「うん」

クリスティンがエリックにティアラを渡すと、彼はまっすぐ彼女を見返した。

「ありがとうございます」クリスティンの言葉はほとんど声にならなかった。

エリックはティアラを近くのテーブルに置き、彼女の耳もとでささやいた。「どういたしまして」

王子の温かい息を感じて、クリスティンの体にさざ波が走った。

「ニュースがまだ始まってないといいけど」

かなり息を切らした女性の声が聞こえ、クリスティンは彼から視線を引きはがした。すると、またひとつ驚きが待っていた。部屋に入ってきた黒髪の女性はエリックの兄嫁、つまり王妃のソフィアで、二人の息子も一緒だった。

男の子たちは飛びつかんばかりにエリックとトールのほうに駆け寄った。それを見ただけで、エリックが家族に慕われているのがわかる。

「落ち着いてくれ、坊やたち」エリックが英語で言った。「お客さまがいるんだよ。ソフィア、ご紹介しましょう。こちらはクリスティン・レンメンとソニア・アンデルセン。アメリカのイリノイ州、シカゴから来てくれました」

みなが握手をした。

「ヤン、クヌーテ。こちらはソニアだ。きみたちの英語を試してごらん」

「はじめまして」少年たちが声をそろえて挨拶《あいさつ》をした。

「こんにちは！」ソニアは二人に応じたあとで、エリックに尋ねた。「この子たちは、誰？」ささやき声にしては大きく、みなの笑いを誘った。

「ぼくの甥《おい》、つまり兄の子どもたちだよ。ヤンは六歳、クヌーテは八歳だ」

ソニアの頭が忙しく働く音がクリスティンには聞こえるようだった。

「この子たちのパパは王さまなの？」

「そうだよ」

「二人とも、パパの前でお辞儀しないといけないの？」

エリックは大笑いした。「そんなことはないよ」

「フリージア語を話しますか？」堅苦しい英語でクヌーテがきいた。

「いくつか言葉は知ってるわ。ブロエ、バン、ジョット、ポテット」

この返事に、みながまたくすくすと笑った。

ソニアが唇を嚙《か》み、エリックを見やった。「どうしてみんな、笑ってるの？」

エリックはソニアをさっと抱きあげた。「きみがとてもお利口で、パン、水、肉、じゃがいもという言葉を上手に発音したからだよ。アメリカから来たお客さんで、ここまで言える人はあまりいないんだ。この四つの言葉を知っていれば、フリージアにいる間、おなかがすくことはないね、いとしい子《エルスクリング》」

エリックのすることに目を奪われている二人の女性の姿が、クリスティンの視野の隅に映った。

「ニュースが始まるよ」シュタインが言葉を挟んだ。

「みんなで座って見よう」

「きみはぼくの膝に座ればいいね。ニュースでやっていることを全部教えてあげるよ」エリックはソニアに言った。二人で最寄りの席に着く。それからダークブラウンの瞳をクリスティンに向け、自分の隣の場所を手でたたいた。

クリスティンの頰は熱くほてったが、彼のそばに行くしかない。互いの太腿がこすれ合うと、クリスティンは震えだし、止まらなくなった。

男の子たちはテレビの前の床に座り、二人の母親はシュタインの隣の椅子を見つけた。

やはり、今夜のトップニュースは、チョコレート・バーンを訪れたエリック王子のソニアとの謁見だった。

巨大なチョコレートのニッセの前にいる叔父を見て、甥っ子たちは、わあっと声をあげた。フィルムはそこで終わらなかった。広場を抜けてサンタの郵便局の店に向かう三人の姿をさらに追っている。

ソニアみたいにあの二軒の店に明日、行ってもいいかと、二人の男の子が母親にきいた。しかし、母親は、その話はあとで、と言うにとどめた。

次にカメラはアップになり、エリックがクリスティンをリムジンに乗せている姿を映しだした。

紛れもないその瞬間、目を合わせた二人の様子を見て、恋仲にあるのではないかと思った人がいたとしても不思議はない。実際は、サンタクロースからクリスマス・プレゼントに盲導犬をもらうというソニアの言葉に応《こた》えて偶然そうなっただけなのだが。

明らかに、リポーターも同じ印象を持ったらしく、次のように締めくくった。「ある筋によれば、ソニアとその美しい叔母、クリスティンのおとぎばなしのようなフリージア訪問の一部として、王子は二人を早々と自宅にお連れになったそうです。これも公務のうちなのでしょうか？　あるいは、結婚適齢期の男性としてヨーロッパで最も注目されている王子も、ついに本気になられたのでしょうか？」

6

「本気になるってどういう意味？」クヌーテが叔父にきいた。

もうテレビは切られていた。顔を深紅に染めたクリスティンは、今にも出ていこうとするように急いで席を立った。

「それより」エリックは機をとらえて言った。「ヤンと一緒にソニアを遊戯室に連れていったらどうかな？」

だめよ！

「きみたちみんなへのプレゼントをあそこに置くように頼んでおいたから。ただ、ソニアが二カ月前に目が見えなくなったことを忘れないようにね。だから、トールがソニアを案内するよ」

ヤンが痛ましげな顔をした。「この子……目が見えないの？」

「そうだよ」

この衝撃的な知らせに男の子たちは黙りこみ、少女に目を凝らした。

「ソニア？　トールにつかまって」エリックは英語に切り替えた。「トールはびっくりプレゼントが待っている場所を知っているからね。男の子たちもきみと一緒に行くよ」

ソニアはその場で飛び跳ねた。「どんなプレゼント？」

エリックはにんまりした。「見てのお楽しみだよ」

ソニアの手を犬の首輪に添えさせる。

クリスティンはうめきたくなるのをこらえた。いとまを告げて宮殿から抜けだせるものと思っていたのに、そううまくはいかないようだ。

「おいで、トール！」クヌーテが大人びた態度で犬を促した。

出入口のほうへ歩きだす三人と一匹をクリスティンは見守った。男の子たちはソニアに敬意を払い、ソニアのほうは両開きのドアに向かう間もずっと、英語でしゃべっている。あの若き王子たちがそれをどの程度まで理解しているのかわからないが。

「わたしがついていってあの子たちを見ているわ」

ソフィアがお守りを買って出て、部屋をあとにした。

ふと、クリスティンは力強い男性の手を腕に感じた。た。「ぼくと一緒に来てくれ」エリックが誘い、彼女を外へ促した。「ぼくが育った部屋を見せてあげよう」

廊下に出ると、クリスティンは慌てて身を引き、エリックに手を離させた。「わたし、あの、リムジンの中でソニアを待っているほうがいいんですが」

「きみがそうしたければ」

あっさりとエリックがうなずいたことに驚きつつ、クリスティンは彼の少し前を歩いた。そこでふと、自分のひどく無礼な態度に気づき、階段のいちばん下でさっと王子のほうを振り向いた。

「お許しください。ご家族にいとまも告げず、王女さまにお礼も申しあげなくて」

「気にしないで」彼がつぶやく。「ぼくがきみと二人きりになりたかったからだと説明しておくよ。それで戻ってこなかったとね」

クリスティンは心臓が喉から飛びだすかと思った。その間にもエリックは近くにいる護衛のひとりをつかまえて、ソニアとトールが帰る気になったら車まで連れてくるように告げた。それからクリスティンに付き添って宮殿を出て、リムジンが待機している場所へ向かった。

暖かい車内に向き合って座ると、エリックは彼女のほうへ身を乗りだした。「クリスマス前に戻ってやらなくてはならない仕事でもあるのかい？」

なぜエリック王子はそんなことを知りたがるのかしら？「いいえ。一月三日まで休みです」

「偶然だな。ぼくもだよ。どんな仕事をしているの？」

「シカゴのアメリカ・フリージア文化交流会の仕事に携わっています」

黒っぽい瞳が純粋な興味の色に輝いた。「ぼくの兄が関心を持っている会だ。きみの仕事は正確にはどういうものなのかな？」

「交換教師制度の一環としてこの国から訪れた小学校の先生方に教えています」

「交換制度に加わったことは？」

「いえ、まだ」

「どうして？」

「長く患っていた母が去年亡くなったんです。だから父をひとり残していくのは忍びなくて」クリステインは両手をもんで、どうやって話題をそらそうかと思案した。「王子さまはどんなお仕事を？」

エリックは椅子にもたれ、謎《なぞ》めいた表情で彼女を見つめた。「生きている証《あかし》として、ぼくがかしこまった姿で人前に立つ以外のことをしていると思っているのかい？」

「何をなさっているのか知りませんが」クリスティンは静かに言葉を返した。「マスコミが世の中に信じこませたがっているように、パーティからパーティへ渡り歩いていらっしゃるわけじゃないことはわかります」

「どうして？」

ソニアの口癖が移ったみたい、とクリスティンは思った。「ご家族と仲むつまじい様子を目の当たりにしましたから。甥御《おいご》さんたちと仲がいいことからも、多くのことがわかります。お姉さまも全幅の信頼をおかれているからこそ、今日の代理をお頼みになったのでしょう。ソニアにもとてもよくしてくださって……感謝しています」かすれ声で言う。

「礼などいらないよ。こんな体験はめったにできないからね。ソニアはすばらしい子だ。あの子が泣くとしても、自分の目が見えないからじゃない。そばにいるだけで楽しくなるよ」

「あの子をとても愛しています」

「愛して当然だよ。一カ月間、潜水艦の中に閉じこもっていたあとだし、今日一日がどんなに楽しかったか、きみには想像もつかないだろうな」

潜水艦？「軍隊にいらっしゃるんですか？」

「海軍で訓練を受けてから、海洋学者になったんだ。最近では、フィヨルドの研究プロジェクトを率いている。衛星の遠隔感知器で、海底の地形がよくわかるようになったんだ。海底の探索や発掘をするうちに、環境を損なわない新しい資源がこの国のために見つかればいいと思っている」

「感心しました」クリスティンはささやいた。「そんな責任を負いながら、私生活を楽しむ時間がおありだなんて奇跡のようだわ」

「家族のための時間はつくっているよ。もっとも、仕事や国際海洋学会議に出ていることが多いのは事実だけどね。あいにくパパラッチは、ぼくと女性が一緒にいるところを撮る機会を絶対に逃さない。たいていは、歩道で隣を歩いている見ず知らずの女性か、セミナーの出席者でたまたまぼくと同じ夕食のテーブルについた女性なんだ」

ありそうな話だ、とクリスティンは思った。

「とはいえ、過去に女性がいなかったわけではないよ」

クリスティンは落ち着かなげに舌先で唇を湿した。

「ビーという女性とか？」

エリックの唇がぴくりと動いた。「エバがビーからの電話を伝えたとき、きみがそこまでフリージア語を解するとは思わなかった。彼女とは会ってまだ間もないんだ。姉に代理を頼まれなかったら、ビーとぼくはクリスマス前の一日、クビットフィエルへスキーをしに行っていた」

「それはどのあたり？」

「ノルウェーのリレハンメルの近くだよ」

「なるほど」当然、エリックには誰か女性がいるだろう。彼の私生活のことを気にする理由はない。だけど、気になる……。

クリスティンは自分に腹が立ち、この話に無関心を装おうと決めた。

「お姉さまの願いを聞くために、ご自分の予定を延ばすなんて、ご立派ですね。でも、いつだって明日はありますから」

「そのとおりだよ」

エリックの満足そうな声の響きに、クリスティンは傷ついた。一日、彼と一緒に過ごせる女性になれたらいいのに。そして、そのあともずっと。

「ぼくも楽しみにしている」

彼の興味を引いたいちばん新しい女性の話は、それ以上聞きたくなかった。「エリック……ソニアを連れてきてもかまわないでしょうか？　子どもは遊んでいると、ほかのことをすっかり忘れてしまうから。わたしの姪《めい》が一生に一度の至福の時間を過ごしているのは間違いないけれど、そろそろホテルに帰らなければ。明日の朝は七時にホテルを発《た》つんです」

「かまわないよ」エリックはリムジンの電話で宮殿内の誰かにかけ、ソニアを連れてくるように頼んだ。「すぐ来るだろう」

クリスティンは彼の目を避けた。「ありがとうございます」

エリックはもう会話を続けようとしなかった。喜ぶべきことなのか、悲しむべきことなのか、クリスティンにはわからなかった。

ほどなく宮殿の扉が開いた。トールが階段を駆け下りてリムジンに飛び乗り、エリックの隣で丸くなった。

続いてシュタインが、おしゃべりに夢中なソニアを両腕に抱えてきた。二人の男の子はその両側を歩き、宮殿の従者が大きなショッピングバッグを持ってついてくる。バッグはトランクにしまわれた。

子どもたち全員の口から会話が飛び交う中、シュタインはソニアをクリスティンの腕に預けた。男の子たちがフリージア語で、ソニアはひと晩泊まれないのかとエリックにきいている。ソニアのほうは英語で、ひと晩ここで過ごしたいとクリスティンにねだった。

「まだ要塞《ようさい》ごっこがすんでないんだよ、クリスティン叔母ちゃん。すごい戦争とか、いろんなことしてたのに！」

「お願いです、ミズ・レンメン」クヌーテが礼儀正しく頼んだ。

どうやら子どもたちはとても仲よしになったようだ。「お泊まりできたらいいんだけど、クヌーテ、ごめんなさいね」クリスティンはフリージア語で応じたあと、英語に切り替えてソニアに言った。「お約束を覚えている？　王女さまのところに行ってもいいけど、泣いちゃだめだって言ったでしょう」

ソニアの下唇が震えた。「泣いてなんかいないもん」言葉とは裏腹に、今にも泣きそうだ。

エリックと過ごし足りないのは、クリスティンも同じだった。しかし、その思いを追い払い、フリージア語で言った。「王子さまたち、せっかくの楽しみを終わりにして申しわけないけど、わたしたちは明日の朝にはアメリカに発つんです。だからソニアは寝ておかないといけないの」

それに、あなたたちのエリック叔父さんは、スキーのデートがあるのよ。

「この子にとてもよくしてくれてありがとう。おかげでもうひとつ、すばらしい思い出を持っておうちに帰れるわ。ソニアを見てくださったお母さまにもどうかよろしく伝えてくださいね。さようなら」

「さようなら」男の子たちはつぶやいた。二つのがっかりした顔に胸をつかれながら、クリスティンはシュタインと別れの言葉を交わした。

リムジンのドアが閉まると、ソニアは涙声できいた。「お膝に乗ってもいい、エリック？」

「きみはどう思う？」エリックはクリスティンの腕から子どもを抱き取った。

「トールはどこ？」

犬がそばに這《は》い寄ってソニアの膝に頭をのせた。確かにこの犬はバイリンガルだ。

クリスティンの喉が涙でつかえた。

ブロバクに戻るまで、この二人と一匹に寄り添っていられたらどんなにいいだろう。エリックが腕をまわす感触を求めて、彼女の体はひそかにうずいていた。

ほかのことに思いを向けようと心に決め、クリスティンは窓外の月を見あげた。あと数時間でそれも沈む。昼間が五時間しかなく、月が沈む前にベッドに行くというのは、とても奇妙な気がした。

三十分後にホテルに着くころには、ソニアはエリックの肩にもたれて眠りこんでいた。

「部屋までこの子を運ぼう」エリックは小声でクリスティンに言った。「おいで、トール」

犬が低くうなり、主人に従った。

王子が一緒なので、裏口からひそかに入る特別な段取りができていた。道を空ける二人の護衛に付き添われて誰にも見られることなくエレベーターに乗りこみ、三階のクリスティンの部屋に入った。

エリックがソニアをベッドに下ろそうとしたとき、ソニアのまぶたが開いた。「パパ？」

ほんの一瞬、心配そうなダークブラウンの瞳がクリスティンを見つめた。「いや、エリックだよ、ソニア」

「一緒にいてくれる？」

「きみがまた眠るまでここにいるよ」

「その前に寝る準備をしましょうか、スイートハート？」

「うん。すぐ戻るから、どこへも行かないでね」

「ここを動かないと約束するよ」

エリックはソニアをクリスティンにゆだねた。クリスティンは姪をバスルームに急がせ、着替えと歯磨きを手伝った。それから寝室に戻る。

ドレッサーの上にショッピングバッグが置いてあることに、クリスティンは気づいた。護衛のひとりがリムジンのトランクから取ってきて、すぐに下がったのだろう。

「エリック？」ソニアが呼びかけた。「一緒にお祈りしてくれる？」

「今、そう言おうかと思っていたんだよ」

エリックが座っているベッドの傍らにソニアはひざまずいた。「王子さまから先にやって」

クリスティンは二人の姿に釘《くぎ》づけになった。

エリックは両手を組み、頭《こうべ》を垂れた。「親愛なる神さま……」祈り始める。「このすばらしい一日を感謝します。どうか、ソニアがぼくとトールに事故のことを話してくれますように。ぼくたちはソニアが大好きで、お互いに秘密を持たない大の仲よしなのです」

その言葉を聞いた今、クリスティンは心の奥でうすうす感じていたことをはっきりと自覚した。チョコレート・バーンの従業員用談話室で彼がソニアを泣きやませたあの瞬間から、わたしは王子さまに恋をしていたのだ、と。

そう気づいたクリスティンは、ベッドの端に座りこんだ。もう自分の足では体を支えきれなかった。

ソニアは自分のお祈りも忘れたのか、ベッドに這いあがって、エリックが上掛けをかぶせるに任せた。

「トールはどこ？」

「すぐそばにいるよ」

「トールと一緒に寝ていい？」

「もちろんだ」エリックが命じると、犬はベッドに上がり、居心地のいい場所を見つけてソニアのおなかに頭をのせた。ソニアは犬を撫《な》でた。

「パパが言ったの。ヨットの上ではじっとしてなさいって。でもあたし、大きな波が来て怖くなったの。だからパパのところに急いで行こうとしたわ。パ、パパは戻りなさいって大きな声で言った。そしたら、あたし、み、湖に落っこちたの。ママが、あ、あたしを助けようとした。パパも。だけど、て、手が届かなかったの。あたし、わ、悪い子だった。だって、パパの言うことを聞かなかったから。それで二人とも、今は、て、天国にいるの」

最後の言葉は喉に詰まり、すすり泣きに変わっていた。

クリスティンがベッドの向こう側から手を伸ばすよりも早く、エリックがソニアを抱きしめていた。

「きみは悪い子じゃなかったんだよ、いとしい子《エルスクリング》。悪い子になれるわけがない。だって事故だったんだから！　きみはとても怖かったんだろう。ヤンとクヌーテもきみたちと同じヨットにいたら、怖がってパパのところへ行こうとしたはずだよ」

「ほんと？」

「本当だとも」エリックは少女の後頭部をそっと支えた。「パパはきみを守ろうとしただけだ。それがパパの務めだからね。だけど、風が強すぎてきみはパパの腕までたどり着けなかった。きみのパパが事故をかわいい娘のせいにするものか。今、ご両親は天国からきみを見て、世界一勇敢な娘だと思っているよ。二人とも、クリスティンと一緒にきみが幸せに暮らすのを願っている。そうだね、トール？」

すべての言葉を理解しているかのように、犬がほえた。

ソニアは涙に濡《ぬ》れた顔を上げた。「パパとママがあたしのこと、お、怒ってないって約束してくれる？」

「約束するよ」

「エリックは王子さまよ、ソニア」クリスティンが言葉を挟んだ。彼こそ男性の中の男性、真のプリンスだ。「王子さまがお約束なさるなら、信じられるわ。さあ、眠りなさい、スイートハート。今日楽しかったことを全部、夢に見るのよ」

まぶたが震えがちに下りてきて、ソニアは深いため息とともに枕《まくら》にもたれた。寝入るのに一分とからなかった。

無意識にクリスティンはソニアの上から手を伸ばし、エリックの腕に触れた。涙ぐんだ目で彼を見あげる。「今、奇跡を起こしてくださったのね」震える声でささやく。

エリックはそばに寄り、彼女の唇に温かなキスを送った。「その始まりになることを願おう。明日の朝、また来るから、空港まで送るよ。おやすみ、クリスティン」

やむにやまれずという感じで、エリックはクリスティンの顔を両手に挟んだ。今度は深く、飢えたようにキスをし、それからドアの外に姿を消した。

恋しさをかきたてて彼が出ていったあと、クリスティンはその余韻に激しく震え、サイドテーブルにしがみついた。そうしなかったら、きっと倒れていたに違いない。

7

電話が鳴ったとき、真夜中のような気がしたのは、外がまだ暗かったせいだ。父親からかもしれないと思い、クリスティンは受話器に手を伸ばした。だがそれは、フロントからのモーニングコールだった。まもなくエリックが迎えに来て、空港まで送ってくれる。昨夜、クリスティンは彼のこと以外、何も考えられなかった。エリックのことを思っただけで激しい興奮が体の中で生まれ、心臓が鼓動するたびに痛みを感じるほどだった。

「起きて、ソニア。おうちに帰る前に着替えて、朝食の時間よ」

明かりをつけ、クリスティンはソニアのほうを見た。しかしパジャマが上掛けの上に置いてあるだけで、姪《めい》もトールの姿も見当たらない。

「ソニア？　もう起きたの、スイートハート？」クリスティンはベッドから下りて、バスルームまで走った。

いない。

クリスティンの全身に冷や汗が吹きだした。引き出しを開けると、ソニアのジーンズとシャツがなくなっている。ドア近くのフックにつるしておいたフード付きのコートも、ウォーキング・ブーツもない。

何もかも！

まさかとは思うが、トールを連れて散歩に出かけたのだろうか？　そのシナリオにはひとつ、大きな問題がある。エリックの犬はこのホテルは不案内なのだ。

エリックが早めに迎えに来て、ソニアとトールを散歩に連れていったのかもしれない。でも、わたしに断らず、彼がそんなことをするだろうか？

あるいは、どこかの異常者がソニアをテレビで見て、誘拐を決意したとか？　王子から身代金を取ろうとして犯行に及んだとも考えられる。

恐怖がクリスティンの胸を鷲《わし》づかみにした。

クリスティンは電話に飛びつき、フロントに姪が行方不明だと告げた。この知らせにコンシェルジュの声はたちまち緊張を帯び、警察に通報してホテルの者にも行方を捜させると言った。

クリスティンはウールのパンツとセーター、コートを急いで身に着けると、自分のウォーキング・ブーツの紐《ひも》を結ぶのももどかしく部屋を飛びだした。

もしかしたら、エレベーターのドアに挟まれて、出られなくなっているのではないだろうか。

彼女は半狂乱になって廊下を走り、エレベーターを呼びだした。だが、開いたドアの中にいたのは、若い夫婦だけだった。

犬を連れた五歳くらいの女の子を見なかったかと尋ねる。夫婦はノーと答えたが、捜す手伝いを申し出てくれ、階段を下りていった。

エレベーターが一階に着いて飛びだしたとたん、クリスティンは岩のようにがっしりした男性にぶつかった。

「エリック――」クリスティンはあえいだ。

エリックは彼女の体を受け止めてきいた。「どうした?」

「ソニアとトールが行方不明なの。わたしが目を覚ましたときは、もういなくて……」苦しげに叫ぶ。「コンシェルジュが警察に知らせてくれたはずだけれど、あの子たちがあなたと一緒にいればと思って、いいえ、願っていたの」

クリスティンを受け止めた彼の腕に力がこもった。「いや、ぼくは今着いたばかりだ。一緒にソニアたちを捜そう。必ず捜しだしてみせる」感情を抑えきれず、彼の声は震えていた。

クリスティンは頭を反らし、彼の目をのぞきこんだ。「本当に?」

ダークブラウンの瞳から放たれる視線は、彼女の心の底にまで届くようだった。「ああ。ぼくは王子だ。ぼくが約束するんだから、信じられるよ。ゆうべ、きみがソニアに言った言葉だ。覚えている?」

クリスティンは取り乱すまいとした。「ええ」「どこにいるにせよ、トールがあの子を命がけで守るはずだ」携帯電話を取りだし、何本か電話をかけた。そこへコンシェルジュが二人に駆け寄った。

「ホテルのスタッフと警備員があらゆる場所を当たっているところです、殿下。今のところは見つかっていませんが」

よくない知らせに、クリスティンの口からうめき声がもれた。エリックが彼女の肩に腕をまわし、引き寄せたところへ、警察が到着した。

　エリックは警部補をつかまえ、バデパーケンから始めてブロバクの道の表も裏もくまなく捜すようにと素早く指示した。バデパーケンはフィヨルド側の公園で、トールをよく散歩させるところだという。

「一緒に行こう」エリックはクリスティンの手を取った。「ぼくらはバタブナのあたりを捜そう」

　そこがブロバクの港であることはクリスティンも知っていた。彼女はエリックと共にホテルの裏口へ急ぎ、リムジンに乗りこんだ。そのころにはあたり一帯、警備員と警官であふれていた。エリックが運転手に行き先を告げ、車は走りだした。

　クリスティンは彼の手にしがみついた。「あと数時間は日がのぼらないのよ。トールが誰かにけがをさせられて、あの子ひとりでさまよっているとしたら、何が起こってもおかしくないわ」

「黙って」エリックは身を乗りだし、唇で彼女の口を封じた。「絶対に見つけるよ」

「ああ、エリック――とても大切な子なのよ。あの子を失ったら、どうしたらいいか」

「失いはしないよ。あの子はトールを信頼しているから、散歩に連れていってと頼んだんだろう」

「でも、トールはドアを開けられないわ」

「利口な犬だから、ドアまで連れていって、ソニアの手で開けられるようにしたんじゃないかな。あの子たちには不思議なレーダーがついている。ぼくらが大人になるころには失われてしまう才能だよ」

「今、わたしたちにはそれが必要ね」クリスティンは半分泣きながら言った。「わからないのは、どうやってあの子が自分の服のある場所を知ったかよ。わたしがフード付きのコートをかけるところも見ていない。わたしがどこに何を置いたか、あの子にわかるはずないのに」

　クリスティンに警告するのはためらわれたが、ロビーで彼女と鉢合わせし、ソニアとトールが行方不明だと聞かされた瞬間に浮かんだ疑惑を、エリックは再び胸の内で思い返していた。

王室の警備班にはこれを誘拐事件として扱うように指示し、町全体に緊急態勢を敷かせていた。エバにも電話し、警察にソニアとトールの足どりを追って町から家までの土地や道を洗いだすよう伝えてくれと頼んであった。

次の二時間、エリックとクリスティンは港や市場のあたりをくまなく歩き、子どもが犬と出かけた可能性のある場所をひとつ残らず見ていった。

暗い中、クリスティンは声がかれるまで、姿の見えない姪に向かって呼びかけた。クリスティンの悲痛な姿を目の当たりにして、エリックは胸が引き裂かれる思いだった。実際、こんなつらい思いをしたのは初めてだった。

かわいいソニアは彼の心をつかんでいた。あの子に何かあったらと思っただけで恐ろしくなる。だが、クリスティンのために強くあらねばならない。彼女に約束したことを、死んでも守り抜くつもりだった。

すでに姉マレンと兄クヌーテから電話をもらっていた。二人とも弟の護衛のひとりから知らせを聞いてすぐにかけてきたのだ。クヌーテは母親と共にドイツから帰国し、捜査を手伝うということだった。

クリスティンは事の次第を父親に知らせようかどうか迷った。あげく、リムジンの電話を使って父親に連絡し、ソニアと王子の犬が行方不明だと伝えた。万一、ソニアの発見が遅れて帰りの飛行機に間に合わない場合、前もって知らせておくほうが賢明だとエリックが判断したのだ。

ソニアを見つけだすためにあらゆる手だてがとられているの、とクリスティンは平静を保ちながら父親をなだめた。その姿を見て、エリックの彼女に対する賞賛の念はいよいよつのった。

「王子さま自ら、捜索を手伝ってくださっているのよ、お父さん。だから心配しないで。必ず見つけるから。わたしたちのために祈っていて」

エリックはこみあげる衝動に任せ、電話を終えたクリスティンを抱き寄せた。

「父には驚かされたわ。わたしたちがきっとあの子を捜しだすとわかっているんですって。ああ、エリック……ソニアはどこへ行ったのかしら？」

エリックの頭の中で、少女と交わしたさまざまな会話が再生されていた。「あの子はぼくの冠にとてもこだわっていた。もしかしたら――」

「もしかしたら、子ども心に思いついて、出会った誰かにミッドガルドまで連れていってくれと頼んだのかもしれない」クリスティンは口走った。「調べる価値はあるわ」

「同感だ」エリックは警備班に電話し、その線をたどるよう指示した。次に、別の考えがひらめき、宮殿にいるソフィアにかけた。

「見つかったの？」クヌーテの妻が声をあげた。

「いえ、まだ」

「とても愛くるしい子だったわね、エリック。ゆうべはわたしもすっかり心を奪われてしまったわ」

「ソニアに会うと、誰もがそうなりますよ。お願いがあるんですが、甥《おい》二人を別々に内線電話に出してもらえませんか。話したいことがあるので」

「ぼくだよ、エリック叔父さん」数秒後に長男のクヌーテの声がした。

「ぼくもいるよ」次男のヤンが声を張りあげた。

エリックはマイクになるモニターボタンを押し、クリスティンにも話が聞けるようにした。

「いいかい、きみたち。これは命にかかわる大事なことだからね。きみたちも知っているだろうけど、ソニアとトールが見つからないんだ。きのう一緒に遊んでいたとき、あの子がフリージアを発《た》つ前に見ておきたいところとか、やっておきたいこととか、何か話していなかったかな？」

返事を待つ間、クリスティンはエリックの腕にしがみついていた。

「ぼくたち、要塞《ようさい》ごっこしたいかってあの子にきいたの。あの子はカウボーイになりたいって言って、ぼくたちにはインディアンになればいいって言ってた」ヤンが話して聞かせた。

「ぼくに説明させて」クヌーテが割って入った。「それで、フリージアにも要塞があるってあの子に教えたんだ。前にあそこで敵と戦ったって」

「うん」ヤンが口を挟む。「この国にも要塞があるってこと、あの子、知らなかったよ」

「ぼくが話してたんだぞ、ヤン」クヌーテが弟を制した。「それで、この国の金を奪われないように、大きな船を沈めなくちゃいけなかったって教えたんだ。あの子はすごく興奮して、あたしも敵じゃなくてフリージア人になりたいって言ってたよ」

エリックは一瞬、目を閉じた。「ほかには何か言ってなかったかな？」

「その要塞を見られたらいいのにって言ってた。今は博物館になってるって教えてあげたけどね。そうしたら、そこは見学できるのかってきいたよ」

「ぼくたち、うんって答えた」ヤンが締めくくった。

「エリック――」クリスティンは知らないうちに彼の腕をきつくつかんでいた。「そこに行ったのかもしれないわ」

エリックは彼女から希望を奪いたくなかった。しかし、博物館に行くにはフェリーに乗らなければならないのだ。昨夜、ソニアが事故に対していだいていた罪悪感を取り除くことはできたとはいえ、また船に乗れるとは限らない。

「ほかに思いついたことは？」男の子たちにきく。

「ないよ」二人は同時に答えた。

「ありがとう。もう一度お母さんに代わってもらえるかな?」

「エリック?」ソフィアが電話に出た。「わたしもほかにはどんな話が出たか思い出せないわ」

「ありがとう、ソフィア。とても助かりましたよ。頻繁に連絡するようにします」

「ミズ・レンメンにお伝えして。わたしたちみんな、彼女とソニアのことを思っていると」

「わかりました」

警備のひとりが、港にまだ止めてあるリムジンのドアをノックした。コーヒーとロールパンを持ってきてくれたのだ。

エリックは礼を言ってから、クリスティンにも勧めた。「体力をつけておかないとね」

それから警備主任に電話した。ソニアが誰かに頼んで連れていってもらった可能性も否定しきれないので、カーフェリーやニフルヘイム一帯を当たるように指示した。その合間に、クリスティンがパンを食べ、コーヒーを飲んでいるのを見て、彼はほっと胸を撫《な》で下ろした。

彼女の顔色がよくなるとしたら、いい知らせが届いたときしかない。もっとも、素顔のままでも優美さをたたえた女性はいる。クリスティンもそのひとりだ。

きのう、彼女は髪を後ろにまとめていた。けさは蜂蜜《はちみつ》色のシルクのような髪が魅力的な乱れ具合で肩のあたりにこぼれている。口紅もつけていない。ライトブルーの瞳は苦痛に陰っているが、薄暗い車内で見ると、この世のものとも思えぬ美しさだ。なんとかして彼女の苦しみを取り除いてやりたい。

「少しはましになったかい?」二人ともコーヒーを残らず飲み終えたとき、エリックはきいた。

「ずいぶんよくなったわ。ありがとう」

「村のまわりをもう一度歩く気はあるかな?」

「ええ」

「車の入れない狭い道に絞ろう。ソニアはどこかで眠りこんでしまい、トールが温めているかもしれないよ」

何をしようと、電話が鳴るのをここで待つよりはいい。誘拐の可能性を考えるのはいやだったが、時間がたつにつれ、犯罪に巻きこまれたのではないかという恐れがふくらんでいく。

三十分後、日がのぼった。しかし捜査に進展はない。足どり重く二人がリムジンに戻ったとき、エリックの携帯電話が鳴った。

「見つかったの？」クリスティンは叫ぶようにきいた。

エリックは電話を切った。「いや。ホテルに戻ろう。ソニアのものを貸してほしいと警察から依頼があった。警察犬に足跡をたどらせてしらみつぶしに捜すつもりらしい」

「神さま……こんなことになるなんて……」

エリックは彼女を腕に抱きしめ、ホテルまでの短い道のりの間、そのまま腕をまわしていた。「必ず見つけるよ、クリスティン。信じてくれ」髪にキスの雨を降らせる。

「ええ。ただ、ソニアが外に出てから長い時間がたっているんじゃないかと思って。あの子にとってはいつも夜なのよ。どのくらい前に部屋を出たのか、誰にもわからないわ」

リムジンがホテルの裏口に着いた。そこは警官以外は立入禁止になっている。エリックはクリスティンの手を握り、玄関ドアへと急いだ。

そのとき、聞き慣れた子どもの声が耳に飛びこんできた。

「クリスティン叔母ちゃん！」

8

クリスティンもエリックも反射的に首を巡らした。すると、ホテルの建物の横に止まっているトラックの中からトールとソニアが出てくるのが見えた。トラックにはホテルのロゴが入っている。

犬はうれしそうに駆け寄ってエリックを迎えた。すぐ後ろにいたソニアは、クリスティンの腕の中に飛びこんだ。

「トールとあたし、叔母ちゃんたちをずうっと待っていたんだよ」

「ソニア！」

クリスティンは泣き笑いしながら姪《めい》を抱いてくるくるまわった。「今ほどあなたに会えてうれしかったことはないわ」エリックに視線を投げる。ハンサムな顔は、彼女に負けないくらいの喜びと安堵《あんど》で輝いていた。

「ずっとここにいたとはね」彼はクリスティンの耳もとでささやき、耳たぶをそっと噛《か》んだ。それからソニアに注意を向けた。「いつ部屋を出たんだい、いとしい子《エルスクリング》？」

「空港へ行く前に、あの女の人を見たかったの」

「どんな女の人？」

「赤ちゃんを産むママたちをお船に乗せて海を渡る女の人！」

エリックはどっと笑って、ソニアを抱き寄せた。

「ジャコビンのことだね。港の女主人。ホベドガータにある彫像だ。たった今、ぼくらが通ってきたところにあるよ」クリスティンに説明する。

狐《きつね》につままれたような顔でクリスティンは彼を見やり、次にソニアを見た。「だけど、どうしてあなたがそのことを知っているの？」

「ツアーガイドのお姉さんが教えてくれたわ」

「そんなことまで覚えているとは、なんて賢い子だろう」エリックは感嘆の声をあげてから、ソニアの頬にキスした。「トールと一緒に部屋を出ることを、どうして叔母さんに言わなかったのかな？」

「叔母ちゃんは寝てたから。それに、トールがお水を欲しがったから。一緒にお外へ出て、トールに雪を食べさせたの。それから、女の人の像を見に行ったんだよ。そんなに長くお外にはいなかったもん」

「スイートハート――わたしが目を覚まして、あなたたちがいないことがわかったら、どんなに心配するかわかるでしょう？」

「うん。でも、急いで戻ったら、ドアが開けられなくなったの。だからあの車の中にいて、誰も入ってこないように鍵《かぎ》をかけておいた」ソニアはトラックを指差した。「あの中、寒かったけれど、トールがあっためてくれたよ」

エリックはつぶやいた。「警察のほうも、車のドアが開かないのを確認して、子どもには開けられないと判断したに違いない。だから、充分に調べなかったんだろう」

クリスティンはうなずいた。「ソニア、ここで人の話し声が聞こえたでしょう？　なぜ、誰かにホテルまで連れていってくれるよう頼まなかったの？」

「だって、おまわりさんばっかりだったから。怒られそうな気がしたの」

「どうしておまわりさんだとわかったの？」考えてみれば、入りこめるトラックがあそこにあることが、どうしてソニアにわかったのか、不可解だ。

エリックは片腕でクリスティンの肩を抱いて自分とソニアのほうに引き寄せた。「また目が見えるようになったんだね、いとしい子《エルスクリング》？」

きらめく茶色の瞳が、エリックにほほ笑みかけた。

目が見えなければできないことだ。「うん」

　そうと知って、クリスティンはめまいすら覚えた。

「本当に見えるの？」

　くしゃくしゃの茶色い巻き毛を揺らして、姪はうなずいた。

「いつから？」

「目が覚めたとき。喉が渇いたみたいで、トールがはあはあしてたの。そのとき、トールの大きな黒い頭が見えた」

　エリックは大きな笑い声をあげた。「町じゅうがきみを捜していたのを知ってたかい？」

「ほんと？」

「今やきみは、ぼくのお兄さんより有名だよ」

「ヤンとクヌーテのパパのこと？」

「そうだよ」

　ソニアは下唇を震わせてクリスティンのほうを向いた。「あの子たち、あたしに帰ってほしくなかったんだよ。今日、おうちに戻らなくていいならうれしいのに」

「今日は戻れないよ」クリスティンの肩を撫《な》でながら、エリックは誇らしげに言いきった。「飛行機がもう飛んだあとだからね。きみときみの叔母さんと一緒に、ぼくの家でクリスマスを過ごすというのはどうかな？」

「わあ」ソニアの声には天にものぼる心地が表れていた。「いいでしょう、クリスティン叔母ちゃん？　お願い」

　訴えかける二対の目がクリスティンを一心に見ている。トールの目を入れれば、三対だ。

「頼むよ」エリックがささやいた。「ぼくのクリスマスの願い事に書いたひとつがこれなんだ」

　それがつくりごとであれ、エリックの鼓舞激励のおかげでソニアの視力が戻った喜びはあまりにも大きく、今、クリスティンにはあまり先のことは考えられなかった。

クリスティンは動揺しながらエリックを見あげた。

「今日一緒に過ごせるのはとてもうれしいけど、明日の朝にはここを発《た》たないといけないわ」

「どうして?」ソニアが悲しげに叫んだ。

クリスティンは姪に手を伸ばしたが、子どもの腕はエリックの首に巻きついたまま離れようとしない。

「エリングお祖父ちゃんの病気がまだ重くて、ここまで来られないからよ。お祖父ちゃんにひとりぼっちでクリスマスを過ごしてほしくないでしょう?」

ソニアはまじめな表情になった。「うん。お祖父ちゃん、泣いちゃうね」

「そうよ。だから明日には家に戻らないとね。でも、今日はわたしたちで楽しく過ごせるわ」

もう一日だけ……。

ソニアはエリックの頬をそっとたたいた。「王子さまの冠を見に行っていい?」

彼の口から笑いがもれた。「もちろんだよ。ぼくがここで警察に話している間に、叔母さんと部屋に行って、きみが無事だったことをお祖父さんに伝えておいで。それから出かけよう」

「いいよ。おいで、トール」

犬がソニアのあとをついていくと、エリックはクリスティンの唇にキスをした。「さあ、急いで」

どうしようもなく胸をときめかせながら、クリスティンはソニアを追ってホテルの中へ駆けこんだ。

ソニアが行方不明だとわかってから、エリックに対する遠慮が薄れてしまっていた。二人とも気が動転し、そのせいでいつの間にか親密な雰囲気になっていたのだ。

エリックの興味が純粋なものであることは疑いようがない。でも、それだけのことだ。惹《ひ》かれる気持ちが何かに発展することはありえない。

エリックのガールフレンドはいくらでもいる。自分がそのひとりになるなど、クリスティンには考えられなかった。

父親があのコンテストにソニアの写真を送っていなかったら、そしてマレン王女が安静を強いられていなかったら、わたしはエリック王子に会うことはなかっただろう。

すべては偶然の産物。初めから終わりまで運がよかっただけなのだ、とクリスティンは自分に言い聞かせた。

いつの日か、エリックが結婚する気になったとき、相手に選ぶ女性は、ソフィアやシュタインのような王家の血を引く者に限られる。

父親の病気を理由に翌朝には帰路に就けるのは、二重にありがたいことだ。エリックもわたしに恋をしているから帰したがらないとか、そういう愚かな考えをいだかないうちに、けじめをつけなくてはならない。シカゴに戻ってからゆっくりと、彼のいない残りの人生をどう過ごすか考えよう。

自分はともかくソニアがどんな反応を示すかということさえ、今のクリスティンは考えたくなかった。

「ほんと、大きな教会だね！」

「それに古くて美しいわ」クリスティンは声を落として言い、姪もそうしてくれるのを願った。

ソニアは叔母とエリックと手をつなぎ、真ん中を歩いている。エリック専用の小型ジェット機に乗って機内ですばらしいお昼を食べた興奮が、今も冷めやらないのだ。

もっとも、ミッドガルドにあるこの中世の聖堂を見てまわる間じゅう、クリスティンは思わずにいられなかった。もし、エリックがきのう、姉の頼みを聞いていなかったら、今日はあのジェット機にビーと乗り、クビットフィエルまでスキーに行って、おそらくは愛の一夜を過ごしていたのだろう、と。

「ここに冠がしまってあるんだよ、いとしい子《エルスクリング》」

非公開のものをガラスの仕切り越しに眺められると思っただけで、クリスティンは感動した。さまざまな冠を前にして、彼女の瞳もソニアと同じように大きく見開かれた。なんというすばらしさだろう。

「王子さまのはどれ、エリック？」

「当ててごらん」

ソニアは行きつ戻りつした。「これ」ソニアが指差したのは、高さのある秀逸な宝飾品だった。金の縞《しま》と白い石が赤いベルベッドから浮き出ていて、頂上にはアメジストの十字架がのっている。

エリックはにんまりした。「どうしてわかったんだい？」

「だって、いちばん重そうだもん」

「けさも言ったけど、きみは最高に賢いお嬢さんだな」

エリックの褒め言葉に、ソニアはくすくす笑った。

「かぶってみて」

クリスティンには、彼が一瞬ためらったのがわかった。

「この部屋には鍵をかけてあるし、きみのためにかぶろう。だけど誰にも言ってはいけないよ」

「絶対言わない」

「ぼくたちの秘密だよ。約束できるかい？」

「約束する」ソニアはおごそかに答えた。

エリックは冠に手を伸ばし、それを頭にのせた。

「似合うかな？」

ソニアは息をのんだ。「王さまみたい！」

確かに王さま然としている。彼が王になる日がいつか訪れないとも限らない。そう思うと、クリスティンは今起こっていることが何もかも信じられない気がした。けれども、彼がソニアを大好きなことは疑いようがない。今のところは……。

「これは二百年前、ぼくの祖先のひとり、カール王の戴冠式《たいかん》のためにつくられたんだ」

「たいかんしきって？」

エリックはクリスティンに意味ありげな笑みを投げかけてから言った。「王さまが王の冠をかぶるときのことだよ」

「王子さまもいつか王さまになるの？」

「そうならないことを願っているよ」

クリスティンは、感情のこもった言葉から、エリックの類《たぐい》まれな人柄をさらに深く知った。

「エリックがただの王子さまでよかった」

「どうして？」ソニアのまねをしてきいてから、エリックは冠を元の場所に戻した。

「だって、ヤンとクヌーテが言ってたもん。パパはあまり遊んでくれないって」

「あの遊戯室でいろいろな話が出たようだな」

彼のつぶやきがクリスティンにも聞こえた。

「王さまは国全体の心配をしなくてはならないんだよ、ソニア。きみが行方不明だと聞いて、王さまはきみを捜す手伝いをするために旅行から戻ってきたんだ」

ソニアは目をしばたたいた。「王さまはわたしが見つかったことを知ってる？」

「もう耳に入っているはずだよ」

「クリスティン叔母ちゃん？」つぶらな茶色の目が叔母を見あげる。「王さまにありがとうを言っていい？」

「ええ、スイートハート。本当にたくさんの人にお礼を申しあげないとね。シカゴに帰ったら、みんなにお手紙を出しましょう」

ふと、姪はエリックに駆け寄り、彼の脚に抱きついた。「エリック、大好き。あたしの新しいパパになってくれたらいいのに」

だめよ。

クリスティンは目をそらした。「エリック王子さままがあなたのいいお友だちになってくださっただけでもありがたいと思いましょうね」クリスティンはわざと称号をつけて言った。「さあ、もうここを出たほうがいいわ。博物館にあるヴァイキングのお船を見に行けなくなるわよ」

クリスティンはソニアの手を取った。ドアにたどり着くと、警備室をノックし、外に出してもらった。

さっきは危ないところだった。一日が終わる前にあのような話になるのではないかと、クリスティンは内心恐れていた。エリックが追いつく前に姪と二人きりで話しておく必要がある。それには、教会の奥で見かけた化粧室がいちばんいい。

中に入って二人だけになると、クリスティンはソニアの前にひざまずいた。「スイートハート……あなたがエリックを大好きなのは知っているわ。でも、あなたのパパにはなってもらえないのよ」

少女の赤らんだ頬から涙がひと粒こぼれ落ちた。

「どうして？」

クリスティンは苦痛といらだちから首を振った。

「それは、エリックは王子さまだから、王家の女の人としか結婚できないの。そして、二人の間にできた子どもも王家の人になるのよ」

「どうして？」

「何百年も前に、最初の王さまがそう決めたの」

「ヤンとクヌーテも王家の人なの？」

「そうよ。お母さんがお后《きさき》さまだし、お父さんが王さまだから」

「あの子たちもいつか、王女さまと結婚することになるの？」

「ええ」

小さな愛くるしい顔が陰りを帯びる。「ふうん」

「エリックがあなたの特別なお友だちになってくれただけでもどんなに運がいいか考えましょうね」

クリスティンの予想をくつがえし、ソニアはヒステリックに泣きだすこともなく言った。「もうお外に出ていい？」

「ええ」

クリスティンが立ちあがったとき、ソニアは化粧室の外へ駆けだしていた。急いであとを追ったが、すでに姪は、二人を待って聖堂の表にたたずむエリックのもとへたどり着いていた。

黒いコートとブーツに身を包んだ彼の魅力的な姿に圧倒され、クリスティンは息をのんだ。

姪に追いつくころには、エリックが抱きあげていた。「やけに急いでいるね、いとしい子《エルスクリング》？」

「お船を見たあとで、ヤンとクヌーテと遊んでいい？」

「二人とも、そのつもりだよ」

「ソニア……宮殿にはもう行ったでしょう」クリスティンは言い聞かせた。「二度も行けないのよ」

エリックはクリスティンに向かって謎《なぞ》めいたまなざしを送った。「クヌーテとソフィアが男の子たちをぼくの家に連れてくるのは、もう決まったことなんだ。兄もきみたち二人に会いたがっている」

ソニアがさっと振り向いた。その顔は笑みで輝いている。「あたしたち、王さまに会うんだよ！　これでありがとうが言えるね」

9

「エリック？　母上がソフィアやクリスティンと話している間に、ちょっと来てくれないか」クヌーテがささやき声で言った。

犬と一緒に居間で遊んでいる子どもたちや婦人たちを残し、エリックは兄に続いて書斎に入っていった。

クヌーテはドアを閉め、そこにもたれてエリックをつくづくと眺めた。「クリスティンから聞いたよ。きみのお祈りと、そのあとに起こった奇跡のことをね。どんな気分かな？」

兄にからかわれ、エリックは傷ついた目をした。

「まだショック状態にあるよ」

「ソニアに礼を言われたけれど、そのあと、彼女が何を頼んだかわかるか？」

「想像もつかないな。だけど、あの子のことだから、まったく独創的な頼みだったんだろうな」

「そう言えるかもしれないな」クヌーテの眉が上がる。「あの子の言葉をそのまま伝えよう。〝王さま、どうかあたしを王女さまに変える法律をつくってください。そうしたらエリックの子どもになれるから。だって、エリックが大好きなんだもん〟」

兄は見事にソニアの口まねをした。

エリックにとって驚くべき話ではなかった。その日、ミッドガルドにいたときに、パパになってとすでに頼まれていたからだ。だが、クヌーテの口から聞くと、魂の奥深くに触れるような感動を覚えた。

エリックは咳《せき》払いをした。「なんと答えた？」

「よく考えないといけないと言ったよ。すると、よく考えるのにいつまでかかるのかときかれてね」

エリックはくすくす笑いだした。

「半年はかかると言っておいたよ」

クヌーテの返事にエリックははっとした。「半年?」

「ああ……いろいろと考えれば、きみがあの子のクリスティン叔母ちゃんを射止めて、正式に三人の縁組を申し出るのに充分な時間をとっておきたかったものでね」

長い沈黙が続き、やがてエリックは言った。「競争相手がいるんだよ、クヌーテ。彼女には恋人がいる」

兄は肩をすくめた。「指輪は見当たらなかったがね」

「それが何かを意味するとは限らないよ。ソニアが口を滑らせたんだ。その男性はあの子を育てたがらないらしい。ということは、結婚話が出ていたわけだよ」

「しかし、その問題はかなりの障害のはずだ。きみのチャンスじゃないか。わかるだろう、この意味」

「ぼくもそのことだけを考えていたよ」

クヌーテは弟の肩をたたいた。「前から思っていたんだが、きみはふさわしい女性に出会ったら、すぐにそうだとわかる」

エリックはうなずいた。「マレンが行けなくなったために、チョコレート・バーンの奥でソニアが泣きじゃくる声を聞いたときから、ぼくは今までのぼくじゃなくなったよ。店の奥に入っていくと、クリスティンがあのゴージャスなライトブルーの瞳でぼくを見あげた。がっかりするソニアを前に途方に暮れているという感じで。ぼくは心臓から胃までナイフで切り裂かれるような気持ちになった」さらに打ち明ける。「ソニアの目が見えないとわかって、二人に対するぼくの気持ちはいっそう強くなった」彼は一瞬、ぎゅっと目を閉じた。

「確かに、あの二人には誰もが心を奪われる。ソニアには人を引きこむ無邪気な魅力があるね。うちの息子たちもすっかり夢中だ。なぜだかわかるよ。ヤンとクヌーテがすごく、すごく寂しがっているから、もっと一緒に遊んであげて、とぼくがソニアに頼まれたのを知っているかね？」

エリックは再びほほ笑んだ。「いかにもぼくのいとしい子《エルスクリング》らしいな。ソニアに会うと、誰もがとりこになる」兄を見つめる。「王さまに頼みがあるのは、あの子だけじゃないんだけどね」

クヌーテの唇が愉快そうに引きつった。「ほう？」

「取り計らってもらいたいことがあるんだ。だけどその話は明日にしよう。クリスティンとソニアを飛行機に乗せてから」

「二人が帰ったら、すぐ宮殿に来たまえ」

「たしか、会合の予定があったのでは？」

「キャンセルしたよ。ソニアのアドバイスに従って、クリスマスは家族と思うぞんぶん過ごすことにした。あの子の両親が亡くなったことを聞いて、何を優先させたらいいか考え直させられてね」

「言いたいことはわかるよ」エリックはつぶやき、早く居間に戻りたくなった。

だが、その前に、ビーに電話をかけなくてはならない。

10

ソニアを腕に抱き、クリスティンを案内しながら、エリックはがらんとした機内を通っていちばん前に行った。まだほかの乗客は搭乗を許されていなかった。

「行きはファーストクラスじゃなかったのに！」クリスティンはそっと驚きの声をあげた。

ダークブラウンの瞳が彼女の目をとらえた。「来るときはそうだったかもしれないが、帰りはこれにしてもらうよ」

ソニアは早くも涙にくれ、彼の首にいっそう強くしがみついている。「帰らなくていいならうれしいのに」

クリスティンも姪と同じ気持ちだった。エリックに二度と会えないと思うと、死ぬほどつらい。

「あたしたちに会いに来てくれる？」姪《めい》が泣きすがった。

「それ以上の望みはないよ、いとしい子《エルスクリング》」

エリックが窓際の席に下ろすころには、ソニアは泣きわめく一歩手前だった。クリスティンは姪のほうを向いた。「わたしが言ったことを覚えてる？エリックには大事なお仕事があって、この国のために潜水艦に乗っているのよ」

「アメリカに行ってって、せ、潜水艦に言えないの？」

「だめよ、スイートハート。そんなことはできないの」クリスティンは彼の代わりに答えた。

エリックは赤らんだ子どもの頬から涙を指でぬぐった。「明日電話するよ。サンタさんがクリスマスに何を持ってきてくれたか、知りたいからね」

クリスティンは思わず座席で身じろぎした。

「あたしたち、お、お祖父《じい》ちゃんのところにいるの。電話番号、知ってる?」

「知ってるとも」

「ト、トールはあたしがいなくなったこと、知ってるのかな?」

「まだ教えてないよ」

「ほかの人たちが乗ってくるから、エリックはもう行かないといけないのよ。さよならを言いなさい、スイートハート」クリスティンはできる限り、普通の態度を装い、自分のつらい気持ちを表に出すまいとした。

「さよなら、エリック」ソニアはくぐもった声で言うと、クリスティンの膝によじのぼり、叔母の首に顔をうずめてすすり泣いた。

クリスティンは乾いた瞳でエリックを見あげ、つぶやいた。「もう行かれたほうが、殿下。いろいろとありがとうございました」

エリックは真顔になった。何か言おうとしたのを思いとどまったように、クリスティンには感じられた。

鋭く息を吸いこんでから、彼はファーストクラスの個室を大股で出ていった。クリスティンの心を奪ったまま……。

「お父さん? これからアパートに行って、二、三必要なものを取ってくるわ。すぐ戻るから」

「ゆっくりしておいで」父親のほうは、ソニアがエリックの承諾を得て選んだおばあさんねずみをまだ眺めている。

「一緒に行きたい、ソニア?」

「ううん。エリックから電話があるもん」

あるかもしれないし、ないかもしれない。

すでに午後の五時になっていた。それ相応の理由もなく、エリックがソニアを待たせるわけがない。

「わかったわ。急いで行ってくるわね」

ソニアは、クリスマス・ツリーの前の床に座って、フリージアの潜水艦とクルーザーの模型を使って要《よう》塞《さい》ごっこを始めた。

それ以外にも、クリスティンの知らないうちにエリックが機内に運ばせたおもちゃが、姪のまわりにはあふれていた。サンタの郵便局からやってきたねずみのぬいぐるみの全セットもその中にある。

ソニアと一緒にシカゴに降り立ち、税関を通ったとき、空港の係員が二人を迎えてリムジンまで案内した。車の中には、美しい紙包みの入った袋がいくつも積まれていた。

エリックの気前のよさはそれだけにとどまらず、チョコレート・バーンで撮ったサイン入りの写真や、クリスティンの父親へのウールのマフラー、彼女へのライトブルーの優美なシルクのスカーフまで用意されていた。

添えられたカードには〝きみの瞳に合うように〟と書かれていた。このメッセージに、クリスティンは息をのんだものだった。

エリックへのクリスマス・プレゼントは何もあげていない。ソニアと二人でお礼の手紙をみんなに出すときにお返しをすればいい、とクリスティンは考えていた。

年輩の女性から借りているアパートに車で駆けつけたとたん、携帯電話が鳴った。案の定、ブルースからだった。

彼とはいっさい、かかわりたくない。とはいえ、彼が電話をかけてきたのは、この六時間で二十回目だ。クリスティンは家の脇《わき》の石段を下り、中に入ってから、電話に出た。

「もしもし？」

「クリスティン？　ブルースだよ」

昔は声を聞いただけでわくわくしたものだが、もうそんなことはない。セールスの電話のほうがまだしも歓迎できる。

「わかってるわ」

「今、車寄せにあるきみの車の後ろにつけているんだ。ちょっと上がらせてもらいたくてね。ソニアのことで考えが変わったよ。どうか、ノーと言わないでくれ、ハニー。ぼくらの将来にとってあまりに大事なことだから」

これが婚約指輪を返そうとしたときに聞いた言葉なら、耳を傾けていたかもしれない。

けれども、この一週間ですべてが変わってしまった。ひとりの王子が現れて、真の男性の姿を見せてくれた。この世のどんな男性も、エリックにはかなわない。一生待っても現れないだろう……。

「五分だけならいいわ。そのあと、父とソニアのところへ戻らないといけないの」

電話を切り、明かりをつける間もなく、ブルースが部屋に入ってきて、彼女に手を伸ばした。

「恋しかったよ、ハニー。ソニアのことでは、ぼくがばかだった。許してくれ。一緒になんとかやっていこう」

なんとかやっていく？

「きみのいないこの一週間はまさに地獄だった。指輪をきみの指に戻したい。あるべき場所にね」

偽りのない言葉に聞こえるが、彼の謝罪にも気持ちにもクリスティンの心は動かなかった。

「やめて、ブルース」

クリスティンは彼の腕から身を引いた。ブルースはエリックより十センチは背が低く、体つきも彼のようにたくましくない。そういう面に気づくのは、ブルースといることがもはやしっくりこないからだ。彼はわたしにふさわしい男性ではない。

「やめてとはどういうことだ？」

明らかに気分を害した声だった。ダークブロンドの髪やハンサムな顔はとても魅力的だが、かつて彼に感じたものがなんであれ、それはもはや失われていた。

クリスティンはため息をもらした。「あなたはすばらしい人だわ、ブルース。でも、わたしたちのことは終わったと言ったのは本心よ。どうか最後まで聞いて——」

反発しかけた彼を制し、クリスティンは続けた。「ソニアに対する正直な気持ちを話してくれて、感謝しているわ。子どもを、それも我が子ではない子どもを育てるのは大変な責任ですもの。わたしはあの子が生まれる前から愛していた。だから、ひとりぼっちになったあの子の母親になりたいと思うのは自然な感情なの。ソニアにはこれからもずっとわたしやわたしの父が必要なのよ。あなたが考え直してソニアの父親になろうとしてくれるのはありがたいけれど、うまくいかないのはわかっている。あなたにふさわしいのは、こぶ付きじゃない女性よ。子どもをつくる前にしばらく二人きりの新婚生活を楽しめるような。あなたならいつかすばらしい父親になるでしょうね」

ブルースが何か言いたそうにしているのを再び押しきって、クリスティンは言葉を継いだ。

「実を言うと、ソニアの視力は回復したのよ。それでもあの子の父親になるのは生やさしいことじゃないわ」本当のところ、あの子の世界を再び輝かせてくれる男性は、クリスティンが知っている限り、ひとりしかいない。

「なんだって？」ブルースが疑わしげにきく。「ソニアの視力が回復したというのか？」

「ええ。お医者さまも言っていたわ。罪悪感を乗り越えられれば、また見えるようになるかもしれないって」

ブルースは色を失った。「いつ見えるようになった？」

「旅行先で、ある朝目を覚ましたら、枕《まくら》もとのトールの頭が見えたんですって」

ブルースは眉を寄せた。「トール？」

「エリック王子の犬よ」

元婚約者は一分間、たっぷりと彼女を観察した。

「テレビできみたちを見た。あのプレイボーイの王子は姉のマレン王女の代理としてソニアに会うことになったらしいね。きみに興味があるという噂《うわさ》だが、本当なのか？」ブルースは問いつめた。彼の顔色は戻り、頬が赤らんでいた。

「いいえ。彼は夢の王子さまらしくふるまって、ソニアに魔法をかけてくれただけよ。その魔法も今は解けたけど」

ブルースは彼女の二の腕をつかんだ。「きみにとって王子はどんな存在なんだ？」

「彼がどんな存在になれるというの？」クリスティンは抑揚のない声で言葉を返した。

ブルースの目が何かに憑《つ》かれたような表情を帯びた。「知るものか。だけど、きみはどこか変わったよ。王子にほれたんだろう？」ショックもあらわに彼はたたみかけた。

ええ、そのとおりよ。クリスティンは胸の内でつぶやいた。

「彼はソニアの信頼を勝ち取って、あの子は事故のことを話すまでになったわ。ソニアが自分を責めていることがわかると、彼はソニアのせいじゃないんだと納得させたの。ソニアがその言葉を信じて眠りに落ちた次の日、目が見えるようになっていたの」クリスティンの目に涙があふれた。「奇跡だったわ。わたしたちにしてくれたことを思うと、それだけで彼を愛する理由になるわ」

「それ以上の理由で愛しているんだろう。きみの声でわかるよ。キスをされたのか？」ブルースはクリスティンの体をそっと揺さぶった。

嘘《うそ》をつくつもりはない。「ええ」

ブルースの息が浅くなった。「きみはキスを返したのか？」

あの初めての夜、彼の家で熱く激しくキスを返したことを思い出しながら、クリスティンは目をそらした。「ええ」

悲痛な声がブルースの口からもれた。「ぼくが時間をつくって一緒にフリージアに行っていれば、こういうことにはならなかったんだ」

そうじゃないのよ、ブルース。

チョコレート・バーンの店で初めて王子と目が合ったとき、なす術《すべ》もなく宇宙の果てまで落ちていくような気がした。まさしくあれは人生の決定的瞬間だった。けれどそのことは、一生、自分の胸に秘めておくしかない。

「こういうことが起こったおかげで、ソニアの視力が戻ったのよ。わたしたちは感謝こそすれ――」

ドアをノックする音が、クリスティンの言葉を遮った。

「ミセス・コレッティじゃないかしら。ちょっと失礼」

クリスティンはドアまで行き、大家の女性がいるものと思って開けた。そしてそこに誰が立っているのかわかると、気を失いそうになった。

「メリー・クリスマス、クリスティン」

11

「エリック……」クリスティンは叫び、ドアにつかまってくずおれそうな体を支えた。

ジーンズに黒いウールのセーターという格好でも、王子らしい雰囲気は隠しようがない。彼女の顔や体に浴びせるまなざしには、なんの遠慮もなかった。

「きみはここで見つかると、お父さんが教えてくれたんだ」

「父に会ったの？」尋ねる声がきしむ。

エリックの笑みは魂の奥まで染み入るようだった。

「ぼくのいとしい子《エルスクリング》にもね」

「紹介してくれないのかい？」

冷たい声がクリスティンの背中に突き刺さった。

クリスティンは動揺した。ブルースのことをすっかり忘れていたのだ。

「もちろん紹介するわ。どうぞ……中へ」

エリックが敷居をまたぐと、ミシガン湖から吹いてくる凍えるような冷気も一緒に入ってきた。外の気温はフリージアとそんなに変わらない。クリスティンは急いでドアを閉めた。

クリスティンが二人を引き合わせたあと、彼らは握手をした。

「ソニアとクリスティンと一緒にテレビに映っていらっしゃいましたね。王子さまのおかげでソニアの目が見えるようになったとクリスティンから聞きました」

エリックは間をおいてから応じた。「眠る前にお祈りをしてほしいとソニアに頼まれたものでね。あとは神さまのお計らいです」

クリスティン自身、息もできないくらいだったが、喉ぼとけを上下させているブルースを哀れむだけの思いやりはあった。

王子は彼女のほうを向いた。「大事な話の邪魔をしたのなら、また出直すよ」

「いいえ……」クリスティンの声には取り乱した気持ちが表れていた。「ブルースは帰るところだったの」ドアを開け、彼が出ていかざるをえないようにする。

ブルースはひとしきり、二人を見ていた。残念そうな目がクリスティンの悲しみを誘った。しかし、うまくいくはずのない関係に終止符を打った喜びのほうが大きい。誓いを立てたあとでは遅すぎる。

ブルースが姿を消すと、クリスティンはドアを閉めてエリックに向き直った。

「信じられないわ、クリスマスにあなたが来てくれるなんて」あまりの感動に声が震える。

「今日はぼくにとって特別な日なんだ。マレンがクリスマス・ベビーを産んだから。シュタインに似ているよ」

「まあ、すてき！　ソニアに話したの？」

彼の瞳がきらめいた。「エリックと名づけたことも教えたよ」

「あなたもうれしいでしょう」

エリックはうなずいた。「言うまでもなく、母も有頂天でね。いちばん新しい孫にかかりきりだよ。兄は子どもたちがプレゼントを開けたあとで家族をスキーに連れていった。みんな、それぞれに行くところがあって、することがある。ぼくはこれ幸いと、きみを追ってきたんだ」

わたしを追ってきた？

心臓がそこらじゅうを跳ねまわっているようだった。

「リムジンの中でソニアに教えてもらったことから察するに、きみとブルースは結婚する予定だったんだろう」

「ええ。フリージアに発《た》つ前に婚約を解消したけれど」

エリックは真剣な表情で彼女を見つめた。「あの子の目がまた見えるようになったからには、きみたち二人がよりを戻すこともできるのでは?」

「いいえ」クリスティンは迷わず答えた。

「本当に?」

「本当に。他人の子どもを抱きしめられる男性はめったにいないわ。ブルースはなんとか努力してみると言いにここへ来たの。でも、それだけじゃ足りない。彼に受け入れてもらえないことを、ソニアは最初から感じていたわ」

クリスティンはさらに打ち明けた。

「彼にはこう言ったの。子どものいない女性を探したほうがいいって。申しわけないけれど、わたしには姪《めい》がいる。あの子にはわたしとわたしの父が必要だからと告げたわ」

「レンメン教授にお会いしたよ。すばらしい方だ。数学者だと教えてくれなかったね」

「今は大学の学部長を務めているの」

「見るからに優秀な頭脳の持ち主だし、名誉なことだね」

「ソニアはお祖父《じい》さん似なの」

「そうだろうね。もっとも、お祖母《ばあ》さんにも似ているよ。お祖母さんと、きみのお姉さんであり、ソニアのお母さんであるマルトの写真をあの子が見せてくれた。レンメン家は美人の血筋なんだな」

「ありがとう」

「きみは本当に美しいよ」

そんな言葉は聞きたくなかった。また彼が去っていくとき、別れがつらくなるばかりだから。クリスティンは急に寒けを覚えて両腕をさすった。

「ここに来た本当の目的はなんなの、エリック?」

エリックはやや脚を広げて立ったまま、その場を動こうとしない。「きみとソニアのことが恋しくなってね。だから飛行機に飛び乗ったんだ」

クリスティンは目を見開いた。「それが理由なの？」

「唯一のね。きみはぼくが恋しかった？」

「な、何をきくのかと思ったら」

「なぜそんなに慌てるのかな？　ソニアはぼくに会ってうれしそうだったよ。きみは？　ぼくに来ないでほしかった？」

「本当のことを言わないといけないの？」

「もちろんだよ」

「来ないほうがよかったわ」

一瞬の間が空いた。「少なくとも正直な答えだな。押しかけてきて申しわけな――」

「違うの」クリスティンは急いで遮った。「あなたはわかっていない」

「それなら助けてくれ」

「あなたがフリージアで魔法をかけたのはソニアひとりじゃないの。でも、今はソニアもわたしも家に戻っている。だから夢も終わらないといけないのよ」

「ぼくがきみに魔法をかけた？」

「知ってるくせに」声が震える。「だけど、あなたとこれ以上一緒にいても意味がない。だって……そこに将来はないから」

「あるとしたら？」

クリスティンの口からあえぎ声がもれた。「ソニアみたいなことを言うのね。でも、わたしはかなわない夢を見るなんてできない。もう帰って」

エリックはその場を動こうとしなかった。「クリスティン。ぼくの父が亡くなるずっと前に、了承し合ったことがあるんだ。ぼくはその時期が来たら、自分の選ぶどんな女性とも結婚できるとね」

クリスティンの耳もとで胸の鼓動が大きく響いた。

「どんな女性とも?」

「ああ。そこで同じことをまたきくよ。この四十八時間、ぼくがきみを恋しく思っていたのと同じくらい、きみはぼくのことが恋しかったかい?」

「死にたくなるくらいに」

「それだけ聞けば充分だ」うめき声と共に、エリックはクリスティンを抱き寄せた。重なる唇も体も、狂おしく互いを求め合った。どうしてそうなったのか、いつの間にか二人はカウチの上にいて、彼女はエリックにしがみついていた。

「あなたがこの腕の中にいるなんて、嘘《うそ》みたい」クリスティンはエリックの唇にささやきかけた。彼女のほてった顔や首筋をさまよう唇は性急さを増している。「あなたはわたしの人生そのものを変えたのよ、エリック」

「ぼくもそう感じたよ。チョコレート・バーンの店の一室で、赤い服を着て、美しい蜂蜜《はちみつ》色の髪をした女性が、泣きじゃくる小さな女の子の横にひざまずいているのを見たときにね。きみがその信じられないようなライトブルーの瞳でぼくを見あげた瞬間、ぼくの心はたちまちとろけてしまった」

エリックはしばし目を閉じてから、さらに言った。

「ぼくの流儀でいけるなら、今夜にでも結婚したいところだよ。だけど、きみは婚約を解消したばかりで、時間が必要だ。数カ月、ソニアと一緒にフリージアに来てくれないか。そうすれば本当にお互いを知り合える。兄がきみをブロバクの小学校の交換教師にする手はずを整えてくれるよ。ソニアはその小学校に通えばいい。近くには貸家もある。ぼくら三人で思うぞんぶん過ごせるよ」

彼の声はひときわ熱を帯びた。

「きみとソニアはぼくの人生になくてはならないんだ、ダーリン。きみたちといるから、ぼくはよき人になれる。お父さんのことで、今すぐアメリカを発てないようなら、ぼくがこちらにいるよ。きみたちがいなければ、ぼくの人生は――」

「行くわ！」クリスティンは唇を重ねて宣言した。「こんなことを言うのはまだ早すぎるかもしれないけれど、言わずにいられないの。あなたを愛している。身も心も焼きつくすような愛を胸の底から感じるの」彼女は王子をひしと抱きしめた。「ああ、ダーリン――もしも父があのコンテストにソニアの写真を出さなかったら、どうなっていたかしら？」

「仮定形で考えるのはやめよう。たくさんありすぎるからね。今、ぼくがしたいのは、お互いに気を失うほどキスし合うことだよ。きみの許しをもらえるかな？」

クリスティンは彼の首に腕を投げかけて引き寄せた。エリックには二人の望みが同じであることがわかった。一点の曇りもなく。


三カ月後……。

「ここに汝《なんじ》エリック王子と、汝クリスティン・レンメンを夫婦と宣言する。父なる神と義の太陽と精霊の名において、アーメン」

クリスティンの驚きをよそに、神父は不意に小さな金色のティアラを取りだした。それからソニアを祭壇に呼び寄せる。ソニアが祖父のもとを離れ、神父のそばに行くと、神父は輝かしい茶色の巻き毛にティアラをのせた。それはぴったりと少女の頭におさまった。

「この日より、クヌーテ王は、汝がソニア王女となるべく宣言する」

法の上でソニアが王女になれるよう、エリックが兄である国王に頼んだのではないか。クリスティンはそんな気がした。

夫婦となった二人の視線がからみ合う。彼のすばらしさは言葉にできないほどだ。あふれんばかりの愛を、クリスティンは目で告げようとした。そのあとでエリックがくれたキスは、今までのどれよりも甘美だった。

そこには夫らしい所有欲が表れていた。情熱と、来るべき初夜の約束に満ちたキスだった。

心からうれしそうなソニアの笑い声がして、ようやくエリックは唇を離した。そして、我が娘の手を取る。歩くたびにふわりと揺れる白いチュールのロングドレスをまとったソニアは、愛らしい天使さながらだ。

「パパ？」宮殿内の礼拝堂に集うみんなの耳に聞こえるような声でソニアが言った。「あたし、これで本物の王女さまになれた？」

華麗な礼服に再び身を包んだエリックは下を向き、娘にほほ笑みかけた。「ああ、なれたとも」

「あたしの冠、ドレッサーの上に置いておいてもいいのかな？」

「そのほうがいいならね」

「王女さまだったら、いつか王子さまと結婚できるよね？」

静かな笑い声が参列者の間に広がった。

「そうしたければね。だけど、ずっと、ずっと先のことだよ」

「どうして？」

ああ、また。

クリスティンのもらすうめき声が新郎の注意を引いた。彼にとっては大きな喜びだが、教会の祭壇は、ソニアとのひっきりなしのおしゃべりにふさわしい場所ではない。

「まず、ぼくが娘と楽しく暮らしたいからだよ。何年も何年もね」

ソニアは二人を見あげた。「ママ？　ママとパパとで弟をつくってくれる？」

クリスティンの顔が深紅に染まった。「ソニア……」

エリックは声をひそめて笑い、飢えたまなざしを妻に投げかけた。「そのためにベストを尽くそう、妃殿下。さて……お客さまたちに会いに行こうか、いとしい子《エルスクリング》？」

「うん。ヤンもクヌーテもトールも、ずうっとあたしを待ってるもんね」

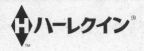

クリスマス・ストーリー　2004年11月刊（X-17）

愛も切なさもすべて
2024年12月20日発行

著　　者	レベッカ・ウインターズ
訳　　者	平江まゆみ（ひらえ　まゆみ）他
発 行 人	鈴木幸辰
発 行 所	株式会社ハーパーコリンズ・ジャパン 東京都千代田区大手町 1-5-1 電話 04-2951-2000（注文） 0570-008091（読者ｻｰﾋﾞｽ係）
印刷・製本	大日本印刷株式会社 東京都新宿区市谷加賀町 1-1-1
装 丁 者	高岡直子
表紙写真	© Vasyl Dolmatov, Gordan Jankulov, Bborriss, Victoria Shibut, Olgagillmeister ｜ Dreamstime.com

ISBN978-4-596-71777-1 C0297

◆◆◆ハーレクイン・シリーズ 12月20日刊 発売中

ハーレクイン・ロマンス

愛の激しさを知る

極上上司と秘密の恋人契約	キャシー・ウィリアムズ／飯塚あい 訳	R-3929
富豪の無慈悲な結婚条件 《純潔のシンデレラ》	マヤ・ブレイク／森　未朝 訳	R-3930
雨に濡れた天使 《伝説の名作選》	ジュリア・ジェイムズ／茅野久枝 訳	R-3931
アラビアンナイトの誘惑 《伝説の名作選》	アニー・ウエスト／槙　由子 訳	R-3932

ハーレクイン・イマージュ

ピュアな思いに満たされる

クリスマスの最後の願いごと	ティナ・ベケット／神鳥奈穂子 訳	I-2831
王子と孤独なシンデレラ 《至福の名作選》	クリスティン・リマー／宮崎亜美 訳	I-2832

ハーレクイン・マスターピース

世界に愛された作家たち
～永久不滅の銘作コレクション～

冬は恋の使者 《ベティ・ニールズ・コレクション》	ベティ・ニールズ／麦田あかり 訳	MP-108

ハーレクイン・プレゼンツ作家シリーズ別冊

魅惑のテーマが光る
極上セレクション

愛に怯えて	ヘレン・ビアンチン／高杉啓子 訳	PB-399

ハーレクイン・スペシャル・アンソロジー

小さな愛のドラマを花束にして…

雪の花のシンデレラ 《スター作家傑作選》	ノーラ・ロバーツ 他／中川礼子 他 訳	HPA-65

文庫サイズ作品のご案内

◆ハーレクイン文庫・・・・・・・・・・・・・・毎月1日刊行
◆ハーレクインSP文庫・・・・・・・・・・・毎月15日刊行
◆mirabooks・・・・・・・・・・・・・・・・・・毎月15日刊行

※文庫コーナーでお求めください。

12月26日発売　ハーレクイン・シリーズ 1月5日刊

ハーレクイン・ロマンス
愛の激しさを知る

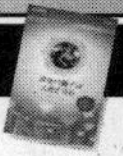

秘書から完璧上司への贈り物 《純潔のシンデレラ》	ミリー・アダムズ／雪美月志音 訳	R-3933
ダイヤモンドの一夜の愛し子 〈エーゲ海の富豪兄弟 I〉	リン・グレアム／岬　一花 訳	R-3934
青ざめた蘭 《伝説の名作選》	アン・メイザー／山本みと 訳	R-3935
魅入られた美女 《伝説の名作選》	サラ・モーガン／みゆき寿々 訳	R-3936

ハーレクイン・イマージュ
ピュアな思いに満たされる

小さな天使の父の記憶を	アンドレア・ローレンス／泉　智子 訳	I-2833
瞳の中の楽園 《至福の名作選》	レベッカ・ウインターズ／片山真紀 訳	I-2834

ハーレクイン・マスターピース
世界に愛された作家たち
～永久不滅の銘作コレクション～

新コレクション、開幕！

ウェイド一族 《キャロル・モーティマー・コレクション》	キャロル・モーティマー／鈴木のえ 訳	MP-109

ハーレクイン・ヒストリカル・スペシャル
華やかなりし時代へ誘う

公爵に恋した空色のシンデレラ	ブロンウィン・スコット／琴葉かいら 訳	PHS-342
放蕩富豪と醜いあひるの子	ヘレン・ディクソン／飯原裕美 訳	PHS-343

ハーレクイン・プレゼンツ作家シリーズ別冊
魅惑のテーマが光る
極上セレクション

イタリア富豪の不幸な妻	アビー・グリーン／藤村華奈美 訳	PB-400

※予告なく発売日・刊行タイトルが変更になる場合がございます。ご了承ください。